Les sept secondes
de l'arc-en-ciel

Daniel Odier

Les sept secondes de l'arc-en-ciel

ROMAN

Albin Michel

Pour Gator

Hier soir, je t'ai envoyé comme messagère une étoile.
Je lui ai dit : « Apporte mon salut à cette beauté pareille à la lune. »

Rûmî

Souvent l'Adorateur s'asseyait sur le tatami après avoir enlevé ses chaussures, et là, dans le silence d'une ruelle du 5e arrondissement, il se laissait guider, il humait le thé puis il le goûtait avant de confier ses impressions à l'hôtesse. La jeune femme chinoise aux traits épurés, aux sourcils en demi-lune et aux yeux laqués d'un noir anthracite les recueillait avec un sourire à peine esquissé. Ses gestes gracieux, sa finesse de goût et d'odorat, sa manière de présenter dans le creux de sa main les feuilles de thé vert enroulées en petites pelotes, berçaient l'Adorateur hors du temps.

Parfois, l'hôtesse l'observait lorsqu'il se penchait sur le bol dont elle venait de retirer le couvercle. Elle voyait un homme qui approchait la soixantaine, au vaste front marqué par une ride, un regard incandescent qui se posait sur les choses et les êtres sans cligner, un corps un peu las mais d'une souplesse étonnante lorsqu'il se levait ou s'asseyait les jambes croisées. Ses yeux animaient un visage expressif dont les mouvements laissaient deviner une quête incessante. Un nez massif, de belles rides et des cernes profonds lui donnaient une légèreté qui ne parvenait pas à masquer les traces de blessures anciennes.

L'hôtesse appréciait la grâce de cet homme et leur conversation se limitait aux mille détours de ce que les mots peuvent dire du thé. L'Adorateur aimait cet anonymat, il goûtait ces moments de communication où toutes les formes de la vie n'étaient effleurées qu'à travers le thé.

Après avoir passé deux heures silencieuses, il se leva, remit ses chaussures et salua l'hôtesse avec une chaleur particulière. Elle le regarda. Une ombre passa sur son visage.

– Vous ne reviendrez plus... Je le sens...

– Je ne pars qu'une semaine à Saint-Pétersbourg.

– Un nouveau disque ?

– Chostakovitch...

– Bon voyage.

L'Adorateur fut touché par la communion qu'ils avaient développée à travers le goût et le parfum. Ils se regardèrent quelques secondes, un éclair d'intensité les traversa. L'Adorateur se retrouva dans la rue. Quelques gouttes d'eau charnues et tièdes tombèrent sur son visage ; il contempla longtemps le ciel en rentrant chez lui à pied. La pluie demeurait comme suspendue, hésitante. L'arôme si subtil du thé flottait encore dans sa bouche, il en sentait les effluves.

L'hôtesse rangea bols et théières, regarda sa montre, gagnée par une soudaine mélancolie. Il était encore tôt, mais elle décida de fermer son échoppe et de marcher elle aussi sous la pluie légère. Elle connaissait l'Adorateur depuis plus de dix ans, et aujourd'hui, elle avait senti chez lui la possibilité d'un bouleversement fondamental qu'il ne soupçonnait pas. Elle l'avait vu dans son regard traversé par une légèreté nouvelle. Lorsque les premières gouttes touchèrent la commissure de ses lèvres, l'hôtesse de la maison de thé se dit que la pluie avait un goût de sel.

Le lendemain, l'Adorateur montait dans le bus pour Saint-Pétersbourg. Les conditions requises pour s'assurer sa collaboration avaient été réunies. Sarah, l'ingénieur du son, Peter, l'assistant, avaient pris l'avion avec l'équipement numérique léger. Lui préférait rester sur terre jusqu'au moment où il dirait : « Prise 100 » et où les musiciens attaqueraient l'abyssale sonate pour alto et piano de Chostakovitch, dernière œuvre du compositeur.

Il y avait dans ce bus l'assemblage le plus hétéroclite qui soit : deux jeunes prostituées, quelques aventuriers, un moine zen qui partait enseigner le dharma aux Russes fervents de mysticisme, un homme passionné par les loups, cinq musiciens des rues dont une très belle violoniste au regard dramatique, un couple en voyage de noces, un négociant en ginseng sibérien et quelques touristes aux ressources modestes alléchés par le prix de l'aller et retour : cent vingt-huit euros. Ensemble, pendant trois jours, ils allaient traverser la Belgique, la Hollande, l'Allemagne, la Pologne, la Biélorussie et l'Ukraine, pour arriver à destination au cœur de la nuit blanche de juin, vers minuit.

L'Adorateur avait besoin de ce vide interstitiel, de ce

silence, des paysages dépouillés, des lumières crépusculaires, de la monotonie rythmique du bus au volant duquel deux chauffeurs se relayaient. La maison de disques avait pris son billet après avoir tenté de le dissuader. On lui avait même offert une voiture de place confortable, mais il avait décliné l'offre. Il s'assit près de la fenêtre, tira la partition de Chostakovitch de sa valise et la posa contre son ventre. Il aimait procéder par infusion car ses cellules avaient la capacité de sentir la musique directement, à travers les signes imprimés. Un cortège de notes se mit à naviguer en lui. Les yeux mi-clos, il respirait doucement, le corps détendu, jetant parfois un regard aux passagers qui regagnaient leur place.

La fille d'Angékamon traversa le bus, elle regarda son billet puis les numéros des sièges. Elle était vêtue d'un jean et d'un blouson de cuir noir clouté, taillé près du corps. Elle portait un grand cartable à dessin et un sac à dos en cuir noir qui avait beaucoup bourlingué. Le premier signal qui toucha les sens de l'Adorateur fut un parfum unique composé de roses de Damas, de senteurs plus âpres qu'il ne parvint pas à identifier et d'une légère touche de vanille. L'Adorateur ouvrit ses grands yeux sombres qui se tournèrent vers la silhouette qui diffusait ce parfum. Il vit un regard vaste où flottaient dans un brun havane quelques paillettes d'or. Un regard de scrutatrice attentif et doux, une bouche finement dessinée et rehaussée d'un rouge discret, un front spacieux, ouvert, une chevelure sombre aux jaillissements de feux d'artifice, avec quelques points scintillants, de petits brillants fixés près des racines par de fines spirales métalliques. Elle devait avoir entre vingt et trente ans, des formes ondoyantes, un grenat dans le nombril découvert. Leurs regards ne s'esquivèrent pas. Elle lui sourit. Dans un français teinté d'un accent russe très doux, d'une voix mélodieuse qui toucha d'emblée l'Adorateur, elle murmura :

– Bonjour... Nous voyageons ensemble... Vous voulez bien que je glisse mon cartable entre votre siège et la paroi ?

– Oui, bien sûr.

L'Adorateur se leva, il la laissa installer son cartable.

– Préférez-vous voyager du côté de la fenêtre ?

– Ce serait joli, ça ne vous ennuie pas ? Je serai obligée de vous déranger quelquefois, mais je pourrai passer au-dessus de vous.

Il aimait comme elle utilisait le mot « joli », inhabituel dans ce contexte.

– Non... Pas du tout.

Lorsqu'elle le frôla, il huma son parfum. Une paix profonde le pénétra. Il s'y mêlait un frémissement semblable à celui que le son d'un instrument pouvait déclencher en lui. En cette seconde, il sut qu'il serait entraîné sur une vague aussi sinueuse que la lèvre supérieure de la jeune femme, une vague qui se transformerait en une lame de fond qui irait fouiller jusqu'aux plus sombres tréfonds de son âme. Il ne put s'empêcher de lui sourire tout en remarquant sur la cuticule de ses ongles des traces de bleu, d'ocre et de rouge. Ils s'assirent. Elle garda son sac à ses pieds, enleva son blouson sous lequel elle portait un sweet-shirt rouge où se détachait en blanc le nombre 377, et se lova dans le fond du siège. Son odeur, nichée dans l'épaisse cotonnade, devint encore plus suave.

Jusqu'à Lille, l'Adorateur la respira doucement, en silence. Il n'ouvrit pas sa partition. La plupart du temps, la jeune femme observait le paysage monotone. De temps en temps leurs regards se croisaient, se goûtaient en silence. Ces échanges plus riches qu'un dialogue plaisaient à l'Adorateur.

Lorsque le bus fit une première halte, l'Adorateur descendit le premier. Il se dégourdit les jambes, entra dans le relais, prit un gobelet de café à un distributeur et resta debout. L'odeur acide d'un désinfectant industriel se mêlait à celle du gruyère fondu qui coulait sur des hot-dogs que plusieurs voyageurs semblaient apprécier. La violoniste était descendue avec son étui à violon comme le faisaient souvent les musiciens, anxieux à l'idée de se séparer de leur instrument. Les deux jeunes prostituées scrutaient les hommes pour estimer leurs chances de nouer un contact profitable sous l'œil las et dur des deux hommes qui les exploitaient. Le moine zen dominait les voyageurs de sa présence hors du temps, vêtu de sa splendide robe noire sur laquelle flottait un rakusu en soie marron, soigneusement cousu et cachant au revers des idéogrammes. Une calligraphie représentait un maître historique que l'Adorateur eut le temps d'entrevoir lorsque le moine s'était penché. Le moine demanda un verre d'eau bouillante dans lequel il fit glisser un sachet de thé Mu. Il suivit d'un regard qui se voulait distant les évolutions de la jeune femme au sweet-shirt rouge. Elle acheta un rocher au chocolat noir, un café, et passa devant le moine en le gratifiant d'un sourire.

– Pourquoi 377 ? lui demanda-t-il.

– C'est un chiffre magique.

Le moine alluma une cigarette et se mit à fumer avec avidité. La jeune femme posa son rocher au chocolat sur la table haute, le déballa comme une enfant, émerveillée par les aspérités formées par les coulures du chocolat sur les morceaux de noisettes. Elle croqua dans le rocher et y laissa l'empreinte de ses dents.

– Vous croyez à la magie ?

– Tout est magique... Vous êtes un moine zen ?

– Oui.

– Vous observez des vœux ?

– Certains, oui, d'autres non.

– Alors pourquoi les avez-vous prononcés ?

– La vie ne se laisse pas facilement réduire à une liste d'injonctions morales.

– Si je devais prononcer un vœu, ce serait de couler avec la vie, de suivre ses méandres. C'est ce qu'il y a de plus beau, non ?

– Vous avez raison.

Silencieuse, elle finit son rocher, froissa le papier et le jeta dans une poubelle, puis elle s'éloigna du moine, passa se rafraîchir le visage et sortit marcher sur l'aire de parking. Le moine la regarda sortir puis il la rejoignit sous les lourds nuages gris. L'Adorateur les suivit des yeux, ils disparurent à l'angle du bâtiment.

L'Adorateur remarqua l'émotion du moine lorsqu'il reprit place dans le bus, dix minutes plus tard. Que s'était-il passé ? Elle avait l'air calme, souriante, détendue. Le moine lui jeta quelques regards sombres puis il s'engloutit dans son siège situé quelques rangées devant la leur.

Le bus traversa la Belgique, la nuit tomba. L'Adorateur retrouva le parfum qui le ravissait, la présence chaude de la jeune femme. Leurs respirations se fondaient l'une dans l'autre et parfois, leurs épaules et leurs bras se frôlaient dans une danse lente. Elle s'appelait Séléné Cherkanskaya. L'Adorateur lui confia son surnom, elle rit comme une adolescente puis elle ouvrit son sac et sortit un baladeur. Elle positionna le casque sur ses oreilles et fit démarrer le CD. Elle ferma les yeux et inclina son siège vers l'arrière. L'Adorateur vit dans le sac entrouvert une pile de CD encore sous cellophane, mais il ne pouvait en lire les titres. Dès les premières mesures, il reconnut la troisième symphonie de Henryk Góreki, un compositeur polonais contemporain, un disque produit par l'un de ses amis et publié par une maison de disques américaine pour laquelle il allait enregistrer la sonate de Chostakovitch.

De l'extérieur, les écouteurs laissaient filtrer une sorte de bouillon électronique qui ne restituait en rien l'ampleur du son qui devait être perçu par Séléné. L'Adorateur bénit le ciel que ce ne soit pas du rock ou de la techno, musiques auxquelles il n'était pas insensible mais dont il ne subsistait en général que la rythmique des basses monotones. Le crescendo très progressif des cordes dans le premier mouvement se déployait comme une marée. Séléné sentit probablement que l'Adorateur tendait l'oreille. Elle sortit un second casque de son sac, le brancha et le lui tendit. Il écouta. Leurs corps se laissèrent couler dans la musique. L'Adorateur en sentait l'effet sur Séléné. Elle frémissait imperceptiblement et respirait dans le flux de chaque montée des cordes, jusqu'à l'apparition de la voix de la soprano Dawn Upshaw.

Ils écoutèrent l'œuvre entière. L'Adorateur, émerveillé par la communion qui s'installait, se laissait aller comme un adolescent. Il retrouvait cette sorte d'élan de vie, de frémissement intérieur, de modification des flux vitaux que les êtres perdent avec l'âge sous l'effet d'une inexorable fossilisation. Il avait échappé à ce processus en évitant toute fixité mentale, toute adhésion à des principes ou des croyances, toute solidification de la pensée. Son contact avec la musique, les femmes et les cyniques grecs l'avait mystérieusement préservé. Il avait pour Antisthène et Diogène une véritable passion que son professeur de philosophie lui avait communiquée. Cette pensée anarchique et radicale l'avait gardé de tout assujettissement. Il réalisa soudain que les changements capitaux de sa vie, les inflexions de son parcours, avaient été déterminés par ses liens amoureux. C'est par les femmes qu'il avait accédé aux mystères, qu'il avait réalisé la puissance de l'intuition débarrassée des garde-fous, qu'il avait laissé son corps et ses sens dans un état d'ouverture, et c'est par la musique qu'il avait maintenu cet état de réceptivité, cette innocence. L'émotion avait été pour lui garante de la fluidité. L'amour de la musique était la voie qui lui avait permis de rester vibrant.

Ni Séléné ni l'Adorateur n'auraient pu dire qui prit l'initiative du mouvement mais leurs mains se retrouvèrent l'une dans l'autre. L'Adorateur sentit la paume tendre et tiède de la jeune femme, ses doigts à la fois charnus et fins, l'expression de cette main enveloppante. Il fut surpris de voir comme ses propres capacités émotionnelles n'avaient pour ainsi dire pas changé depuis l'adolescence. Il éprouvait dans ce contact un plaisir total qui ne laissait aucune place à l'anticipation de plaisirs futurs. Tout était là, en cette seconde, il n'y avait rien d'autre à souhaiter.

L'Adorateur se demanda ce qu'il avait appris en quelques décennies et il conclut qu'il n'y avait rien d'autre que cette capacité toujours plus grande à goûter l'intensité du moment. C'est dans les studios qu'il avait affiné ce pouvoir de laisser toute son attention couler avec chaque son, l'esprit spatial, en communion, goûtant les éclosions, les jeux, les dialogues, ou, au contraire, décelant au moindre signe l'impossibilité que le miracle se produise lorsque les musiciens n'étaient pas parvenus à l'accord et à la plénitude.

Cela résultait parfois d'une lecture différente de la partition, du phrasé, de la respiration, mais pouvait aussi être généré par des détails plus subtils, comme la disposition des musiciens dans l'espace, la manière dont ils occupaient le volume du studio. Tout cela, l'Adorateur le sentait infailliblement et il trouvait la manière d'y remédier à moins qu'il y ait entre les interprètes des approches irréductibles.

En cet instant, assis dans le bus, l'Adorateur entrait dans une perception de tous ces facteurs et ses sens en avaient une compréhension immédiate sans qu'il ait besoin de recourir à l'analyse. C'était une sorte de processus instinctif qui se déroulait malgré lui et auquel il assistait en témoin passionné. L'Adorateur passa son bras gauche autour des épaules de Séléné dont la tête s'abandonna. Il inclina son visage vers elle, il la respira avec ferveur puis ils laissèrent leurs espaces intérieurs coïncider. Leurs regards séparés par une quinzaine de centimètres pouvaient couler l'un dans l'autre à loisir. La peau du visage de Séléné sentait la chaleur et les mouvements émotionnels qui se traduisaient par des vagues, des ondées dans le paysage de l'œil. Dès cet instant, l'Adorateur ressentit la moindre germination des sentiments qui se manifestaient en Séléné. Il les identifiait dans son propre corps et pouvait les suivre de leur source jusque dans ses entrailles, au plus profond de ses organes. Il sentait le trajet de l'émotion dans ses muscles, ses os, ses nerfs, jusqu'au moment où elle se déversait par le regard. Il réalisa soudain qu'il n'avait jamais eu de communication aussi intense avec un être humain. C'était quelque chose de neuf, un processus que rien ne pouvait masquer.

À travers le regard de Séléné, il pouvait lire en cet instant le même étonnement : ils partageaient un émerveillement, une surprise. L'Adorateur s'était habitué à ne connaître cette intensité que dans le laboratoire des sentiments que constituait le studio d'enregistrement. Peu à peu, il avait abandonné l'idée qu'une telle communication puisse se développer entre deux êtres et se maintenir dans la durée d'une relation. Il y avait, lui semblait-il, quelque chose dans cette communion qui ne pouvait vivre que dans l'éphémère.

L'Adorateur était un adepte de la solitude, pourtant son intuition le portait vers Séléné et dans ce fol espoir il sentit que naissaient les conditions idéales d'une passion. Pour lui, l'espoir n'était que de la peur qui avait mal tourné. Et il sut d'emblée que l'espoir qui se manifestait là était une peur ancienne qui se dissimulait. Il savait que Séléné allait sourire sous l'effet du même cataclysme, et lorsque le dessin de ses lèvres changea et que ses yeux se mirent à flamboyer, leurs bouches se rapprochèrent. Ils passèrent d'interminables minutes à s'effleurer, à jouer. La main droite de l'Adorateur glissa sous le sweet-shirt, remonta sur la peau frémissante. Il se mit à sentir les battements rapides de son cœur puis ses doigts atteignirent la naissance du sein gauche d'une douceur renversante. C'était comme de palper un nuage charnu, subtil et ferme. Il sentit une vive émotion, son bonheur était sans faille, il aurait pu mourir en cet instant avec la certitude d'avoir touché le paradis, mais lorsque la langue parfumée et souple de Séléné s'aventura entre ses lèvres, il fut heureux d'être encore en vie. Une joie d'une intensité qu'il n'avait plus connue depuis longtemps s'empara de toute son âme, de tout son corps. Les heures coulèrent dans un baiser qui s'acheva avec la nuit.

L'Adorateur, dans son ivresse, regardait comment les premières lueurs du jour modifiaient le visage de Séléné, la profondeur de ses yeux, le dessin de ses lèvres, en proie à l'étonnement le plus total.

Lorsque le bus fit une halte, ils descendirent, pris par une ivresse sensorielle, et s'installèrent à une table isolée pour prendre un petit déjeuner. Séléné regarda la carte et commanda presque tout ce qu'elle offrait. La table se couvrit rapidement. Séléné contemplait les plats comme une enfant. Elle prenait avec les doigts, ici et là, de petites quantités de nourriture qu'elle portait à sa bouche.

– Tout a un goût comme au premier jour du monde.

Séléné dévora des toasts, des œufs brouillés, des fruits, du fromage. Elle se léchait les doigts. L'Adorateur la regardait émerveillé. Elle se comportait comme si toutes les strates de son être depuis la naissance jusqu'à la minute présente fonctionnaient simultanément. Elle était une partition orchestrale où tous les instruments émergeaient puis se fondaient dans le tissu sonore. Séléné n'était localisable ni dans le temps, ni dans l'espace, ni dans une fonction psychologique. Aérienne, elle pouvait en une seconde passer de la gravité d'une étonnante maturité à la légèreté insouciante d'une enfant. Mobile et joueuse, la trame de son être semblait embrasser toute chose. Ses élans n'étaient contrecarrés par aucune pesanteur mentale, aucun sens des limites. L'Adorateur se laissait griser au charme qu'elle dégageait alors que le moine zen, à quelques tables de là, préparait son muesli en lançant de sombres regards en leur direction.

Séléné portait la nourriture à sa bouche et buvait sans que son regard se mette à errer. Toute son attention paisible se portait sur l'Adorateur. Elle avait senti une véritable révolution dans son corps dès le premier instant où ils s'étaient effleurés. Une puissance s'était réveillée à cet instant. Un désir fou, un enthousiasme des cellules qui avait fait battre son cœur, accéléré les flux internes, qui avait fait vibrer son palais et sa langue et lui avait donné la sensation que des papillons volaient dans son ventre. Un goût délicieux était monté dans sa bouche. Elle accédait à un sentiment vibratoire que seule la peinture avait jusqu'alors provoqué en elle. Tout se mettait à palpiter, même ses perceptions visuelles en étaient altérées, le contour des objets devenait incertain, coloré, vibrant. Les masses perdaient leur limite, elles exhalaient un parfum qui se mêlait aux senteurs du monde et toute la réalité se transformait en un vaste champ d'échange, en un baiser sans fin. Séléné regretta de n'avoir ni papier ni couleurs, ni pinceaux ni éponges. Elle se serait mise à peindre sur le sol, au milieu du restaurant.

Lorsqu'elle posait le regard sur l'Adorateur, elle sentait immédiatement une fragilité, une peur masquée par la force paisible qu'il dégageait, par son corps sensible et harmonieux. Séléné recevait l'information brute, son intuition opérait à la vitesse de l'éclair. Tout à coup, une évidence flotta dans son paysage intérieur, aussi précise qu'une photographie colorée de l'âme. Cet homme la touchait au plus profond. Il savait respecter le silence. Il osait. Il goûtait à la fragilité de l'instant, il était sans référence et ne cherchait pas à donner de leçon. Séléné sut qu'il lui faudrait tout comprendre par elle-même et que l'Adorateur ne lui expliquerait pas le monde. Cela lui plaisait. Elle se sentait libre. Au moment où l'Adorateur se demandait d'où lui venait ce prénom inhabituel, Séléné lui fournit la réponse :

– Mon père adoptif était professeur de littérature grecque. Il avait pour la Déesse de la Lune un amour particulier. Lorsque nous étions enfants, à chaque pleine lune, il nous faisait asseoir devant une fenêtre et regarder l'astre pendant qu'il nous contait l'histoire des Dieux. Il a dû lutter pour m'inscrire sous ce prénom à ma naissance car il ne faisait pas partie de la liste que possédait le fonctionnaire de l'état civil. Mais mon vrai père, c'est Angékamon.

– Qui est-ce ?

– Angékamon est un démon facétieux qui s'amusait à voler les fouets des cochers, les chevaux et parfois à faire disparaître les passagers des fiacres de Saint-Pétersbourg au temps de Gogol. Ce personnage mythique a fait couler beaucoup d'encre, on le trouve aux détours des nouvelles et des Mémoires, des romans et des poèmes. Il apparaît même comme personnage subalterne dans l'opéra d'un obscur compositeur de ce temps. Le nom est étrange, un peu comme l'union d'un Ange et d'un Démon !

Le regard de Séléné se perdit dans l'espace. L'Adorateur sentit que cette évocation la faisait plonger dans de douloureux souvenirs, l'expression de son visage, si joyeuse jusqu'alors, devint triste et vague, elle se gela, les paillettes d'ambre de son regard s'assombrirent, le mouvement qu'elle faisait pour porter une pêche à sa bouche se perdit lui aussi. L'Adorateur sentit ses entrailles se contracter, une saveur amère le prit. Sa main traversa la largeur de la table et se posa sur le front de Séléné qui se laissa glisser vers elle. Il eut la sensation d'absorber sa douleur. Très vite les yeux de Séléné s'animèrent, ses lèvres reprirent couleur.

– Paris est si joli en ce moment, tout le monde aux terrasses des cafés, les regards qui se croisent, s'enflamment. La légèreté des vêtements qui laissent découvrir la forme des corps, les regards avides des hommes et faussement indifférents des femmes. C'est comme un ballet. Tu sais ce que j'aime par-dessus tout ?

– Traîner la nuit... Regarder... Sentir...

– J'adore lire les plaques sur les immeubles. Je sais où habitait André Breton, Tristan Tzara, Giacometti, Picasso, Thomas Mann, Byron, Sainte-Beuve, Picabia, Wagner, Man Ray, Tolstoï, Diaghilev, Flaubert, Brancusi, Freud et Mozart. J'imagine la frêle silhouette de Mozart qui sort au milieu de la nuit pour se promener sur les quais, il habitait tout près, à la recherche d'un thème, d'un regard, d'une femme.

– Tu as dû passer tout près de chez moi, je n'habite pas loin de l'hôtel où tu as vu la plaque de Breton et Picabia.

– Si tu m'avais croisée dans la rue, est-ce que tu m'aurais parlé ?

– Je t'aurais regardée, je me serais retourné et si tu t'étais retournée aussi, peut-être aurais-je eu le courage de te parler. Tu te serais retournée ?

– Si tu m'avais regardée comme tu me regardes maintenant, oui. Je me serais arrêtée, j'aurais attendu que tu viennes à moi en me demandant si je ne ferais pas mieux de courir pour t'échapper. Je t'aurais embrassé avant que tu n'ouvres la bouche parce que lorsque deux êtres sont faits pour se rencontrer, il n'y a pas d'hésitation possible. Tout mon corps se serait mis à vibrer instantanément, nous serions entrés dans l'hôtel, aurions demandé la chambre de Picabia et nous aurions fait l'amour comme des amants séparés par des vies inutiles, par des siècles d'attente.

– De toute ma vie, je n'ai rien ressenti d'aussi puissant. Je retrouve l'adolescence, la folie, l'émerveillement.

– Pourquoi as-tu laissé ton cœur se refermer ?

– Je ne sais pas... Les circonstances de la vie, la difficulté de rencontrer l'âme sœur, l'habitude de la solitude. La musique qui peu à peu est devenue le seul territoire absolu.

– Tu joues de quel instrument ?

– Je ne joue plus depuis le conservatoire, je suis producteur.

– Et avant ?

– J'ai étudié le violoncelle à l'Academia Santa Cecilia à Rome, mais j'ai assez vite réalisé que mon domaine était d'aider les autres, plus talentueux, à créer quelque chose qui tende à la perfection. D'abord je me suis tourné vers la critique, mais je n'étais pas à l'aise dans ce rôle. La musicologie ne m'intéressait pas vraiment. J'avais besoin d'un contact plus physique avec la musique. Je suis devenu l'assistant d'un homme extraordinaire qui avait inventé la tête artificielle...

– C'est quoi, un robot musical ?

– Non, son idée était de retrouver, de capter le son, tel qu'un être humain peut le faire. Alors il a construit une tête en fourrure, avec le nez, et il a placé des micros à la place des oreilles. Cela donnait un son merveilleux, très naturel, mais comme il n'y avait aucun autre micro, c'était très difficile à utiliser. Il m'a enseigné toute sa passion du son, du choix des prises, du montage, de la reconstitution d'une interprétation, et ça, c'est vraiment mon domaine.

– Tu as produit beaucoup de disques ?

– Plus de deux cents, je pense.

– Tu me les feras entendre ?

– Avec plaisir... Et ce cartable vide ?

– Je suis allée à Zurich apporter mon travail des derniers mois pour ma première exposition. J'ai un marchand, une belle galerie. J'ai vendu la moitié de mes acryliques sur papier. Alors je rentre à vide ou presque mais avec plein d'argent. C'est un homme très vieux, très connu, à la fois terrible et extrêmement gentil. J'avais envoyé des photos de mon travail par Internet. Une trentaine de toiles. Il m'a téléphoné. Il est venu à Saint-Pétersbourg, il s'est enthousiasmé et m'a immédiatement pris dix peintures. Depuis un an, j'ai assez d'argent pour acheter des toiles et peindre à l'huile, ce que je préfère. C'est joli d'avoir de l'argent. Je veux aller voir la Chine, les paysages des peintres classiques, les monts du Yanxi, le Fleuve Jaune. Tu sais, il y a un peintre qui travaillait couché, le bras pendant au-dessus du papier, sur sa barque-atelier qu'il laissait dériver sur le fleuve, traçant au gré des mouvements de l'eau de merveilleux paysages. Je voudrais faire comme lui mais avec de la couleur.

Séléné mangea encore un pain aux raisins et un morceau de fromage. Le chauffeur du bus klaxonna et tout le monde remonta à bord. Elle observa un homme d'une cinquantaine d'années, discret, vêtu de teintes incertaines, presque invisible tant sa manière de se déplacer était subtile. Son regard clair ne fuyait personne, mais n'invitait pas non plus au dialogue. Il vivait dans un monde parallèle. Il attendait que tout le monde soit monté dans le bus ou y montait en premier. Il avait un air sauvage et déterminé qui intriguait Séléné. Elle parla doucement à l'oreille de l'adorateur :

– Tu vois cet homme ?

– Oui...

– Ce n'est pas un homme, c'est un loup.

En l'observant, l'Adorateur fut frappé de voir à quel point l'intuition de Séléné était imparable. En quelques regards, elle plongeait au cœur des êtres.

– Tu as vu, il se méfie de tout le monde, il est solitaire, c'est un homme sauvage dans le vrai sens du mot, c'est rare. Il n'a pas peur de moi. Il sent que je l'ai compris. Tu verras, au prochain arrêt, il s'approchera, il me léchera la main.

– Par quel point du corps toutes ces informations te viennent-elles ?

– Par le regard. Dès que je croise un regard, ne serait-ce qu'une seconde, j'ai comme une rosée d'images qui tombe sur mon corps. Si je suis assez proche, l'odeur a le même effet, en flairant une personne, je sens son angoisse, sa beauté, sa peur, sa vérité. Ensuite, si je suis encore plus proche, c'est le toucher, toute ma peau qui me dit l'âme de l'autre, et si je suis encore plus proche et que je fais l'amour, c'est mon sexe qui voit, qui sent, qui entend. Lorsque je peins, tout est en fonction et cela se traduit par un choix de couleurs, de papier, de toile, de format, de mouvements, et la peinture qui sort ensuite est la manifestation de l'état vibratoire de mes cellules, de mon âme.

– Tu aimes bien ce mot : « âme » ?

– Oui, je l'utilise souvent. Pour moi ce n'est pas cet élément éternel que nous aurions en nous, c'est plutôt le mystère, l'ombre, la face cachée de la lune.

– La face cachée de Séléné ?

– Oh ! dit-elle en riant, celle-là, personne ne peut la voir. Elle n'est que dans mes tableaux.

– Nous avons un mode de fonctionnement très similaire. Il m'arrive aussi d'avoir cette vision directe dont tu parles, surtout dans la musique.

– Mais moi je suis peintre alors pour toi je resterai toujours un mystère. Il y aura toujours quelque chose d'indéchiffrable, de secret. L'amour se nourrit d'ombres impalpables.

Les heures s'écoulaient rapidement. L'Adorateur et Séléné échangeaient des baisers à perdre le souffle. Ils exploraient délicatement leurs corps sous les vêtements. Ils se humaient, regardaient le ciel et la terre, se pénétraient du regard.

– Je suis comme une louve, j'ai peur des hommes, murmura Séléné en se blottissant dans les bras de l'Adorateur avec une tendresse bouleversante.

Il sentit un spasme abdominal qu'il contrôla. Il bloqua les larmes dans sa gorge sans savoir de quels tréfonds lui venait cette vague de tristesse. Il croyait avoir masqué ce mouvement subtil, mais Séléné le surprit :

– Laisse libre cours à tes émotions, je suis là, je te protège.

L'Adorateur se laissa envelopper par sa douceur, il s'abandonna. Pour la première fois de sa vie, il se sentit nu, fragile, délicat au cœur de l'ombre.

Alors la nuit les prit en elle et ils dormirent un peu, aussi profondément enlacés que le permettait la structure des sièges.

Le bus se déplaçait avec une telle régularité qu'il finit par sembler immobile comme dans certains films où les paysages sont projetés derrière un véhicule fixe. Les acteurs quittent la route des yeux, dialoguent et donnent d'absurdes petits coups de volant à droite et à gauche.

À la halte suivante, Séléné et l'Adorateur profitèrent de la possibilité de prendre une douche. Ils auraient pu s'engouffrer dans la même cabine mais, sans se concerter, chacun entra dans la sienne, comme pour laisser au temps son épaisseur et jouir plus longtemps des approches auxquelles ils se livraient. Ils exploraient ce continent délaissé où les sensations et les émotions s'épuraient dans le tremblement de l'attente.

L'Adorateur profita longtemps du jet chaud, il offrit son corps palpitant et entra dans une sorte de félicité banale où chaque fragment de sa peau recevait les jets compacts. Il souriait imperceptiblement, immobile, le savon dans la main. Il eut la sensation de chanter en silence. Son corps exultait. Les salves chaudes sur ses paupières lui faisaient voir des lueurs orangées et bleues, des ondes ininterrompues de clignotements le ravissaient. L'image de son premier amour, rencontré à Rome, lorsqu'il était étudiant, s'imposa à lui. Une ressemblance étonnante avec Séléné, la même intensité, la même absence de peur, les mêmes hauteurs, les mêmes gouffres, la même intransigeance. Il avait rencontré Lydia dans une pension dont les habitués, pour la plupart peintres ou musiciens, aimaient ce lieu car il se trouvait idéalement situé entre les deux Académies. C'était une sorte de ruche, de pépinière de talents, un havre d'échange et d'effervescence continu. On n'y dormait pratiquement pas et chacun apportait dans la salle commune, à la fois cuisine et salon, ce que ses ressources permettaient afin d'élaborer des plats nourrissants et peu sophistiqués. C'était le cœur de la ruche, le lieu des interminables conversations, des enthousiasmes et des passions qui se liaient au hasard des rencontres.

Un jour, une jeune comédienne arriva de Zagreb. D'une beauté saisissante et sombre, elle subjugua immédiatement l'Adorateur. Elle dégageait une incandescence qui effraya plus d'un jeune homme sensible et raffiné. Lydia portait en elle une promesse de cataclysme. Cela se lisait dans ses yeux, noirs, ses lèvres sensuelles, son sourire avide. Sa puissance expressive naviguait à une vitesse éclair entre la joie folle et la tristesse sans fond. Elle devint rapidement l'égérie du groupe, se partageant la vedette avec une violoniste polonaise qui travaillait sans cesse et embrassait chaque jour la photo de Ginette Neveu, la grande violoniste française prématurément disparue dans un accident d'avion.

L'Adorateur parlait peu l'italien et c'est par le regard que tout s'était passé entre Lydia et lui. Un soir, après le dîner, ils se levèrent simultanément, sortirent en se donnant la main et dès la porte refermée, échangèrent un baiser fougueux. L'Adorateur se souvint que Lydia portait un pull noir et un jean, il sentit son odeur, exhalaison d'un corps perpétuellement en feu, qu'aucune senteur artificielle ne venait troubler.

Ils rentrèrent à l'aube après une longue promenade dans le parc du Pincio. C'était le seul moment où la ruche était silencieuse. Ils firent l'amour dans la chambre de l'Adorateur, sous les yeux du violoncelle qui semblait vivant dans un coin de la pièce. Lydia avait une peau comme de l'albâtre phosphorescent. Elle se donnait avec sauvagerie, comme dans un combat, et l'Adorateur se souvint qu'elle avait enlevé son tampax et l'avait jeté sous le lit. Lydia criait, griffait, mordait, étranglait, léchait, entrait en vibration et lorsque l'Adorateur fut sur le point de jouir, elle guida son sexe vers sa bouche et but son sperme les yeux révulsés de plaisir. C'était chez elle une vraie passion et elle ne craignait pas de l'avouer en public, devant les regards médusés des garçons et l'air choqué des filles, avec l'expression que peut avoir une mystique en transe :

– J'adore le goût du sperme !

Très vite la passion de Lydia et de l'Adorateur prit le pas sur leurs études. Ils se mirent à manquer les cours du matin. Ils passaient des nuits entières à se promener dans Rome, à faire l'amour dans les ruines du Gianiculo, dans les ruines des thermes de Caracalla, dans les ruelles obscures et jusque dans les fontaines. C'est là, sur une petite place tranquille du ghetto juif que la police les surprit à l'aube. Ils furent menacés d'expulsion puis relâchés et cet épisode ne freina en rien leurs ardeurs.

Presque chaque nuit, Lydia entrait dans des tristesses sans fond, elle pleurait pendant des heures puis s'endormait dans les bras de l'Adorateur pour se réveiller débordante d'une joie exubérante. L'idée d'aller prendre un café et un *cornetto*, de se préparer pour une audition ou d'apprendre un poème de Neruda la transportait. Après quelques jours, ils décidèrent de faire chambre commune, ce qui leur donna un peu plus d'aisance financière. Lydia ne possédait rien. Dans un sac de sport, elle rangeait un jean, un pull, une robe noire, quelques slips et « La centaine d'amour » dont elle offrait les poèmes, de sa belle voix sombre aux marchands de légumes, aux passants, aux passagers des bus, juste pour le plaisir. Elle les disait avec une intensité rare qui bouleversait ceux qui l'écoutaient. L'Adorateur dit lentement l'un de ses favoris :

« De douleur en douleur, l'amour va d'île en île,
Y plantant sa racine arrosée par les pleurs,
Et nul n'évitera, n'évitera l'atteinte
De ce cœur silencieux et cruel, et qui va.

Nous cherchions tous les deux un trou, une planète,
Où le sel ne toucherait pas ta chevelure,
Où ne pousseraient pas des douleurs par ma faute,
Et où le pain vivrait sauvé de l'agonie.

Un univers cerné d'espace et de feuillages,
Une lande, un désert fait de pierres cruelles,
Avec nos propres mains nous voulions édifier

Un nid dur, préservé, secret, inoffensif,
Et l'amour ne fut pas ainsi, mais une folle
Cité où les gens pâlissent sur les balcons[1]. »

L'Adorateur se souvint d'un vieil homme qui prenait le soleil sur un banc. Lydia s'était assise et lui avait dit ce poème. L'homme n'avait pu retenir ses larmes. Lydia l'avait embrassé sur la bouche, longtemps, sous les yeux de l'Adorateur sidéré mais heureux de la beauté du geste. L'homme était resté comme en lévitation et les avait regardés s'éloigner en criant :

– *Che belezza ! Che bellezza !*

L'Adorateur passait des heures à écouter des bandes sur son vieux magnétophone Revox qui devait peser une trentaine de kilos. C'était, avec son violoncelle, son seul trésor. Il avait une passion pour Bartók, Schoenberg, Webern, Berg, Semlinsky, Martinu. C'est un jour où il avait eu l'arrogance juvénile d'expliquer à Lydia la beauté du concerto pour orchestre de Bartók dans l'enregistrement de Fritz Reiner qu'elle avait disparu en le traitant de tous les noms que comptait le serbe. L'Adorateur était resté anéanti par la violence de sa réaction, sans vie, totalement

1. Pablo Neruda, *La Centaine d'amour*, trad. de Jean Marcenac et André Bonhomme, Poésie/Gallimard, 1959.

dépassé par le typhon qu'il avait déclenché. Elle était partie avec son sac et Neruda. La douleur de l'abandon était tellement insupportable que l'Adorateur ne bougea plus de sa chambre pendant trois jours. Il se levait sans cesse, dès que par la fenêtre ouverte il entendait un pas qui aurait pu être celui de Lydia, espérant son retour, le cœur en cendres.

Lorsqu'elle réapparut, au milieu de la nuit, elle avait acheté des bottes rouges, des vêtements, deux flasques de chianti, un énorme morceau de *porchetta*, du cochon de lait farci aux abats épicés. Elle étala tout sur le lit, avec une joie folle. Elle se déshabilla en une seconde et ils firent l'amour, mangèrent sur le lit, firent l'amour et vidèrent les bouteilles, firent l'amour et tombèrent enfin dans une longue léthargie sans qu'elle fasse jamais allusion à son brusque départ. L'Adorateur retrouva la félicité et la passion, les larmes et les illuminations sensorielles, les silences radieux et le mystère infini.

Un homme d'une cinquantaine d'années, au visage ravagé, aux yeux noyés dans l'alcool, se mit à les suivre nuit et jour, exhibant parfois un revolver qu'il pointait dans leur direction. Parfois, ils croyaient perdre celui qui était devenu part de leur ombre mais ils le retrouvaient au détour d'une ruelle. Sa silhouette lointaine collait à leurs pas. Un soir où ils dînaient dans une trattoria connue des étudiants car le patron, Beppe, offrait ce qu'il appelait « le plat de l'artiste » pour la somme modique de deux cent vingt lires, une généreuse assiettée de pâtes ou de risotto agrémentée d'un quart de vin maison, l'homme blessé s'approcha de leur table et gifla Lydia avec rage. L'Adorateur bondit sur lui, une bagarre s'engagea et les deux protagonistes se retrouvèrent le visage en sang, séparés par Beppe et l'un des serveurs. L'homme blessé s'enfuit sans un mot, Lydia se mit à rire d'une manière étrange et gutturale, comme si le spectacle l'avait stimulée sexuellement, tout en appliquant des serviettes fraîches sur le visage de l'Adorateur. Ils continuèrent ce corps à corps dans les ruines de la piazza Argentina, parmi les chats, à l'abri d'une colonne tombée. À l'aube, ils regagnèrent la pension, prirent un bain rapide dans l'une des fontaines de la piazza Farnese, sous l'œil interloqué du planton de l'ambassade de France et lorsqu'ils marchèrent mouillés à travers les dédales des ruelles, l'Adorateur ne put s'empêcher de demander qui était l'homme blessé.

– Il veut me tuer parce que je l'ai quitté mais il n'en a pas le courage. L'un de ces jours, il va se tirer une balle dans la tête.

– C'est lui qui t'a donné de l'argent ?

– Qu'est-ce que tu crois ? répondit-elle avec une flamme dans le regard.

– Tu as couché avec lui ?

Lydia se mit à rire et le mystère resta entier. Quelques semaines plus tard, Lydia décrocha un petit rôle en disant un poème de Neruda. La pièce était mise en scène par celui qui déclenchait alors le scandale dans le milieu théâtral, Carmelo Bene. Il avait monté *Les Justes* de Camus avec des acteurs nus et la censure avait mis trois semaines à dégotter le petit théâtre où il officiait, près du Campo dei Fiori.

Carmelo avait ensuite monté une *Manon Lescaut* de son cru où Des Grieux arrivait sur scène en Vespa et au cours de laquelle pièce, chaque soir, un cocher faisait traverser la scène à un vieux cheval gris pommelé pendant que Manon séduisait le chevalier motorisé. Les répétitions donnèrent l'occasion à l'Adorateur de travailler plus sérieusement son violoncelle et c'est de justesse qu'il réussit l'examen de première année.

Entre-temps, Lydia s'éclipsa plusieurs fois, l'homme blessé se tira une balle dans la bouche et l'Adorateur passa quelques nuits à califourchon sur la fenêtre de la chambre, prêt à sauter, imaginant que Lydia retrouverait son corps disloqué. Pour la première fois de sa vie, il découvrait les fonds surprenants de la souffrance où des gouffres toujours plus profonds s'ouvraient chaque fois que, pris par le tourbillon, le plongeur croyait toucher le lit du fleuve. C'est là qu'il commença à se familiariser avec cette noirceur qui naviguait au plus secret de son âme. Un soir, Lydia rentra sans qu'il l'ait vue passer la porte, trop absorbé par son mal. Elle n'eut pas l'air surpris. Elle se déshabilla, se coucha et lui dit d'une voix paisible :

– Saute ou viens jouir dans ma bouche.

L'Adorateur choisit la seconde solution bien qu'il fût à cette époque un grand admirateur de Sénèque. Comme toujours, lorsque Lydia revenait, leurs nuits parvenaient à une intensité folle et Lydia exprimait de plus en plus d'agonie. Jamais l'Adorateur n'entendit plus pleurer avec un tel désespoir et lui, silencieux, la tenait dans ses bras jusqu'à ce qu'elle s'endorme.

– Ce soir, c'est la première, tu as une place dans une loge.

L'Adorateur jubilait d'autant plus que les frasques de Des Grieux s'accompagnaient du très décadent *Capriccio Italiano* de Tchaïkovski. Il trouva la mise en scène iconoclaste à souhait et lorsque Carmelo Bene vint saluer au milieu des comédiens, il fut surpris de voir que le visage du maître avait été lacéré par une tigresse. Les blessures étaient à peine cicatrisées, le visage bouffi, Carmelo avait un air lugubre. L'Adorateur fut convié à souper avec la troupe dans une atmosphère à la fois révolutionnaire et décadente elle aussi, aux excès trop calculés. À la fin du repas, ivre, Carmelo s'approcha de l'Adorateur et lui montrant son visage lui dit :

– Tu as vu ce qu'elle m'a fait ta chienne de vamp ? Elle a détruit mon beau visage et dans un mois je dois jouer Œdipe. Je vais être plus vrai que nature.

– Tu n'auras plus qu'à te crever les yeux, dit l'Adorateur.

La remarque fit rire tout le monde, même Carmelo.

– Il va falloir que j'engage une maquilleuse spécialisée dans les monstres, ça va me coûter ma chemise ! Tu te rends compte, salope comme elle est, elle n'avait pas envie de coucher avec moi, et pourtant, au lit, moi je suis le roi, je les fais grimper au mur ! Tu peux comprendre ça ? Tu vois, toutes les femmes qui sont à cette table je les ai baisées !

L'Adorateur était radieux, fier de sa tigresse, et Lydia riait à gorge déployée.

– Je la garde dans ma troupe parce que c'est une vraie

comédienne mais un de ces jours, il faudra bien qu'elle me suce !

– Sors-la, allons-y tout de suite, dit Lydia.

Carmelo sortit son membre flasque auquel Lydia jeta un regard dédaigneux :

– Je ne me déplace pas pour un mec qui me désire et ne bande même pas.

Carmelo rengaina, embrassa l'Adorateur et jeta son dévolu sur une jeune ouvreuse.

Une nuit, alors qu'ils passaient près de la fontaine de la place d'Espagne, une femme se jeta par la fenêtre et s'écrasa à quelques mètres d'eux. Un mince filet de sang sortait de sa bouche, ses yeux ouverts fixaient le ciel et sa hanche brisée donnait à sa jambe gauche un angle morbide. Une chaussure blanche à talon couchait sur le pavé à quelques mètres de là. Lydia poussa un cri violent, l'Adorateur avait le souffle coupé. Ils restèrent pétrifiés. Une voiture s'arrêta.

– C'est ça ton rêve ! hurla Lydia puis elle disparut en courant.

L'Adorateur resta sur place quelques minutes, le corps tremblant, les jambes paralysées. Lorsqu'il entendit la sirène de l'ambulance, il s'éloigna. Une masse sombre lui comprimait la poitrine. Il erra dans les rues, de fontaine en fontaine, à la recherche de Lydia mais il ne la trouva pas. Il ne la revit plus pendant une dizaine de jours. Il ne lui restait que la musique. Il acheta la partition de la *Troisième Sonate pour violoncelle seul* de Benjamin Britten, une œuvre qu'il n'avait pas eu l'énergie d'attaquer jusqu'alors. La vision directe de la mort lui en fit pénétrer les mystères et c'est en la jouant qu'il obtint l'année suivante son prix à *l'Accademia.*

Lorsque Lydia réapparut, quelque chose s'était cassé entre eux. La magie et la folie faisaient place à une relation plus tendre mais ils n'avaient plus, en faisant l'amour, ces moments extatiques qui les intoxiquaient l'un l'autre. La souffrance de Lydia devint plus légère. La mort de cette femme, qui leur était littéralement tombée dessus, avait profondément modifié leurs rapports. Une nuit, elle put enfin raconter à l'Adorateur son viol, lorsqu'elle avait quinze ans, par son père et deux de ses amis alors qu'on l'étouffait sous un oreiller pour qu'elle ne puisse les reconnaître.

Lydia travailla beaucoup plus. Elle mémorisait les textes avec une grande facilité et son triomphe fut d'apprendre tous les rôles de *La Tempête* de Shakespeare. L'Adorateur était subjugué de sa manière de s'investir dans les personnages, d'en toucher le cœur, la souffrance et la folie. Son visage devenait de plus en plus beau, elle perdait cette avidité animale qui la rendait si fatale mais elle semblait vivre dans un univers parallèle dont le sexe même ne la tirait jamais complètement.

Un soir, chez Beppe, ils rencontrèrent un sculpteur suisse sans le sou. Une sorte de grand sauvage qui parlait peu mais avait de très beaux yeux qui s'étiraient vers les tempes. Ils lui offrirent à dîner et l'accueillirent dans leur chambre glacée car il venait de se faire expulser de sa pension. Lorsqu'il souriait, il semblait avoir deux fois plus de dents qu'un être humain normal. Ses mains étaient faites pour tenir le maillet et les burins, il portait une salopette marron maculée de taches. Il montra des polaroïds de son travail plein de puissance et d'originalité. Après avoir beaucoup bu, ils rentrèrent tous les trois. Comme Lydia et l'Adorateur n'avaient pas assez d'argent pour s'acheter des draps, ils dormaient entre deux couvertures militaires, à même le treillis du lit.

L'Adorateur s'éveilla au petit matin, le lit grinçait et Lydia gémissait. Il vit le visage tendu du sculpteur, l'expression extatique que Lydia avait retrouvée et que les premières lueurs du jour laissaient deviner. L'Adorateur poussa un immense cri de douleur qui les arrêta en pleine course. Il projeta le sculpteur contre le mur, sa tête fit un bruit sourd, il lui assena un coup sur l'arcade sourcilière qui s'ouvrit. Il y eut comme une pause, le sculpteur saisit sa salopette mais n'eut pas le temps de prendre ses chaussures. Il dévala l'escalier pieds nus en répétant avec un accent suisse allemand :

– Du calme, on est des artistes, merde...

Lydia s'était levée, une lueur étrange dans le regard. Elle gifla l'Adorateur de toute sa puissance, et ils commencèrent à se battre avec férocité jusqu'au moment où Lydia s'écroula sur le sol de tomettes. Son cuir chevelu saignait, l'Adorateur ne comprenait plus ce qu'il faisait et comme il s'asseyait sur elle en l'attrapant par les cheveux pour lui projeter la tête contre le sol, il s'arrêta soudain et réalisa qu'il était prêt à tuer. Lydia le regarda avec une ombre de sourire :

– Au moment de ta mort, tu verras mon visage et tu penseras à moi. Jamais plus tu ne connaîtras une telle passion : je suis l'amour de ta vie.

Des voisins, alertés par les cris, firent irruption dans la pièce. Lydia se passa la tête sous le robinet d'eau froide. Le sang coulait entre ses seins jusqu'à la toison pubienne. L'Adorateur descendit dans la rue. Il marcha jusqu'aux portes de Rome. Un camion s'arrêta et le chauffeur le conduisit à un village blanc, perché sur un éperon rocheux entre Rome et Naples, Sperlonga. C'est là qu'il s'installa dans une grande chambre qui dominait la mer.

Quinze jours plus tard, il retourna à Rome chercher son magnétophone et son violoncelle. Lydia était là. Elle le serra dans ses bras mais ne l'embrassa pas. Ils passèrent la journée ensemble dans la tendresse qui existe entre ceux qui ont vécu des moments extraordinairement intenses. La blessure de Lydia avait bien cicatrisé.

– Tu voulais me tuer ! Cela m'a rendue très heureuse de voir que tu en étais capable, dit-elle en riant.

– Je crois que je ne serai plus jamais violent. Tu sais, depuis l'enfance, j'ai toujours aimé me battre.

– C'est excitant, moi j'adore ça.

Ils avaient de la peine à se quitter. Ils allèrent boire un dernier verre aux pieds de Giordano Bruno, le philosophe brûlé par l'Inquisition, et lorsqu'ils se quittèrent enfin, Lydia lui caressa le front :

– Tu as un très beau front. Avec l'âge, tu deviendras de plus en plus beau. Ne m'oublie jamais. Tu sais, depuis cette fameuse nuit, je ne pleure plus après avoir fait l'amour, tu as emporté ma souffrance.

– Dis-moi un poème de Neruda.

Elle n'y parvint pas, les mots se nouaient dans sa gorge

et ses yeux s'emplirent de larmes. A ce moment-là, une violente averse tomba et Lydia s'enfuit en courant. Ils ne se revirent jamais.

L'Adorateur sortit de la douche. Il se sécha, remit ses vêtements. Il prit un café et un sandwich, chercha Séléné des yeux et la vit attablée avec le loup qui lui montrait des photos de loups. L'Adorateur ne put s'empêcher de faire un rapprochement entre les deux femmes : une incandescence identique les habitait. A presque quarante ans de distance, l'une semblait le miroir de l'autre. L'Adorateur mordait tranquillement dans son sandwich mou et buvait un café amer. Un homme s'assit près de lui. Petit, dodu, rougeaud, la quarantaine, les cheveux clairsemés et des lunettes rondes. Il portait un gilet de chasse aux multiples poches.

– Je suis négociant en ginseng sibérien. Si ça vous intéresse, je peux vous en céder quelques boîtes. C'est excellent pour les performances intellectuelles et autres.

– Et autres ?

– Oui, enfin c'est connu pour ça et mon ginseng est le meilleur qui soit, mes fournisseurs sont très sérieux. Je vous fais le prix grossiste bien sûr. Vous en prenez trois par jour.

Le négociant posa la boîte de mille gélules sur la table. Il prit avec avidité les billets que lui tendait l'Adorateur et s'en alla chercher un autre client. L'Adorateur prit trois comprimés d'un coup et les avala avec un peu d'eau.

L'Adorateur entra dans une rêverie en jetant un regard

distrait aux passagers. Il revoyait avec précision le regard de Lydia et l'unique photo noir et blanc qu'il avait conservée.

L'une des jeunes prostituées portait une minijupe qui dépassait à peine son pull. Des cheveux courts, blonds, une silhouette élancée, voluptueuse, de grands yeux rêveurs, d'un bleu antarctique qui le regardaient avec intérêt. Elle tira une cigarette d'un étui doré un peu clinquant, l'alluma et souffla la fumée dans sa direction. Elle devait avoir vingt ans à peine. L'Adorateur croisa son regard sans précipitation, sans la fixer non plus. La jeune prostituée écrivit quelque chose sur une pochette d'allumettes, se leva pour sortir et, en passant, abandonna discrètement la pochette sur la table de l'Adorateur. Un ventilateur crasseux tournait au plafond entre deux néons et L'Adorateur vit le visage de la jeune femme glisser dans la pâleur de l'éclairage. Il ouvrit la pochette. Un numéro de téléphone s'y trouvait ainsi qu'un nom : Liouba. L'Adorateur prit la pochette.

A quelques tables de là, le moine zen se nourrissait avec application d'un paquet de biscuits biologiques au sésame et buvait son thé Mu. Depuis son entrevue avec Séléné, il avait complètement changé de visage. Sa belle assurance et sa prestance l'avaient quitté au point qu'on ne remarquait plus qu'il portait la robe. Il émanait de tout son être une sorte d'hébétude et ses yeux, hier bien posés, ne cessaient de balayer l'espace et de cligner nerveusement. Il tournait délibérément le dos à Séléné comme si sa vue lui était insupportable.

L'Adorateur se leva, s'approcha, et le moine lui fit signe de s'asseoir. Ils échangèrent quelques banalités sur le voyage et sur leurs objectifs. Le moine allait ouvrir un dojo. Une conférence donnée six mois plus tôt avait passionné les Russes friands d'expériences spirituelles. Le moine parlait de sa mission avec une ardeur qui redonnait peu à peu vie à son visage mais l'Adorateur sentait bien que ces détours allaient les mener à Séléné. Le moine se retourna discrètement pour voir si elle ne s'approchait pas, puis avec un regard sombre, parlant à mi-voix, il dit :

– Cette jeune femme qui voyage à vos côtés est très belle. Qui pourrait imaginer qu'elle soit d'une telle violence ?

L'Adorateur s'efforça de ne pas sourire.

– Elle vous a agressé ? demanda-t-il, un peu comme s'il parlait à un enfant.

– Le mot est trop faible... vraiment trop faible... je dirais plutôt qu'elle a instillé son venin dans mon âme, si j'avais encore cette notion.

– C'est elle qui vous l'a fait perdre ?

– Non, car dans le bouddhisme zen la croyance en une entité qui subsisterait et s'inscrirait de vie en vie est une hérésie.

– Racontez-moi, dit l'Adorateur dont la curiosité était piquée au vif.

– J'étais attiré par son regard, par sa manière de marcher comme les personnages des films de Cocteau, tirés sur un plateau vers la caméra. J'avais envie de lui parler car j'avais l'impression qu'elle devait avoir une pratique de la méditation. Lorsqu'elle est sortie, je l'ai suivie.

– Oui, j'ai vu.

– Elle m'a regardé avec un sourire tout à fait innocent,

très ouvert. Je lui ai dit qu'elle dégageait ce calme particulier aux pratiquants de l'assise mais elle m'a répondu que pour elle, la méditation, c'était le regard sur les choses et les êtres.

– Belle réponse...

– Oui, cela m'a touché. Nous avons marché en silence, elle était très proche de moi, je sentais son parfum et la tiédeur de son corps. Tous ses sens semblaient dirigés vers moi. Tout à coup, elle s'est arrêtée, elle m'a regardé dans les yeux pendant quelques secondes et m'a dit un poème, scandant chaque mot, d'une voix très douce, comme si elle voulait le graver en ma mémoire.

– Vous l'avez retenu ?

– Euh... oui, c'est un poème d'Alexandre Blok :

> *« Comme le ciel est noir !*
> *Comme ce soir*
> *Bout la colère,*
> *La sombre, la sainte, l'amère,*
> *Et comme la poitrine est pleine*
> *D'une noire et sinistre haine...*
> *Camarade ! Prends garde !*
> *Regarde bien ! Regarde ! »*

En disant ce poème, le moine sembla s'enfoncer dans une matière sombre et visqueuse. L'Adorateur était saisi. Il savait que Séléné avait vu le fond de l'âme du moine. Par bonheur le chauffeur du bus klaxonna et la conversation cessa où elle devait cesser. Comme Séléné et l'homme aux loups s'approchaient, le moine s'éclipsa rapidement pour éviter le contact. L'Adorateur était songeur, une main très douce lui caressa la nuque, il se retourna et vit le visage radieux de Séléné, son regard brillait d'un enthousiasme juvénile.

– J'avais raison, tu vois, Jean travaille avec des loups et il est sûr qu'ils m'accepteraient. Il m'emmènera les voir dans la forêt et il me donnera une « loupe ». C'est joli, non ?

– Oui, on dit « une louve », dit l'Adorateur amusé en saluant Jean qui s'esquiva rapidement.

Il n'avait pas l'intention d'entrer en contact avec un autre passager. Ils reprirent place dans le bus et Séléné lui demanda à mi-voix :

– Tu as parlé au moine zen, j'ai vu...

– Oui, il m'a raconté l'épisode du poème de Blok.

– Et l'autre épisode ?

– Il m'a parlé de votre promenade, de votre proximité.

– Nous avons marché. Je le sentais très tendu, plein de désir sexuel, le regard fuyant. Lorsque nous avons passé l'angle du bâtiment, il m'a brutalement poussée contre le mur, il a essayé de m'embrasser tout en soulevant sa robe. J'ai vu son sexe dressé. De l'autre main il essayait d'ouvrir mon jean. Alors je l'ai regardé dans les yeux et je lui ai dit le poème de Blok. Il s'est effondré en sanglots et je l'ai laissé là.

L'Adorateur prit Séléné dans ses bras. Elle tremblait. Il lui embrassa le front, la caressa avec tendresse et le bus se mit à glisser dans la nuit.

Le troisième jour, le moine se rapprocha d'un jeune couple en voyage de noces et se mit à leur enseigner les principes essentiels du zen. On entendait un mot ici ou là : « assise, présence, réalité, examen de la confusion, non-peur ». L'Adorateur cueillait ces mots en se demandant en quoi ils différaient de la voie du son qui avait guidé toute sa vie, sa quête de l'essence des choses, de la vérité des êtres, à travers la matière musicale, l'architecture d'une œuvre, son écriture, son mystère que les interprètes et lui-même s'efforçaient de se révéler mutuellement.

Séléné était d'humeur légère et enjouée. Elle avait totalement oublié les événements de la veille. Elle ne stockait rien, tout était réglé dans l'instant et l'Adorateur était d'autant plus admiratif qu'il lui avait fallu une vie pour commencer à goûter le spontané. Il savourait pleinement la capacité de Séléné à ne pas empiler les strates de la réalité, de l'expérience, du savoir. C'est ce qui rendait son système aérien et fluide. Pour elle, chaque seconde, de nouveaux dés étaient jetés.

Le négociant en ginseng épuisa son stock, sans doute finançait-il ainsi ses voyages. L'Adorateur se laissa glisser dans la partition de Chostakovitch pendant que Séléné lisait les textes de présentation des CD qu'elle avait achetés. Son choix s'était porté vers des compositeurs et des œuvres qu'on trouvait difficilement en Russie : György Ligeti, Phil Glass, George Crumb, Steve Reich, John Zorn. Elle n'écouta rien pendant qu'il travaillait, elle savait que le son résiduel des écouteurs n'était pas agréable.

Enfin ils s'approchèrent de Saint-Pétersbourg. Il était presque minuit. La plupart des voyageurs avaient l'air épuisé. Ils entrèrent dans cette nuit nacrée et vibrante de juin, théâtre des illusions, des rêves et des folies. Séléné ne cachait pas sa joie de retrouver sa ville, l'Adorateur tous sens en éveil, regardait le long panoramique des avenues si bien dessinées où les ombres coulaient dans la lumière laiteuse.

La maison de disques lui avait réservé une chambre à l'Astoria, un somptueux palace du début du XXe siècle. Ils y arrivèrent en taxi et lorsque le bagagiste se fut retiré, Séléné et l'Adorateur se retrouvèrent dans le silence feutré, comme isolés du monde par les tentures et les coussins. Séléné déposa son cartable qu'elle n'avait voulu confier à personne et dans la lumière douce, orangée, elle enleva ses vêtements un à un, avec lenteur, ce fut un rituel. L'Adorateur frémissait devant la grâce des gestes. Il la contempla longuement, comme on regarde une œuvre d'art. Il ne lui vint même pas l'idée de se déshabiller. Il la regardait, nue, immobile. Il était là, planté devant la fenêtre, dans le même état de vénération que lorsqu'il s'était trouvé face à *la Déesse aux serpents* du musée d'Heraklion. Il avait vibré comme une corde d'instrument jusqu'à la fermeture du musée où un gardien était venu lui toucher l'épaule pour le ramener sur terre.

C'est alors qu'il remarqua quelque chose d'extraordinaire : un long fil de jouissance cristalline s'écoulait du sexe de Séléné et se dirigeait vers le sol. L'Adorateur suivait la lente descente entre les jambes ouvertes. Au moment où le fil allait se poser sur le tapis, l'Adorateur se mit à genoux et en recueillit l'extrémité sur sa langue. Il en goûta le parfum, la fraîcheur, la saveur et, complètement enivré, il remonta jusqu'à la source. Les paupières de Séléné battaient comme des ailes de papillon. Séléné fit basculer l'Adorateur sur le lit, à genoux, elle se mit au-dessus de son visage, enserrant la tête de l'Adorateur entre ses cuisses. Elle promenait lentement son sexe sur ses lèvres, son nez et tout son visage. L'Adorateur voyait le ventre de Séléné, ses seins, la courbure de ses épaules, ses bras déployés comme des ailes dans l'espace, ondulant comme ceux d'une danseuse thaï et enfin le regard qui ne le quittait pas une seconde. L'Adorateur se nourrissait de l'essence de félicité de Séléné. Il souhaita que le temps s'arrête et qu'ils ne quittent jamais le rythme divin qui les habitait.

Plus tard, elle le déshabilla et, toujours en position dominante, elle fit glisser en elle le sexe de l'Adorateur, millimètre par millimètre, ce qui lui donna la sensation que la pénétration ne s'arrêtait jamais. Des murmures très doux montèrent des entrailles de Séléné et mettaient en vibration ses cordes vocales dans un souffle continu. Elle balbutiait en russe des mots incompréhensibles. Son sexe était à la fois brûlant et frais, lisse comme une conque et animé de contractions rythmiques. Chaque fois qu'elle s'approchait de l'orgasme, son regard lançait des flashes et s'agrandissait sous l'effet d'une stupeur nacrée.

Ils firent l'amour jusqu'au matin. A deux reprises quelqu'un frappa à la porte pour demander le silence. Ils finirent par s'endormir totalement enlacés comme si toute articulation avait été fondue au feu de la passion, enivrés par l'odeur de l'amour.

L'Adorateur rêva qu'il marchait dans un jardin de roses qui n'avait pas de fin. Chaque rose avait la taille d'une tête et se trouvait à hauteur de son visage. Parfois, dans cet infini de pétales aux mille couleurs, il voyait le visage de Séléné qui jouissait.

Lorsque l'Adorateur s'éveilla, nimbé du parfum de celle qu'il avait adorée avec la plus totale ferveur, il était seul. Il vit que le cartable n'était plus là, que les vêtements abandonnés sur le sol avaient disparu et qu'ils avaient été remplacés par des pétales de roses semés en direction de la porte. L'Adorateur se leva, il les recueillit pour éviter que la femme de ménage ne les jette, puis il revint vers le lit, prit l'oreiller qui s'était imbibé de l'odeur de Séléné et le cacha dans l'armoire, telle une relique. Il le remplaça par un autre. Il se recoucha, les pétales de roses fragiles et comme palpitant dans le creux de sa main, dans une félicité totale.

Le téléphone sonna, c'était Sarah, l'ingénieur du son avec laquelle il partageait toutes ses expériences musicales depuis huit ans. Elle avait vu la salle et avec l'aide de Peter, son assistant, elle avait installé le matériel d'enregistrement. L'Adorateur ne prit pas de douche, il voulait conserver sur sa peau le parfum de Séléné qui l'entourait comme une aura olfactive. Il se rasa, trouva son visage plus jeune, plus vivant. L'expression de son regard avait glissé vers l'incandescence qui lui venait en général vers la fin d'un enregistrement. Il se dit que s'il devait mourir en cet instant, il aurait connu toute la beauté qu'un homme puisse toucher.

Il descendit déjeuner avec Sarah qui le regarda avec le plus grand étonnement et une sorte de joie coquine dans les yeux.

– Je ne sais pas comment tu as passé la nuit mais il en reste quelque chose de divinement doux sur ton visage. C'est la première fois que je te vois cette expression et le parfum qui t'entoure dit le reste de l'histoire. Tu as rencontré une petite Russe à peine arrivé de ton voyage de fou ?

– J'ai fait dans le bus une rencontre merveilleuse mais je ne sais pas encore si j'ai rêvé ou si tout cela est bien réel.

– Nous sommes sur les terres de Gogol et la réalité n'a jamais été le souci majeur des Russes.

L'Adorateur se nourrit sans trop savoir ce qu'il mangeait. Chaque chose avait un goût nouveau. Il recueillit les premières impressions de Sarah : la salle possédait un plancher idéal pour le son et de beaux volumes, l'écho naturel était excellent pour la musique de chambre. Comme elle lui parlait, l'Adorateur se mit en fonction, toutes ses perceptions, son intelligence de l'espace entrèrent dans la musique. Le premier rendez-vous avec les artistes était fixé à dix-sept heures. L'Adorateur n'aimait pas travailler le matin et heureusement pour lui, beaucoup d'artistes partageaient ce goût. Sarah et lui se rendirent à la salle à quinze heures. L'Adorateur fit déplacer deux grands rideaux car son intuition lui dit qu'ils étoufferaient les aigus de l'alto. Puis, selon son habitude, il s'assit au centre de la pièce vide, un grand salon de réception, dans un palais, non loin de la perspective Newsky, et il laissa ses sens s'unir à l'espace dans lequel il allait officier.

Les musiciens arrivèrent. Dès les premières secondes, l'Adorateur sentit que l'enregistrement allait bien se passer. Il avait au cours des années développé cet instinct infaillible qui ne se fondait pas sur les formes extérieures des personnalités mais sur une perception directe et transparente de la capacité de certains êtres à transmettre l'essence de la musique. Parfois les caractères étaient difficiles, voire désagréables, mais cela ne perturbait pas le moins du monde l'Adorateur qui se fiait à sa vision immédiate et savait créer les conditions nécessaires à la réussite d'un disque. Il savait conduire en toute souplesse les artistes au plein déploiement de leurs capacités par sa seule écoute. Il savait faire émerger parfois des dispositions inconscientes par la manière dont il occupait l'espace.

Les artistes étaient âgés d'une quarantaine d'années. Ils avaient une longue habitude de jouer ensemble qui se voyait immédiatement. On les sentait reliés avant même qu'ils ne touchent leurs instruments. Ils s'étaient imposés sur la scène internationale comme un duo et non comme le collage arbitraire de deux stars.

L'alto entra, les pizzicati avaient le parfum d'une pluie glacée. Le piano glissa derrière le son des cordes. Dès les premières mesures, l'Adorateur sentit l'égalité de talent, la fusion de la vision musicale de deux personnalités bien marquées. C'était tout ce qu'il aimait. Pour lui, un seul pizzicato suffisait presque pour juger du niveau de l'instrumentiste. Il fallut à l'Adorateur trois essais et une petite heure pour arriver à la balance idéale entre l'alto et le piano. Au début, le pianiste fut étonné de voir les deux micros placés à la queue de l'instrument et non au centre comme cela se pratiquait couramment. En écoutant les premières prises, il comprit vite l'intérêt de cette position. La percussion des marteaux sur les cordes n'était audible que lorsque la musique et le toucher du pianiste l'imposaient. Alors, dans le silence absolu, l'Adorateur prononça la phrase rituelle qui toujours faisait battre son cœur : « Prise cent ! » L'usage était de commencer par cent pour avoir toujours un nombre à trois chiffres.

Une concentration absolue s'établit dans la cabine. L'Adorateur avait trop souffert lorsqu'il était assistant, de voir des ingénieurs lire le journal, manger ou bayer aux corneilles. Il avait toujours choisi ses partenaires en fonction de leur qualité d'écoute, les connaissances techniques allant de soi. Comme il le faisait toujours, il laissa les artistes jouer tout le premier mouvement, car la salle, les machines et les hommes devaient se configurer à un événement qui ne se répéterait jamais.

L'Adorateur occupait tout l'espace, la musique se jouait dans son corps, il n'y avait plus de perception extérieure.

Il suivait attentivement la partition, notant légèrement, au crayon, quelques détails. Il s'assurait que les micros captaient parfaitement la matière sonore, la rondeur des pizzicati, le grain serré du son de l'alto, la nature ténébreuse mais limpide du piano, le timbre des instruments et leur équilibre. Depuis ses débuts, l'Adorateur s'était battu auprès des artistes et des directeurs de maisons de disques pour qu'on rende au piano sa place égale dans l'interprétation des sonates pour deux instruments et même parfois, comme dans les sonates pour piano et violon de Mozart, une position légèrement dominante.

L'Adorateur aimait la pâte sonore du duo, la manière dont chacun savait monter au premier plan ou soutenir le chant de l'autre. Il appréciait le vibrato très serré de l'altiste dont la perfection de la justesse ne nécessitait aucun maquillage. Il savait aussi utiliser une technique aujourd'hui presque perdue, transmise par le grand quartettiste français Lucien Capet, celui-là même que Proust décrit dans *La Recherche du temps perdu*, qui consiste en un lent louvoiement de l'archet sur la corde et donne ainsi vibration et palpitation au son. L'Adorateur n'avait même pas besoin de le voir, il le reconnut instantanément. Les Russes, grands admirateurs de Capet, avaient traduit son ouvrage magistral : *La Technique de l'archet* et avaient perpétué cet enseignement.

Toute la chair de l'Adorateur vibrait. Sarah avait l'habitude de sentir cet effet dès qu'il se produisait et son lien à l'Adorateur était si intime qu'elle se mettait à vibrer à l'unisson. C'était le secret du succès de leur collaboration.

Peter commençait à comprendre ce moment subtil et il arrivait qu'il s'y glisse lui aussi. Dans ces cas-là, l'Adorateur lui jetait un regard chaleureux qui le faisait sourire.

Dès que les musiciens eurent terminé le premier mouvement, l'Adorateur se précipita dans la salle et sans un mot, il les embrassa chaleureusement. Ils comprirent qu'ils avaient affaire à un fou de musique. L'Adorateur déplaça les micros de l'alto d'un demi-centimètre pour mieux accrocher le grain du son. Il y avait des moments dans l'œuvre où il fallait sentir l'arraché de l'archet sur la corde et l'Adorateur aimait entendre le souffle des instrumentistes, la respiration qui accompagne le phrasé, le crée, le féconde et le spatialise.

L'altiste et l'Adorateur entrèrent bras dessus, bras dessous dans le studio. Sarah s'amusait de l'aisance avec laquelle l'Adorateur entrait en contact. Elle apprenait beaucoup en le regardant. C'était un séducteur qui faisait dans la sobriété, une sorte d'adepte de l'attente plus que de l'action et ses mouvements étaient toujours fondés sur un enthousiasme véritable. Les musiciens s'assirent autour de l'Adorateur. La partition était reine, les trois hommes ses serviteurs. Ils écoutèrent. Sans rien dire, juste en indiquant un passage pendant l'écoute, l'Adorateur soulignait un détail d'ensemble, de résonance, de nuance ou de variation infime de tempo. Les deux musiciens acquiesçaient aussitôt. C'était ce que Sarah admirait par-dessus tout, l'Adorateur ne tentait pas d'imposer sa vision de l'œuvre mais entrait dans celle des interprètes et tendait simplement à la mener jusqu'à ses plus extrêmes conséquences. Il n'expliquait jamais rien, il se faisait comprendre d'un geste, d'une expression du visage, d'un regard.

Les musiciens retournèrent dans la salle, Sarah embrassa l'Adorateur avec enthousiasme et le travail commença. Ils s'étaient rencontrés dix ans plus tôt à l'Université de Californie où l'Adorateur enseignait un trimestre par an les mystères de la production à des étudiants, qui, pour la plupart, deviendraient des professionnels. Dès le début, Sarah avait alors dix-huit ans, un lien s'était développé entre eux, il avait culminé en une série d'invitations à assister à ses enregistrements pendant deux ans. Une période durant laquelle elle n'avait fait qu'entendre, regarder et sentir. Puis il l'avait engagée. L'Adorateur avait été fasciné d'apprendre que les peintres classiques chinois procédaient de la sorte. Les élèves d'exception étaient admis dans l'intimité créative du peintre et ils ne faisaient que regarder, que s'imprégner, sans avoir le droit de toucher quoi que ce soit. Après quelques années, ils pouvaient laver les pinceaux, préparer le papier et exceptionnellement l'encre, puis un jour, le maître libérait leur potentiel créatif et ils recevaient enfin la permission de peindre. L'Adorateur avait procédé de la même manière avec Sarah qui était aujourd'hui reconnue comme l'un des meilleurs ingénieurs du métier.

Sarah était une femme au visage très fin, aux grands yeux sombres, à la chevelure brune frisée et abondante. Elle avait étudié la clarinette mais avait fini par se tourner vers la production tant la vision de l'Adorateur l'avait subjuguée. Bien que Sarah fût une femme très sensuelle, elle n'avait jamais eu de relation amoureuse ou sexuelle avec l'Adorateur. Un équilibre d'où la séduction réciproque n'était pas absente s'était installé et il se trouvait qu'aucun des deux intéressés ne voulait prendre le risque de la compromettre. Mis à part la musique, Sarah et l'Adorateur partageaient quelques autres passions : celle de la peinture et une chose plus rare, celle des confitures et des gelées. Quelques années plus tôt, alors qu'ils enregistraient, à Budapest, ils s'étaient retrouvés sur une place de marché où les étals croulaient sous les groseilles et les framboises. Ils avaient acheté une bassine, du sucre, des pots, et le soir, dans l'appartement où ils logeaient, ils avaient fait des gelées. Ils savaient tous deux qu'une cuisson ne devait pas dépasser trois minutes sous peine de rompre la pectine des fruits et d'anéantir le goût. Ils se partagèrent une quarantaine de pots.

Sarah vivait seule. Comme elle le disait souvent, elle aimait trop les hommes pour s'en passer mais pas assez pour vivre avec eux. Elle profitait de ses nombreux voyages pour nouer des relations intenses et épisodiques avec des hommes et parfois des femmes qui souvent la poursuivaient de leurs assiduités. Plus d'une fois l'Adorateur l'avait sauvée en se prêtant au jeu des amants. Sarah était une sorte de marin de la musique. Un partenaire dans chaque port. En cela, elle s'entendait assez bien avec l'Adorateur, qui, après vingt-cinq ans de vie commune avec une grande violoniste, élève de Josef Szigeti, vivait seul, trop amoureux de sa liberté et de son indépendance.

Il avait partagé avec cette femme une vie d'une grande intensité harmonique à laquelle un cancer des os et la mort avaient mis fin. La douleur intolérable (la morphine n'agit pas sur les os), l'impossibilité progressive de jouer ou même de tenir le violon ou l'archet, avaient fini par terrasser cette femme merveilleuse qui s'était peu à peu enfoncée dans la dépression et dans l'angoisse. Son dernier concert avait été un calvaire. Elle jouait quatre sonates de Mozart, dont la magnifique sonate K 378 avec ses variations d'une folle créativité et pendant tout le concert, l'Adorateur, pétrifié dans son fauteuil, attendait qu'elle lâche son archet ou s'écroule car elle avait tenu à jouer debout, au prix d'un effort surhumain. Elle avait pris des tempos extrêmement lents, la musique semblait s'étirer à l'infini mais le résultat musical avait été saisissant. Les derniers mois avaient été entrecoupés de jours heureux. Elle était morte une nuit de juillet dans les bras de l'Adorateur. Il l'avait tenue longtemps contre lui. Au moment de la mort, il avait senti une incroyable libération d'énergie. Elle était littéralement partie dans l'espace. La présence de l'Adorateur avait été telle, qu'en cet instant toute la douleur du deuil s'était volatilisée. Il avait été libéré en même temps qu'elle. Dans la chaleur de l'été, le corps s'était assez vite couvert de moisissures légères mais l'Adorateur avait continué à dormir près d'elle sans éprouver aucun dégoût pour ce corps qui s'en allait. Depuis, aucun corps ne l'avait plus jamais mis à distance. Il pouvait prendre dans ses bras n'importe quel être humain, quel que soit son état de décrépitude. La mort de sa femme l'avait délivré d'une certaine forme de peur. Il se sentait proche de tout ce qui était vivant, de tout ce qui mourait, de tout ce qui changeait de nature. Il avait pu passer la nuit, à Bénarès, au bord du Gange où il avait jeté les cendres de sa femme, avec des ascètes Agori qui se nourrissent de cadavres. Il avait décliné l'omoplate humaine qu'on lui tendait sans la moindre convulsion des entrailles ou de l'esprit, en fidèle disciple de Diogène. Les Agori l'avaient adopté et il avait ensuite partagé plusieurs nuits en leur compagnie devant le fleuve majestueux et lent, dans le miroitement des chandelles qui dérivaient sur des feuilles de banian repliées en forme de barque, le glissement des guirlandes de fleurs jetées aux divinités et le son des chants dévotionnels qui coulaient de la ville.

Depuis la mort de sa femme, l'Adorateur avait eu quelques aventures occasionnelles et, peu à peu, il avait développé une attente amoureuse aussi flottante que les lueurs qui dérivent sur le Gange. Il attendait et ne dédaignait pas des aventures avec des femmes rencontrées dans les hôtels ou avec des prostituées. Il avait développé pour elles une réelle tendresse, une compréhension immédiate, une admiration qu'elles sentaient. Il arrivait que l'aventure vénale dépasse le cadre habituel pour devenir un moment émouvant où deux êtres solitaires communiquent en profondeur. C'était pour cela qu'il avait pris le numéro de Liouba. Séléné avait un côté si indéchiffrable qu'il n'avait entretenu aucun fantasme quant à la suite de leur relation. Elle aurait très bien pu descendre du bus, lui donner un dernier baiser renversant et disparaître à tout jamais.

Les musiciens firent une pause pendant laquelle l'accordeur régla quelques notes aiguës du piano et l'Adorateur, pensant à Séléné, se demanda s'il la reverrait jamais. Aussitôt qu'il l'eut évoquée, il fut pris par son odeur au point d'avoir l'impression qu'elle venait d'entrer dans le studio. Sarah qui avait senti sa distraction lui jeta un regard complice et ils se remirent au travail.

Ils se quittèrent vers une heure du matin. L'Adorateur et Sarah rentrèrent à pied, émerveillés par la lueur laiteuse de l'atmosphère.

– On dirait que les Dieux ont joui dans le ciel, dit Sarah en riant.

En demandant sa clé, l'Adorateur espéra que le concierge lui remettrait un message de Séléné, mais il n'y avait rien. Il passa dans sa chambre où flottait encore l'odeur mystérieuse. Il trouva un repas froid qu'il avait commandé avant de partir. Il aimait ce moment où, après une journée d'enregistrement, il rentrait, chargé de musique, se détendait seul, dans le silence. Des phrases musicales revenaient en lui, il commençait à développer une vision sonore du disque, tel qu'il serait après le montage. Il prit une douche puis il se coucha et posa la partition de Chostakovitch sur le lit. Une habitude qu'il avait prise dès le Conservatoire. Il aimait dormir avec la musique. C'était comme si, pendant la nuit, les notes s'infusaient dans son esprit, et, qu'au matin, une vision plus claire de l'œuvre se manifestait naturellement. Il avait un jour parlé de cela, dans un train, avec une petite fille de douze ans assise en face de lui. Elle lisait Rimbaud. Elle lui confia qu'elle ne comprenait pas toujours et qu'elle avait eu cette idée de dormir avec les livres et qu'elle avait expérimenté le même résultat :

– Pendant la nuit, le livre me parle et me dit ses secrets.

L'Adorateur revit le visage rond, les yeux intelligents de l'enfant étonnée de trouver un adulte avec lequel on puisse parler de l'essentiel. Elle lui avait dit aussi cette phrase :

– Avec les garçons, on ne peut parler de rien, ils ne pensent qu'à mettre leur langue dans la bouche des filles.

L'Adorateur s'endormit, une main sur la partition.

Le lendemain, ils pénétrèrent dans les profondeurs volcaniques de l'adagio monumental qui conclut la sonate. Une vision crépusculaire où reviennent obsessionnellement des bribes d'une phrase de la *Sonate au clair de lune* de Beethoven, tirées, étalées, déchirées, au piano puis à l'alto. Il y avait dans ce mouvement une beauté sépulcrale, parfois étouffante et désespérée, qui s'envolait et touchait à la transparence pour enfin atteindre l'infini dans un dernier pianissimo.

L'Adorateur, Sarah et Peter étaient bouleversés par l'interprétation. L'Adorateur n'avait presque plus rien à dire tant les artistes exprimaient l'essence de l'œuvre dans une beauté et une intensité sonore insurpassables. L'altiste et le pianiste se sentaient portés par leurs trois auditeurs qui valaient pour eux plus qu'une salle enthousiaste et c'est ainsi que l'Adorateur concevait le rôle du producteur. Stimulés par son écoute, les artistes touchaient à leur sommet expressif. L'Adorateur ne voulut que deux montages dans ce mouvement qui faisait dix-huit minutes tant il craignait de bouleverser l'ordre intime des choses par une manipulation électronique. Pour lui la beauté expressive passait avant tout et il lui était déjà arrivé de choisir une prise avec une imperfection simplement parce qu'elle était plus belle, plus essentielle. Il regrettait parfois le temps où, avant l'avènement du digital, il fallait trancher la bande magnétique. Ce geste avait une valeur symbolique forte que le montage digital, si simple, perdait. L'Adorateur, même lorsqu'il montait à l'ordinateur, se souvenait toujours du geste.

Ils écoutèrent le dernier mouvement, puis l'Adorateur convia toute l'équipe à dîner avant d'enregistrer la seconde œuvre inscrite au programme : la Troisième Sonate pour alto et piano écrite en 1939 de Paul Hindemith. L'Adorateur n'avait pas pour Hindemith la même estime que pour Chostakovitch mais certaines œuvres du compositeur, comme les *Kammermusik* pour divers instruments solistes et orchestre de chambre, le fascinaient ainsi que les œuvres pour alto. Hindemith était un grand altiste et il avait composé pour son instrument des œuvres clés dans la musique du XXe siècle. La Troisième Sonate en était l'épitomé.

Pendant le dîner, l'Adorateur ne cessa de penser à Séléné. Il ne savait rien d'elle, n'avait ni numéro de téléphone ni adresse. Elle était trop jeune pour être connue dans les milieux artistiques de la ville. Il lui vint une idée toute gogolienne : une fois l'enregistrement terminé, il se mettrait à errer dans les rues jusqu'au moment où un signe le mettrait sur la piste de la fugitive. Plus tard il eut l'idée d'appeler l'un de ses amis, un chef d'orchestre qui vivait à Zurich et qui connaissait bien les milieux artistiques. Il sortit de table et lui téléphona immédiatement en lui confiant la mission de trouver la galerie qui exposait Séléné, d'acheter une toile en son nom et d'obtenir l'adresse de l'artiste.

L'Adorateur redoutait souvent les dîners avec les artistes car les conversations tournaient vite à l'évaluation négative des confrères. Ce soir-là, tout se passa avec grâce et légèreté.

Il y eut de beaux silences, des instants de découverte, de détente et de complicité qui servirent de prélude à l'enregistrement du premier mouvement de la sonate de Hindemith. Les musiciens portèrent l'interprétation à son sommet. L'Adorateur demanda aux techniciens d'inverser l'ordre des œuvres sur le disque. Il voulait finir par Chostakovitch.

Lorsqu'en rentrant à l'Astoria l'Adorateur ne trouva pas de trace du passage de Séléné, il sentit monter en lui un manque, une nostalgie, une crainte de ne jamais la revoir. Son cœur et ses entrailles se serrèrent. Il but un bourbon au bar puis il monta dans sa chambre, sortit l'oreiller de l'armoire et respira le parfum de l'absente.

Cette nuit-là, il la vit en rêve. Nue, couchée sur une grande feuille, elle dérivait sur un fleuve couleur de nuit indienne. Il sentit viscéralement l'ombre au fond des eaux qui la portaient et, en transparence, flottant entre deux courants, il vit le corps lumineux de Séléné dont la clarté lunaire touchait ses tréfonds. Il se réveilla profondément troublé par cette vision. Une intense félicité le traversa puis il se rendormit, pénétré du parfum de rose musquée de Séléné.

Le lendemain, il était en train de déjeuner avec Sarah lorsque son téléphone portable sonna. C'était son ami de Zurich. Il venait d'acheter une toile. Le marchand était l'une de ses connaissances et il avait obtenu l'adresse et le numéro de téléphone de Séléné. Sarah lui tendit un stylo et une feuille arrachée à son agenda. L'Adorateur jubilait, il remercia chaleureusement son ami et lui promit une visite prochaine.

– Amoureux ? demanda Sarah.

– Non...

– Ne mens pas !

– Je crains que cela soit plus grave que cela...

– L'amour fou ?

– Je crois... En tout cas, tu es un fin limier.

– J'avais les éléments nécessaires.

A dix-sept heures, ils retournèrent au studio et l'enregistrement se termina un peu plus tard. Rendez-vous fut fixé dans deux jours pour entendre le disque monté. Les musiciens furent ravis de ne pas avoir à attendre des semaines, voire des mois, comme c'était souvent le cas. L'Adorateur en avait profité pour rallonger un peu son séjour avec l'accord du directeur de la maison de disques, trop heureux de la réussite qui s'annonçait.

De retour à l'hôtel vers deux heures du matin, l'Adorateur n'hésita pas une seconde. Il prit une douche, s'habilla de frais car il ne se changeait jamais pendant les enregistrements, comme si ses vêtements étaient imbibés de l'essence musicale. Il demanda au concierge de lui indiquer sur un plan l'adresse de Séléné. En une petite demi-heure, l'Adorateur pouvait s'y rendre à pied. Il ne résista pas à cette tentation. Il avait besoin de sortir de l'enregistrement pour être tout entier à Séléné.

Il marchait sans se presser. Tout son corps vibrait. Par moments il avait envie de courir. Il avait la sensation d'avoir retrouvé ces moments de l'adolescence où tout l'être se précipite vers l'amour avec une joie de jeune animal aux premiers jours du printemps. Depuis combien d'années n'avait-il pas ressenti ce trouble profond de l'esprit et des sens, cette folle électrification du réseau cellulaire dirigé vers un être. Il s'amusait de se voir dans cet état. Un instant, il eut l'idée de rebrousser chemin, d'appeler Liouba et de passer la nuit avec elle car une sorte de peur fondamentale surgissait en même temps que son élan. L'un des démons farceurs qui hantent la ville, peut-être Angékamon lui-même, lui souffla qu'il allait à sa destruction. Cela ne dura qu'une seconde et bien vite, il accéléra le pas.

Il aimait la fougue de Séléné, son mystère, sa spontanéité, le silence dans lequel elle l'avait laissé. Il y voyait le signe avant-coureur d'une grande liberté, d'une passion qui pourrait se développer sans tomber dans les pièges mortels des relations amoureuses. Il espérait, il croyait, il rêvait de toucher à l'inaccessible. Il croisa quelques personnes qui ne purent s'empêcher de lui sourire. Etait-il en proie à l'illusion magique qui touche ceux qui se laissent prendre par Saint-Pétersbourg ? Découvrirait-il une veille femme en train de vernir des tableaux insipides ? Avait-il rêvé ? Toutes ces questions le faisaient sourire car l'odeur de Séléné l'accompagnait comme une brise, bien réelle, chaude, prometteuse de folie et de joie.

Il entra dans une cour. Tout au fond, dans ce qui devait être d'anciennes écuries, brillait de la lumière. Un grand porche vitré, une porte de bois, et surtout, le deuxième mouvement du Concerto pour violon de Phil Glass.

Il poussa la porte : il la trouva, torse nu, en pantalon blanc de coton léger, maculé de taches de couleurs, dans lesquelles les rouges et les orangés dominaient. Quelques traces de couleur sur le ventre et les seins. Séléné, à quatre pattes au-dessus de sa toile posée sur un sol de ciment, les tubes de couleurs à l'huile jetés tout autour comme sous l'effet d'une explosion. L'Adorateur entra sans bruit. Séléné se mit à rire tout en continuant à peindre. Un rire léger, joueur, passionné.

– Je t'attendais, je savais que tu entrerais au début du deuxième mouvement. Assieds-toi, j'ai presque fini.

L'Adorateur prit place sur un long canapé défoncé couvert d'un tissu et de coussins noirs. Il la regarda peindre. Il y avait dans ses gestes quelque chose de lent, de sûr, une sorte de danse de tout le corps qui se finissait en traces lumineuses. A coups d'éponge, de pinceau, elle changeait la nature d'un aplat, d'un contour. Au milieu de l'atelier trônait un poêle sculptural, à la cheminée ajourée comme trois serpents entrecroisés.

Un grand nombre de toiles étaient tournées contre le mur. Des livres s'empilaient partout. Sur un tableau en liège, des photographies, des esquisses, des coupures de presse, des poèmes et des lettres étaient placardés dans le plus grand désordre.

– C'est ma planche à rêver, dit Séléné. Comme une planche à voile qui glisse sur les vagues de l'espace-temps.

Un lit défait se trouvait dans une alcôve et une cuisine

sommaire occupait le fond de l'atelier. Une porte entrouverte donnait sur une salle de bains où l'on voyait un fragment de baignoire à pattes de lion rouge. Séléné peignait à la bougie, ce qui étonna l'Adorateur. Assis silencieusement, il continuait à observer. Il adorait voir les seins de Séléné suivre les souples mouvements du buste et des bras. Le mouvement naissait au fond des entrailles et se répandait sur la toile. Séléné, d'un dernier coup de pinceau, donna naissance à une trace blanche. Elle jeta le pinceau sur le sol en poussant un petit cri de satisfaction. Elle posa la toile sur un chevalet, le regarda deux ou trois minutes et vint se mettre à cheval sur l'Adorateur avant de l'embrasser avec une grande tendresse.

– Tu savais que je te trouverais ?

– Je t'avais donné assez d'indices !

– Et si je n'avais pas réussi ?

– Tout se serait arrêté. Je suis les méandres de la vie. Je n'aime pas la fabriquer, parfois je pense que je n'ai aucune volonté propre. Je suis comme une plume dans un haut défilé montagneux. Elle se laisse aller, sans idée de haut et de bas, de droite ou de gauche. J'ai compris très tôt que je n'ai aucun choix et depuis je me sens totalement libre.

– Tu ne décides jamais rien ?

– Je n'ai pas cette arrogance.

– Qui décide ?

– Personne n'a cette possibilité. Ce ne sont que de pauvres petits fantasmes de puissance. Tu les as encore ?

– De moins en moins, je comprends ce que tu veux dire. Tu ne décides pas de mettre du rouge ou du blanc, je ne décide pas de prendre une prise ou l'autre, c'est l'œuvre qui décide.

– Pour une fois que quelqu'un comprend ça... La plupart du temps les gens me regardent avec une expression d'idiot quand j'en parle. Tout le monde leur dit qu'ils peuvent choisir et ils le croient, c'est pour ça qu'ils sont si malheureux. S'il n'y a pas de choix, il n'y a pas de coupable, pas de culpabilité, chacun évolue en fonction du tout. Aucun mérite, aucune faute pour personne. Alors tout est simple, tu prends plaisir.

L'Adorateur souleva Séléné, ils volèrent jusqu'au lit. La cotonnade du pantalon était mouillée à l'entrejambe. Il le lui retira. Elle ne portait pas de slip.

– Tu jouis en peignant ?

– Ça m'arrive... certains bleus, quelques rouges me font jouir.

L'Adorateur se déshabilla en quelques secondes. Lorsque leurs corps se touchèrent, il poussa un cri rauque qui le surprit lui-même. Il atteignait enfin une félicité mille fois imaginée. Une vie d'attente l'avait finalement mené dans le profond dédale du cœur où, dans la plus extrême nudité, il s'aventurait vers l'incandescence.

Cette nuit, ils passèrent des heures en suspens, dans l'effleurement des épidermes, ils se humaient, se léchaient avec une tendresse animale, ils exploraient les mille recoins que peut atteindre la langue, les contours et les gouffres comme des cartographes ivres qui veulent dresser la première esquisse d'un territoire inconnu. Par les seules caresses, ils touchaient peu à peu à une unité rythmique où tous les mouvements se ralentissent à l'extrême. Leur jeu devenait une danse où un seul mouvement peut se développer pendant des années-lumière, où un seul geste peut correspondre au temps qu'il a fallu pour que la Terre et les hommes inventent ces paradis fragiles. Ils fermaient rarement les yeux pour aviver leur extase à celle de l'autre. Le regard de Séléné était le théâtre de feux d'artifice sans fin où toutes les couleurs se mêlent dans des gerbes aux lents essors.

Ils finirent par s'endormir à l'heure où la ville s'anime, où les cris retentissent, les rires, la lassitude et les mouvements d'humeur. Chaque fois qu'ils s'éveillaient, leurs corps se rapprochaient plus encore, leurs lèvres se cherchaient, la chaleur volcanique de leurs sexes se joignait puis, dans un long soupir traversé de tremblements, ils glissaient à nouveau dans un sommeil entrecoupé de collages de rêves.

Au début de l'après-midi, ils prirent leur petit déjeuner au lit. L'Adorateur fit couler le jaune d'un œuf à la coque sur les seins de Séléné, il mit un peu de sel et le lécha. Séléné plaça des framboises sur le corps de l'Adorateur et vint les cueillir du bout des lèvres.

– L'enregistrement s'est bien passé ?

– Ce sera un très beau disque. Mon assistante, Sarah, est en train de le monter. Si tu veux, demain soir, je t'invite à venir l'écouter avec les artistes. Ils habitent la ville, tu aurais certainement du plaisir à les connaître.

– Je pourrai avoir une copie du CD ?

– Oui, je te le donnerai en secret, c'est contre l'usage avant que le disque ne sorte.

– Tu produis combien de disques par an ?

– Sept ou huit, avant beaucoup plus. Je ne fais plus que les enregistrements qui me paraissent essentiels. C'est le privilège de l'âge.

– Comment peux-tu savoir qu'un disque sera essentiel ?

– Je le sens, c'est viscéral. Même avec de jeunes artistes qui font leur premier disque, il y a quelque chose en moi qui me pousse vers le projet ou m'en écarte. J'ai aussi pris l'habitude de travailler avec les quelques directeurs de maisons de disques qui partagent ma vision. Le talent exceptionnel dégage un parfum que les autres n'ont pas, je le sens, même sans voir les gens.

– C'est ce que Monsieur Altman, le directeur de la galerie, m'a dit lorsqu'il m'a téléphoné la première fois : « J'ai aimé votre travail mais avant de prendre la décision de vous exposer, il faut que je vienne flairer. » C'est par lui que tu as trouvé mon adresse ?

– C'était mon seul indice...

– Tu es un aventurier, un séducteur, un fou, le plus beau et le plus tendre des hommes et je vais naviguer dans les zones sombres de ton cœur.

Après cette tirade, Séléné renversa l'Adorateur sur le lit et très doucement, en s'accroupissant sur lui, elle lui donnait avec les lèvres de son sexe humide, de petits baisers sur les pieds, les genoux, l'aine, le nombril, les mamelons, les épaules, le cou et le visage. L'Adorateur en avait le souffle coupé, elle l'enrobait de son nectar, c'était comme si des papillons de nuit parfumés le touchaient délicatement. Il restait immobile, goûtait ce survol léger, ces atterrissages plus ou moins appuyés en fonction du terrain. Elle embrassa son nez sur lequel elle se laissa descendre profondément, avec un rire fou. L'Adorateur sentit cette lente pénétration et il en était encore tout émerveillé quand elle lui effleura les paupières, les sourcils et le front. L'Adorateur n'avait jamais ressenti quelque chose d'aussi délicat. D'un point à l'autre de son visage, elle tirait ses fils de jouissance fraîche qu'elle fixait par un baiser du sexe.

Lorsque l'Adorateur s'extasia devant ce miel, cette essence sublime que Séléné distillait, elle lui dit, la voix grave, comme si elle livrait un secret :

– C'est la première fois que cela m'arrive. Tu sais, je suis presque vierge. Je n'avais jamais vraiment fait l'amour avec un homme.

L'Adorateur trouva cette confession touchante mais il n'en crut pas un mot. Il la regarda avec un sourire dubitatif, elle fit mine de se fâcher.

– Tu peux me croire, je ne mens jamais. Toi, tu as dû avoir des centaines d'expériences amoureuses mais moi j'attendais. Je n'avais aucun intérêt pour les hommes rencontrés jusqu'ici. Il y avait quelque chose qui ne fonctionnait pas entre eux et moi et j'étais très amoureuse d'une femme, une grande poétesse. Quand je t'ai vu dans le bus, dès les premières secondes, j'ai senti une révolution dans mon cœur et dans tous mes membres. J'ai cru que j'allais exploser, me mettre à crier, devenir folle. C'était intense et immédiat. J'ai senti comme des petites bulles dans mon sexe et la jouissance qui se mettait à couler. Je ne savais pas ce qui m'arrivait. J'étais un peu comme une jeune fille qui a ses premières lunes.

L'Adorateur trouva la déclaration trop belle pour continuer de douter. De toute manière la vérité objective ne l'intéressait pas. Pour lui tout était réel et la moindre formation mentale avait à ses yeux une matérialité indéniable. Il prit Séléné dans ses bras et la serra avec force. Il se sentait revenir à un temps qui précède la connaissance du corps, un temps brumeux et chaud où les plus folles rêveries sensuelles occupent la longueur des nuits et s'ouvrent sur des matins tremblants, où le mystère de la femme est connu par de jeunes garçons qui l'oublient ensuite. Un temps où l'imaginaire touche la vérité de l'amour et cela ressemblait à ce que l'Adorateur sentait entre les bras de Séléné. Jamais il n'avait été aussi innocent. La pensée ne courait plus au-delà du corps, elle ne précédait plus le mouvement mais entrait en lui comme une onde, elle laissait faire le temps et la grâce.

– Je n'ai jamais connu cette fantaisie divine, cette légèreté dans l'intensité.

– Alors je t'ai rendu ta fraîcheur...

– C'est un cadeau magnifique. Je ne sais plus rien. Mon expérience est effacée, je n'ai plus de références.

– Alors, c'est de l'art, le tracé jaillit sous le pinceau, il ne sait ni où il va ni ce qu'il fait. C'est exactement ce qui se passe quand je peins. Si nous savons garder cette légèreté, cette intensité dans une liberté infinie, notre amour sera éternel, autrement, il mourra et je te quitterai. Je ne veux rien, je n'attends rien, je ne te demande rien et ce sera toujours comme ça.

Séléné avait un air très sérieux en prononçant ces mots. On sentait que pour elle il n'y avait pas d'autre possibilité. Elle fixait l'Adorateur de ses grands yeux qui s'ouvraient comme des lacs obscurs. Elle sentit l'émotion de l'Adorateur. Il sut clairement en cet instant que s'il y avait eu le moindre retrait émotionnel de sa part, la relation se serait arrêtée là.

– C'est pour cela que je n'ai jamais fait l'amour avec un homme. Ils ne savent pas danser sur le fil divin, ce sont des équilibristes qui travaillent au sol. Lorsque je rencontre un homme, je sais, dès le premier regard, que sa pensée me pénètre et je n'aime pas être pénétrée par la pensée. Mon territoire est sacré, seul un être dont l'essence est identique à la mienne peut s'y aventurer. Les autres sont tenus à l'écart par un cercle de feu. L'amour est pour moi une transmutation alchimique.

L'Adorateur ne put retenir quelques larmes. Il était étonné. Il devait y avoir une bonne vingtaine d'années qu'il n'avait pleuré. C'étaient des larmes douces et chaudes, des larmes surgies du cœur, des larmes qui nourrissent l'essence de l'homme. Séléné le regardait avec une tendresse infinie, elle le prit très maternellement dans ses bras, fit glisser le visage de l'Adorateur contre ses seins et le caressa pendant des heures.

– Tu sais t'émerveiller, ton âme est jeune. Je suis la femme d'un seul amour. Tu es le premier, tu seras le dernier.

Ils connurent l'état de légèreté spatiale où les corps occupent la chambre, la ville, la terre et le ciel. En la caressant, l'Adorateur remarqua des petites cicatrices, sur la poitrine, le buste et sous les bras. On les voyait à peine malgré la lumière qui coulait de la grande surface vitrée. Ils passèrent une partie de la journée au lit, restèrent deux heures dans la grande baignoire dont l'écoulement placé au centre permettait à deux personnes d'être confortablement imbriquées, puis Séléné montra sa peinture à l'Adorateur.

Il en était encore tout pénétré lorsque la nuit tomba et Séléné lui proposa de l'emmener dîner dans un restaurant chic, où il y avait des serveurs « comme autrefois ». Cette expression, dans la bouche d'une jeune femme, avait un goût désuet et l'Adorateur fut étonné que Séléné ait même l'envie d'aller dans un endroit chic.

– Il me faut une demi-heure pour me préparer, ce n'est pas trop ?

– Prends tout ton temps, je continue à regarder ta peinture.

– Tu veux de la musique ?

– Non, je suis encore dans la sonate de Chostakovitch.

– Je veux entendre ça, demain je viens avec toi. Quand est-ce que tu rentres à Paris ?

– Dans deux jours et tout de suite après je vais à Atlanta produire un disque des quatuors d'Alberto Ginastera joué par un jeune quatuor américain.

– Je connais le nom mais je n'en ai jamais entendu. Il est brésilien ?

– Argentin.

– Il y a du tango dans l'air ?

– Oui, d'une manière sous-jacente, il y a toute la sauvagerie élégante du tango.

Séléné prit une robe suspendue à un portant. Elle avait peu de vêtements mais ils semblaient choisis avec goût. Elle disparut dans la salle de bains, laissa la porte ouverte. L'Adorateur s'assit sur le sofa. Il respirait paisiblement et son regard scrutateur passait d'une toile à l'autre en se laissant absorber un moment. Une toile, celle que Séléné avait peinte après leur première nuit, le touchait particulièrement. Il y avait une profondeur dans les rouges, les jaunes, les orangés, que la comète blanche semblait illuminer.

– Pourquoi peins-tu à la lueur des bougies ?

– Parce que si c'est beau, s'il y a de la profondeur à la bougie, c'est certain qu'à la lumière du jour ou sous les éclairages crus d'une galerie, ce sera encore plus beau. A la bougie, les couleurs livrent leurs palpitations, tu les sens, tu les vois. C'est immédiat.

L'Adorateur se leva, il se promena dans l'atelier, regarda la planche à rêver. Il y avait une photo noir et blanc d'une femme au visage magnifique. On aurait dit une photo des années cinquante avec beaucoup d'ombres et de lumières. Un visage intense, une chevelure noire, un modelé sculptural.

– C'est Olga Maslenikova, la poétesse dont je t'ai parlé.

L'Adorateur regarda vers la salle de bains, Séléné ne pouvait le voir.

– Le poème qui est épinglé juste au-dessous est d'elle. Elle l'a écrit pour moi.

L'Adorateur s'approcha et lut :

> « *Tu penses que les brûlures anciennes*
> *Ne sont que cendres sans vie*
> *Mais le feu de l'amour*
> *Soudain les fait braise*
> *Et la passion les consume*
> *Ne t'en détourne pas !* »

Lorsque Séléné parut, l'Adorateur en eut le souffle coupé. Elle avait mis une robe longue, blanche, d'un couturier italien. Les lignes très pures collaient au corps et dessinaient la forme de ses seins et l'arrondi du mamelon. Des fermetures Éclair sinueuses passaient en divers endroits : sous le sein gauche, sur le nombril, sur la hanche droite. C'était à la fois classique et innovateur. Séléné s'était maquillée, elle portait un rouge à lèvres intense et luisant, ses yeux étaient délicatement rehaussés d'un trait bleu nuit et elle avait enserré sa chevelure sous une coiffe 1920 dont les perles naviguaient sur le magnifique arrondi de son crâne. Des petites perles oscillaient, suspendues devant le front, sur les tempes, les oreilles et la nuque. Séléné était comme une apparition dans un film muet, elle se tenait droite, toute son attitude lui donnait l'allure d'une princesse russe.

– Je n'ai pas mis de slip, c'est une robe qui ne supporte rien, ça ne te gêne pas ?

– C'est magnifique !

– On voit quelque chose ?

– On devine à peine.

– Alors, c'est joli ?

– Très joli. On prend un taxi ?

– Oui, c'est un peu loin pour marcher. On en trouve facilement sur la place qui est à deux pas.

– Tu ne veux pas que nous passions à l'hôtel, que je me change ?

– Je t'aime bien comme ça.

Ils hélèrent un taxi et arrivèrent au restaurant Mariinsky qui dépendait du théâtre. Séléné fut accueillie avec le plus grand empressement. Elle choisit une table un peu à l'écart mais d'où l'on voyait bien la salle.

L'Adorateur faisait une expérience unique, un repas qui n'était fait que de communication presque silencieuse. Séléné ne le quittait pas des yeux, elle mangeait ses pirojkis avec les doigts, délicatement, en buvant quelques gorgées de saint-estèphe. Ses gestes tenaient plus d'une lente chorégraphie que d'un mouvement banal et utilitaire. Il y avait une noblesse innée dans tout ce qu'elle faisait. Les serveurs empressés étaient comme absorbés par cet état et leurs mouvements se délayaient pour s'accorder à ceux de Séléné. Des hommes, aux tables voisines, ne pouvaient s'empêcher de jeter d'incessants regards vers la jeune beauté. L'Adorateur avait l'impression d'accomplir un rituel. Tout n'était qu'adoration. Il sentait la moindre vibration de l'âme de Séléné qui se répercutait aussitôt chez lui, au niveau de l'abdomen. Il y avait chez Séléné une sorte de fugue devant la banalité qui ne parvenait jamais à la rattraper, un combat de la conscience qui ne cédait jamais un pouce de terrain et qui ne pouvait pas accepter d'y être contrainte. Cela donnait à chaque instant une plénitude inégalée.

– Qu'est-ce que c'est ces petites cicatrices que tu as sur le buste ?

– Des coups de couteau.

L'Adorateur en eut le souffle coupé.

– J'avais douze ans. J'ai été violée et torturée.

L'Adorateur ne put retenir un flot de larmes qui coulaient en silence. Elles avaient jailli dès les premiers mots. Il était dans un état d'hébétude, de souffrance, de haine des hommes. Séléné semblait faire référence à quelqu'un d'autre. Elle avait prononcé ces quelques mots sans émotion apparente. Les serveurs croyant à une scène entre amoureux s'approchaient uniquement lorsque c'était indispensable. Pas une fois l'Adorateur n'avait tenté de bloquer le flot de larmes. C'était comme s'il communiquait avec toutes les femmes qui avaient connu cette violence, comme s'il pleurait toute la cruauté des hommes. Il ne s'essuyait même pas le visage.

– Merci de m'avoir posé la question... C'est la première fois que je peux le dire. Tu sais, j'ai dû aller au procès et j'ai demandé au juge de libérer cet homme. C'est là que j'ai compris qu'il n'avait pas eu le choix. Qu'il avait probablement souffert des choses horribles. C'est ce viol qui m'a fait comprendre la vie. Je ne lui en ai jamais voulu et lorsqu'il a été tué par d'autres détenus, je n'ai même pas été heureuse. Aujourd'hui je sais que c'est lui, en quelque sorte, qui m'a poussée à peindre. J'ai commencé à l'hôpital où Olga m'apportait des couleurs et du papier. J'avais le sexe et l'anus déchirés. Ça a mis longtemps à cicatriser. Au lieu de devenir folle, je suis devenue une artiste. C'est joli, non ?

L'Adorateur faillit exploser. Il se leva, serra Séléné dans ses bras et lui demanda si elle voulait bien rentrer.

– Non, pour moi c'est une grande soirée, jamais auparavant je n'aurais pu dire tout cela en restant calme. C'est grâce à ton amour, à ta présence. Alors on va boire cette bouteille pour fêter ce moment extraordinaire.

– Buvons à toi, ma merveille !

L'Adorateur reprit sa place. Il se calma mais les larmes ne cessaient de monter. Il savait à quel point ce moment était important mais il y avait chez lui l'écoulement d'une souffrance globale qui devait se faire jusqu'à la fin. Il y sentait une libération qui venait peu à peu. Ils finirent le vin, dégustèrent des plats délicieux. Séléné le regardait de ses grands yeux infinis et laissait le mouvement se faire.

– C'est pour ça que j'ai choisi ce lieu solennel, j'avais le pressentiment que quelque chose d'important allait se passer... Je me sens libérée d'un grand poids. Tu as compris le poème d'Olga. Je l'ai toujours eu sur ma planche depuis qu'elle l'a écrit. Je savais qu'un jour il se réaliserait.

– Tu la connaissais déjà ?

– Oui... Comment tu as fait pour garder cette capacité émotionnelle ? La plupart des êtres sont comme des fossiles passé la quarantaine.

Cela fit rire l'Adorateur.

– La musique...

– Est-ce que tu es courageux ?

– Ne me demande pas d'arrêter mes larmes...

– Non... J'ai une autre idée...

Séléné fit un sourire merveilleux, ses yeux devinrent rieurs.

– Tu as vu, les nappes descendent presque jusqu'à terre, c'est un vrai rideau d'opéra !

– Non... tu ne veux pas que...

– Si. J'ai envie de sentir ta langue.

Il y avait dans son regard un air de défi qui faisait vibrer des petites pépites d'or dans l'ombre palpitante. L'Adorateur jeta un regard rapide aux autres convives, ils n'étaient plus le centre d'intérêt. L'Adorateur se laissa glisser de sa chaise très en douceur. Il entra sous la table. Séléné avait les jambes ouvertes. L'Adorateur huma le parfum délicieux, puis embrassa le sexe de Séléné à pleine bouche. Les lèvres de Séléné jouaient avec les siennes. L'Adorateur perdit la notion du temps. Lorsqu'il émergea enfin du secret, il remonta sur sa chaise avec un naturel parfait. Le maître d'hôtel lui jeta un regard sévère, les serveurs étaient admiratifs. Une dame demanda une vodka pour reprendre ses esprits. Séléné irradiait d'une joie folle.

– Tu es l'homme de ma vie !

Après un dessert léger, ils sortirent du restaurant dans un demi-silence, on pouvait lire dans les regards toutes les gradations de l'admiration sans borne à la jalousie, du dédain à la colère. Ils rentrèrent à pied. Séléné ouvrit une à une les fermetures Éclair de sa robe, exhibant un sein, une hanche. L'Adorateur héla un fiacre et c'est en longeant la perspective Nevski sur toute sa longueur qu'ils firent l'amour avec folie sans que les larmes ne cessent de couler sur son visage extatique.

Le lendemain, Séléné demanda à l'Adorateur de louer une voiture, elle voulait l'emmener à la campagne. Ils sortirent de Saint-Pétersbourg. En quelques heures ils arrivèrent à un petit village en bord de mer. Ils se garèrent devant une vieille et pauvre maison de planches vermoulues. Séléné tira une sonnette au son aigrelet. Un vieil homme emmitonné dans une couverture était assis dans un fauteuil défoncé. Son visage s'éclaira lorsqu'il vit Séléné. Elle lui dit quelque chose en russe et l'homme regarda l'Adorateur avec un sourire satisfait. Il tendit une main très maigre vers l'Adorateur qui la prit dans la sienne et la garda.

– C'est Fédor. C'est lui qui m'a sauvée.

L'Adorateur le prit dans ses bras et le serra.

– Je voulais que tu le connaisses, pour moi, c'est ma famille.

– Dis-lui que je suis heureux qu'il ait été là.

Séléné traduisit puis elle emmena l'Adorateur jusqu'à un petit port où quelques barques étaient amarrées. Elle trouva un pêcheur qui eut l'air ravi de la revoir et il les conduisit sur l'île, à quelque vingt minutes de la côte. Il les laissa sur le bord et alluma une cigarette, prêt à attendre.

– Tu viens souvent ?

– C'est le lieu de ma naissance en quelque sorte.

– Pourquoi veux-tu m'y conduire ?

– Pour effacer le passé. Je veux que tu voies le lieu où c'est arrivé.

Ils traversèrent un bois et découvrirent la datcha au milieu d'une clairière. Séléné en avait la clé. Elle ouvrit. Il n'y avait qu'une seule pièce et l'Adorateur vit immédiatement qu'il y avait de quoi peindre, un lit à une place et un réchaud à gaz. Sur les parois en rondins, des photos de Séléné à l'époque de l'adolescence et d'autres plus tardives. Il y avait des poèmes recopiés de son écriture fine et quelques livres près du poêle à bois.

– Je fais des sortes de retraites ici. Je peins, je dessine, je reste en silence. J'ai créé dans ce lieu de souffrance et peu à peu, j'ai effacé les traces du mal. J'ai pensé, j'ai réfléchi, j'ai pleuré, j'ai ri et personne à part toi n'est jamais venu ici. C'est un sanctuaire. Maintenant je voudrais qu'on s'allonge sur ce lit et que tu me tiennes dans tes bras, c'est tout.

Ils se couchèrent en se serrant. L'Adorateur entoura Séléné, pas seulement avec ses bras mais avec tout son corps. Il sentit quelque chose de maternel, de féminin se développer en lui. Séléné poussa de petits gémissements puis elle respira plus profondément et se calma. Elle se leva, fit du thé russe, ils le burent en silence. Il y avait à nouveau de l'harmonie dans la pièce. Les démons avaient été chassés, l'atmosphère était légère.

– Tu sais, il se passe d'autres choses merveilleuses ici. Je t'en parlerai plus tard. Tu entends tous ces oiseaux ?

– Oui... Des merles...

– Il y a d'autres animaux, tu les verras.

Ils arrivèrent juste à l'heure au studio. Sarah, Peter et les musiciens étaient déjà installés. Sarah regarda Séléné avec ravissement, subjuguée par sa beauté. L'Adorateur la présenta.

Immédiatement les musiciens et Séléné se mirent à parler en russe. Le silence se fit. Sarah appuya sur le bouton PLAY de sa console et sans un mot, ils écoutèrent les deux œuvres, Hindemith et Chostakovitch. Séléné semblait bouleversée par la musique et lorsque commença le monumental adagio du final de la sonate de Chostakovitch, son corps se mit à trembler imperceptiblement. L'Adorateur la sentait, assise derrière lui. Il percevait son cœur, le flux du sang et du liquide lymphatique, les mouvements du diaphragme.

L'Adorateur demanda à Sarah de faire deux copies, l'une pour les artistes, l'autre pour lui. L'altiste et le pianiste étaient totalement enthousiastes du travail accompli.

L'Adorateur retourna à l'atelier avec Séléné qui, après cette journée, semblait flotter au-dessus de la réalité. Pendant qu'elle se démaquillait, il contempla encore quelques toiles et lorsqu'elle émergea de la salle de bains, nue et gracieuse, l'air encore plus jeune, plus enfantin, elle alluma une cigarette et vint s'asseoir sur le sofa noir. Le contraste rendait sa peau encore plus transparente, plus subtile.

– Tu n'as pas un appareil photo ?

– Si, je viens d'en acheter un à Paris. C'est un appareil digital. Tu as un ordinateur chez toi ?

– Bien sûr, je travaille beaucoup par e-mail, et toi ?

– Non, je vais dans un cybercafé quand c'est nécessaire. J'aime bien le vieux style, écrire des lettres, des billets comme vous dites à Paris.

– Ça risque d'être très long.

– Il y a le téléphone.

Séléné sortit l'appareil de sa housse. Elle lui montra les premières photos de ses toiles faites hier soir.

– Ce n'est pas tout à fait net, il faudrait un pied.

– Oui, je vais en trouver un mais les couleurs sont bonnes. Je l'ai acheté pour ça, pour archiver mon travail. J'ai des centaines de dessins, d'esquisses. J'avais demandé à un ami photographe de faire les premiers clichés pour essayer de trouver une galerie mais je ne peux pas lui demander de tout faire.

L'Adorateur prit l'appareil et commença à faire des photos de Séléné qui jouait à prendre des poses. C'était presque du noir et blanc. L'Adorateur était heureux de fixer une image d'elle, quelque chose de tangible, comme s'il n'arrivait pas tout à fait à croire à la réalité de Séléné. A son tour, elle le photographia. Elle cadrait surtout le visage.

– Je veux t'offrir la toile que j'ai peinte cette nuit mais elle ne sera pas sèche avant deux ou trois semaines, alors je vais t'en donner une autre et je t'enverrai celle-ci par un ami ou une amie.

– C'est un cadeau merveilleux...

L'Adorateur l'embrassa.

– Elle sera magnifique sur mon grand mur blanc.

– Tu as un mur vide ?

– Oui, j'aime l'espace. Il y a très peu de choses chez moi.

– Décris-moi !

– Un grand salon parqueté, des fauteuils et un canapé design italien, rouge.

– Quel rouge ?

– Vrai rouge. Beaucoup de disques. Les baies vitrées descendent jusqu'au sol et j'ai une terrasse qui donne sur les jardins d'un couvent. C'est très calme. Le salon s'ouvre sur mon bureau d'où je vois aussi les marronniers et les platanes. Mon ordinateur est posé sur une grande table en verre et tout un mur est occupé par une bibliothèque.

– Ça doit être beau. Choisis ton tableau.

L'Adorateur n'hésita pas une seconde. Il y avait une toile à dominante bleue qui lui plaisait beaucoup.

– C'est l'une de mes préférées, tu as bon goût.

– Elle viendra rejoindre une autre toile de toi, dit l'Adorateur d'un ton amusé.

– Comment ?

– J'ai acheté une toile à Zurich, mon ami s'en est chargé.

– Tu sais laquelle ?

– Il m'a dit que c'était un petit format. Des couleurs très vives, jaune, bleu et rouge avec des traits noirs.

– Ah oui, je l'appelle « Le chat de Mondrian ».

– Pourquoi ?

– Parce que, en la peignant, je m'imaginais que Mondrian avait un chat qui le regardait peindre et j'essayais de savoir comment un chat pouvait percevoir un tableau. Je pensais qu'il pouvait voir les couleurs mais que la structure carrée des formes devait l'ennuyer alors j'ai utilisé les couleurs pures et des formes libres.

– Je suis impatient de le voir.

Séléné écrasa sa cigarette, regarda l'Adorateur avec la froideur soudaine d'un détecteur de mensonge :

– Tu fais l'amour avec Sarah ?

– Non, elle travaille avec moi depuis huit ans. C'était mon élève à l'Université de Californie où je passe trois mois par an. C'est un ingénieur du son formidable et nous nous entendons très bien.

– Ne me mens jamais. Je peux tout entendre mais pas le mensonge.

– C'est la vérité.

Quelque chose se noua dans le ventre de l'Adorateur. Séléné le sentit et elle l'embrassa aussitôt. Elle lui lécha le visage, le déshabilla, prit son sexe dans sa bouche et l'explora très doucement, comme une glace, avec des coups de langue chauds et lents qui firent fondre l'Adorateur. De temps à autre, Séléné s'arrêtait, venait lui embrasser le visage, les aisselles, la poitrine.

– Est-ce que c'est bon, le sperme ?

– Je ne peux pas te dire...

– Je peux goûter ?

L'Adorateur se laissa aller, touché et un peu incrédule, il s'offrit totalement aux baisers de Séléné qui devenaient de plus en plus intenses. Elle léchait ses testicules, son périnée, son anus, le prenait à pleine bouche en lui griffant légèrement les cuisses et le ventre. Parfois, elle arrêtait tout mouvement faisant de lents cercles avec sa langue autour du gland. Il jouit, elle le but et lécha les gouttes qui continuaient de sortir.

– Ça goûte délicieux, j'adore ça. Tu m'apprendras ? C'est la première fois que je fais ça.

– Tu es merveilleuse, tu n'as rien à apprendre.

– Je veux apprendre tout, je veux tout explorer, je veux rattraper ces années d'abstinence.

– Tu n'avais jamais envie de faire l'amour ?

– Je faisais beaucoup l'amour avec Olga, des nuits entières, mais c'est différent avec un homme. Il y a quelque chose de plus intense, de plus profondément viscéral.

– Elle vit à Pétersbourg ?

– Non, à Moscou. Je ne l'ai pas vue depuis plus de six ans. Elle m'a beaucoup soutenue. C'est la première qui a compris que j'étais vraiment peintre. Elle m'a aidée à suivre ma voie. J'ai passé huit ans merveilleux avec elle et puis j'ai fui. Je ne sais pourquoi. Je crois que je lui ai brisé le cœur. Mais c'est une femme très fière, elle n'a jamais essayé de me contacter. Il y a quelques mois, elle m'a envoyé un bouquet de roses, sans un mot, sans poème, mais je suis sûre que c'était elle. J'ai fait sécher les roses. C'est le bouquet qui est pendu au-dessus du lit... Quand est-ce qu'on se reverra ?

– Je reviendrai après l'enregistrement des quatuors de Ginastera. Il faut que je passe quelques jours en Californie. On se reverra dans trois semaines. Tu veux venir à Paris ?

– Oui, j'adorerais voir Paris avec toi.

– Je prendrai ton billet d'avion demain matin.

– Alors c'est moi qui t'apporterai le tableau !

Cette nuit-là, ils ne purent se résoudre à dormir. Leur peau, leurs membres, leurs regards tentaient de se gorger l'un de l'autre, d'emmagasiner la substance, le frémissement. Le corps s'élargissait dans la lueur laiteuse qui les illuminait par la grande ouverture vitrée. Par moments, leur peau était phosphorescente et leurs mouvements laissaient des traces lumineuses dans l'espace.

Les heures passaient, le matin arriva, ils se levèrent. Séléné était frappée de stupeur, elle n'arrivait pas à se résoudre à la séparation, ce qui lui donnait un air légèrement distant. L'Adorateur sentait une déchirure profonde, dès que Séléné s'éloignait de quelques mètres, une sorte de panique cellulaire s'emparait de lui. Ils comprirent tous les deux qu'il valait mieux écourter les adieux. L'Adorateur s'habilla sans prendre de douche. Il voulait préserver l'odeur de Séléné sur sa peau. Elle avait passé son pantalon de peinture et disposait une toile vierge sur le sol. L'Adorateur retira la carte-mémoire de l'appareil-photo pour charger les images de Séléné sur son ordinateur.

– Je peux garder ta chemise ? demanda Séléné.

– Oui, si tu me donnes le slip que tu portais avant-hier.

– Il est par terre dans la salle de bains.

L'Adorateur alla le chercher, il le huma comme une relique. Toute l'essence merveilleuse de l'âme et du sexe de Séléné s'y trouvait précipitée. Il imagina qu'il dormirait en le serrant contre son cœur.

– Je laisse le billet d'avion au concierge de l'hôtel.

– Oui, oui, dit Séléné d'un air indifférent.

L'Adorateur s'approcha, il la prit dans ses bras, ils s'embrassèrent longuement et Séléné le poussa tendrement vers la porte. Il traversa la cour, passa sous le porche et se retourna au dernier moment. Séléné était immobile dans l'embrasure, torse nu, elle le fixait de ses grands yeux vitrifiés par les larmes. L'Adorateur passa l'angle de l'immeuble et lui non plus ne put retenir le flot qui l'envahissait.

Il marcha jusqu'à l'hôtel sans tenter de contrôler quoi que ce soit. Il y avait chez lui un bonheur de pleurer à nouveau. C'était comme si, pendant de longues années, il avait perdu cette faculté essentielle. Il se demanda pourquoi les hommes avaient tant de mal à pleurer, pourquoi ils cherchaient à maîtriser leurs émotions jusqu'à l'assèchement final où, à force de contrôle, l'être perd sa capacité émotionnelle et glisse dans le rigide ennui. Il était heureux d'avoir pu enfin toucher cette source oubliée et il sentait l'impact de ses larmes sur tout son corps. Il avait la sensation que son âme se réhydratait, retrouvait sa fonction, son milieu humide, et que tout le corps se rééquilibrait à un niveau subtil. Même sa démarche se fluidifiait, tout son corps respirait la joie, la fraîcheur, la vie.

L'Adorateur entra dans son appartement parisien, s'assit dans l'un des fauteuils rouges et respira doucement en regardant le grand mur blanc. Il avait fait emballer la toile à l'Astoria pour qu'elle soit bien protégée pendant le voyage en avion. Il contemplait le mur et il avait l'impression que les objets et les surfaces, les rares meubles et le parquet, le balcon et les arbres du parc le regardaient aussi. Comme s'ils devaient se réaccorder l'un à l'autre, comme si le monde inanimé notait son changement profond. Alors, il attendit patiemment. Il laissa son corps nouveau prendre sa place dans l'espace. Un homme avait quitté ces lieux, un autre y était revenu. Il portait le même nom.

Il déballa la toile, trouva un marteau et un crochet X et choisit l'emplacement avec soin. Il l'accrocha et se remit dans le fauteuil pour la contempler à distance. Une hirondelle vola devant sa baie vitrée, il la vit passer, rapide, élégante, avec ses brusques changements de direction, puis elle disparut. Il eut l'idée que c'était une visite de Séléné et sourit en revenant à la toile.

Plus tard, il introduisit la carte-mémoire dans son lecteur et fit le transfert des photos sur son ordinateur. Il plaça l'une des plus belles en écran de fond, comme si le visage, le regard, les lèvres brillantes de Séléné allaient veiller sur l'espace. Il rangea ses affaires dans l'armoire, mit ses effets à laver dans le panier à linge, se changea et sortit.

C'était une belle soirée d'été, animée, joyeuse, mouvementée. L'Adorateur marcha jusqu'à Montparnasse, il alla boire un verre place de la Gaîté. Il se souvint du jour où l'on avait planté les tilleuls, une dizaine d'années plus tôt. L'un d'eux avait été incliné par une rafale de vent et personne n'avait songé à le redresser. Pourtant, il s'était bien ancré dans le sol et s'était développé aussi rapidement que les autres. L'Adorateur aimait le boulevard Edgar-Quinet, son marché, ses allées d'acacias et le cimetière Montparnasse qu'il traversait souvent pour rentrer chez lui. Tranquillement assis, il regardait les gens passer, observait. Des images de Séléné ne cessaient de venir se surimprimer à la réalité visible, mais aussi à toute la vie sensorielle.

L'Adorateur se trouvait entre deux mondes, il n'avait pas encore tout à fait quitté Saint-Pétersbourg. Il sentait les traces de la ville dans son corps. Il but à petites gorgées un Jack Daniels avec deux glaçons. Il aimait cet alcool découvert lors de son premier séjour aux Etats-Unis. Le goût ambré, presque caramélisé le mettait dans une légère euphorie. Il resta une bonne heure attablé sous les arbres, puis décida d'aller dîner dans un restaurant de poissons, non loin de là. Sur une terrasse, dans de confortables fauteuils de teck. Il avait besoin d'une nourriture légère qui satisfasse les sens mais n'obstrue pas la sensibilité du corps. Tout en marchant, il sortit le slip de Séléné et le respira. Il fut immédiatement transporté dans son ciel olfactif où tous ses sens s'étendirent à l'infini. Il dîna d'un saint-pierre, d'une demibouteille de sancerre, finit par un millefeuille aux framboises, puis il rentra chez lui à la fois heureux et triste. La présence de Séléné lui manquait cruellement. Il fut transporté de la voir, lumineuse et souriante sur l'écran de son ordinateur. Il ouvrit ses e-mails et trouva une première lettre :

Mon Amour, ma Joie, ma Vie, mon Sang,

Je marche seule dans l'atelier. Que reste-t-il de toi ? Une lumière dans ma chair, une présence entre les murs, ton regard, ta joie, ton corps que je crois voir dans le lit ou sur le sofa et une vibration extraordinairement intense dans mon cœur. Tu as révélé la femme en moi, tu m'as propulsée dans l'espace, tu as remis en fonction les couches émotionnelles les plus profondes. Je n'ai plus peur de l'amour, je ne crains plus l'homme. J'ai trouvé ce que j'attendais depuis toujours et je serai tienne à l'infini. Mon amour est éternel, je suis pleine de toi, pleine de félicité, vivante et pour toujours celle qui t'attend dans chaque lieu de l'espace ou de la matière. Où que tu sois, je suis. Ces longues semaines d'attente m'apparaissent comme un martyre tant ta présence me manque, tes baisers, le contact divin de ton corps, ta folie et ta tranquillité sortent et entrent en moi comme des sources chaudes.

SÉLÉNÉ

L'Adorateur, le cœur palpitant, imprima cette première lettre, il la déposa sur la table basse du salon et introduisant la copie du disque qu'il venait de produire dans son lecteur, il l'écouta entièrement, jouissant simplement de la beauté de l'interprétation. Il aimait ce moment où sa vigilance critique s'effaçait devant le plaisir, l'instant où il redevenait un auditeur normal, où il retrouvait la fraîcheur d'écoute d'un passionné qui vient d'acheter un disque.

Il laissa son ordinateur allumé, comme pour mieux installer le visage de Séléné dans son espace, puis il alla se coucher, empli d'une nostalgie qui contractait ses muscles abdominaux en spasmes brefs. Allongé dans l'obscurité, il laissa ses yeux ouverts sur la pénombre. Il eut l'impression de glisser dans le regard de Séléné, de la sentir flotter dans la pièce au-dessus de lui. Il l'imagina dans son atelier, en train de peindre à quatre pattes devant la toile, les seins bougeant doucement, suivant les mouvements des bras et de la main qui tenait le pinceau. Il sentit l'odeur de l'huile de lin et celle de la térébenthine. Il entendit le bruit de la brosse sur la toile tendue. Un doux baiser effleura ses lèvres et il s'endormit dans la présence vibrante de Séléné.

L'Adorateur se leva tôt, il avait laissé les fenêtres ouvertes et l'odeur des tilleuls en fleur rendait la perception des lignes plus fluide, elle jouait avec la toile de Séléné qui flottait dans l'espace blanc. Debout, il la contempla longtemps, comme aspiré par les bleus profonds. Il prépara ensuite son petit déjeuner, trois toasts, de la confiture de cassis et un thé de Ceylan bien corsé avec une goutte de lait. Il transporta le plateau sur la table en teck de la terrasse qui dominait le jardin du couvent. Les arbres l'isolaient phoniquement et visuellement des rues voisines. Il appréciait ce havre de paix. Ce matin-là, chaque chose lui sembla avoir un goût plus prononcé, un parfum plus subtil. Il goûtait à la vie, le corps détendu, dans une présence qui annihilait tout fonctionnement automatique de la pensée. Pendant de longues années, il avait cru que le silence était l'absence de son puis, un jour, au cours d'un concert, le récital d'adieu de Mieczyslaw Horsowski, avant que le merveilleux pianiste n'aborde la Fantaisie de Mozart K. 372, il y avait eu un moment où l'artiste octogénaire au regard enfantin, assis à son piano, avait levé une main tremblante qui traversa l'espace pour se poser sur le clavier dans une trajectoire sans fin. A cet instant, l'Adorateur avait pris conscience de son silence mental né de la fascination. Il avait senti cette vacuité illimitée dans laquelle tout semblait flotter. Dès la première note, l'Adorateur avait senti l'émotion tracer un arc-en-ciel dans ce silence, avant même que le son ne dessine sa trajectoire. Ce jour-là, il avait découvert l'espace, le silence intérieur conscient, la félicité de ce repos sans franges, qui allait aux confins du réel, directement, dans une éclosion sphérique. Pendant tout le concert, il avait goûté comment toute chose se dissout dans l'absence de limites lorsque les objets sensoriels n'enferment pas la conscience en eux mais se manifestent dans une durée immuable. Il avait compris que la présence à cet espace donnait à chaque saillie sensorielle la liberté de naître et de mourir sans ravir l'infini. L'Adorateur avait saisi ce qu'il pensait être l'une des plus grandes découvertes de sa vie :

la conscience spatiale dénudait chaque chose, la rendait plus vibrante, sans que le discours intérieur ne vienne réduire l'expérience aux dimensions de l'objet. Il y avait musique, perception visuelle, émotion qui formaient des planètes dans ce ciel sensible. C'était cette perception simultanée qu'il appelait liberté. Depuis ce soir-là, sa vie avait changé. Une fois encore la musique l'avait mené à une perception vitale.

L'Adorateur donna quelques miettes à un moineau. Il but une autre tasse de thé, apprécia l'arôme du Saint-James en grandes feuilles. Il regarda le ciel bleu, s'y laissa couler pendant quelques minutes. Il y avait à Beaubourg une rétrospective Nicolas de Staël qu'il projetait de voir depuis quelques semaines. Il avait adoré ce peintre dans sa jeunesse et depuis n'avait guère eu l'occasion d'admirer ses toiles, si ce n'était dans la demeure d'un riche mécène américain qui en possédait une magnifique dans sa salle à manger.

Il décida de se rendre au musée à pied.

Il traversa les jardins du Luxembourg et pensa que dans quelques semaines, il les ferait découvrir à Séléné. Il s'assit au bord du grand bassin, admira les fleurs où dominaient les bleus. Il descendit ensuite vers les quais en prenant la rue de Seine. Il se demanda comment Séléné avait débusqué une certaine raideur émotionnelle dans sa manière de se laisser aller à l'amour. De quoi avait-il peur ? De la folie, de la passion, de l'exigence, des capacités de Séléné à lire au plus profond de l'être ? Il crut pouvoir répondre non à ces questions car il partageait ces élans. Il sentait bien pourtant qu'une peur était là. Tout son système le lui suggérait. Il était extrêmement attentif à la moindre tension interne, il savait la débusquer, la localiser même. Et en cet instant, il la sentait au niveau du diaphragme. L'Adorateur se sondait, incapable de détecter le fond de cette angoisse, son origine ou sa nature. Il sourit, confiant en ce pouvoir de spéléologue qu'avait Séléné. Il fut amusé de voir qu'il n'avait même pas essayé de nier cette peur lorsqu'elle lui en avait parlé. Il la pressentait.

Il vit pour la première fois d'immenses formats qu'il n'avait découverts que dans les livres. Il fut impressionné par la beauté des gris et par les surgissements de couleurs comme aspirées par les masses sombres, des bleus ou des rouges. Il s'émerveilla des photos de l'artiste qui se tendaient comme de grands rideaux dans ce théâtre visuel, puis il tomba en arrêt devant un nu de 1954, au fusain, presque grandeur nature. Une femme debout, au visage flou, aux seins qui semblaient sortir du plexiglas protecteur, au ventre qui respirait. Immédiatement, il eut une hallucination et le corps de Séléné émergea des masses grisées et douces, suggérées plus que montrées par de Staël.

L'Adorateur oublia les touristes japonais, les ombres qui passaient. Avançant une main dans l'espace, il crut sentir une épaule. Elle était là. Tout son corps vibrait subtilement. Il la retrouvait dans chaque moment de silence, palpable et merveilleuse, à la fois proche au point de toucher ses nerfs et mystérieuse, lointaine, presque inaccessible. Il se demanda la cause de ces moments où elle s'échappait comme dans une rêverie. Etait-ce la douleur, la mémoire du viol, le soudain envol de sa créativité ? A ces moments-là, ses yeux changeaient de fond comme si l'or luisait derrière la couche sombre.

Le lendemain, l'Adorateur prit l'avion pour Atlanta. Sarah était déjà sur place. Ils enregistraient dans un lieu qui leur était habituel, une salle de concert dans une université. Survolant la banquise de nuages, l'Adorateur, le regard fixé sur l'espace infini qu'il voyait comme le corps de Séléné, se laissait porter par une béatitude aux mille efflorescences. Sur le siège voisin, il avait déposé les partitions des deux quatuors de Ginastera. Il attendait que la mystérieuse alchimie qui précédait la production d'un disque le relie à la musique. De temps à autre, il passait sa main sur la couverture cartonnée de l'édition, comme pour charmer les notes, pour les animer, pour qu'elles se mettent à danser dans sa conscience ouverte.

Du côté du couloir, un homme d'affaires agité, la jambe folle, maltraitait un journal dont il tournait les pages avec rage, ce qui heurtait les oreilles de l'Adorateur. Lorsque l'hôtesse proposa un apéritif, l'homme demanda deux minibouteilles de cognac qu'il versa maladroitement dans le gobelet de plastique, et l'agita pour dissoudre les glaçons. L'Adorateur prit un bourbon qui accompagna à merveille les cacahuètes rôties au miel. Ce mélange lui donna l'impression d'être déjà sur le sol américain.

Après le déjeuner, l'Adorateur mit les boules Quiès qu'il emportait toujours en voyage et s'endormit en imaginant que Séléné naviguait contre son corps. Il fit un rêve étrange : il entrait dans une vasque naturelle au milieu d'un paysage montagneux et découvrait par la chaleur épaisse du liquide qu'il se baignait dans du sang. Il ne fut pas dégoûté. Il restait dans la vasque et regardait le ciel dans lequel se défaisaient des nuages à peine visibles, étirés et volatils.

L'avion atterrit à l'heure. Sarah l'attendait. Ils s'étreignirent chaleureusement, comme s'ils ne s'étaient vus depuis des semaines.

– Tu as fait un voyage agréable ?

– J'étais à côté d'un forcené mais j'ai dormi presque tout le temps.

– John a téléphoné ce matin, il a écouté le disque, il est en transe. Il veut en refaire un autre l'an prochain. Il a appelé les artistes pour les féliciter.

– J'aime travailler avec lui, il a conservé la passion de la musique.

– Il était un peu jaloux que tu fasses les Ginastera avec une autre maison de disques. C'est un programme et un quatuor qui l'auraient intéressé.

– Je l'appellerai ce soir.

– Toujours dans l'extase amoureuse ?

L'Adorateur sourit, son visage était plus tendre qu'à l'habitude, ses yeux plus incandescents.

Ils montèrent dans un taxi qui les déposa à l'hôtel, une

grande bâtisse moderne donnant sur un patio où montaient des ascenseurs presque transparents. Les chambres étaient vastes et confortables, bien insonorisées, le restaurant de bonne qualité. Ils s'y retrouvèrent après que l'Adorateur eut pris un bain.

Pendant le dîner, l'Adorateur raconta son rêve à Sarah.

– Tu veux que je te donne une interprétation ?

– Le rêve lui-même est déjà une interprétation, non ?

– J'aime bien cette idée... Alors je ne te dis rien.

– On commence comme d'habitude, quinze heures ?

– Oui.

– C'est curieux, tu as beaucoup changé depuis Saint-Pétersbourg. Cette femme a un effet très fort sur toi. Tu as l'air de nager dans le bonheur. Tu dégages de la joie, tu as rajeuni. C'est beau de te voir comme ça.

– Je ne sais pas ce qu'il se passe. J'ai au moins le double de son âge et j'ai parfois l'impression qu'elle est plus mûre que moi, plus folle, fragile et puissante. Je n'ai jamais approché quelqu'un qui aille aussi loin dans les extrêmes. Je suis fasciné. Elle me manque cruellement, comme si l'on m'arrachait une partie du corps. Tu crois que c'est fatal ?

– Comment un cynique va-t-il gérer la situation ?

– En se laissant aller à la liberté inconcevable.

– Et l'attachement viscéral, ne serait-il pas une entrave insupportable à ta liberté si chèrement défendue ?

– J'ai décidé de plonger au fond du tourbillon. Je crois que j'y trouverai l'espace infini que je vois dans son regard, que je touche dans son corps. Elle est d'une incandescence absolue et parfois d'une froideur himalayenne.

– Je suis touchée que tu m'en parles si librement.

– Notre amitié est belle, paisible, comme si elle était couchée sur la musique.

L'Adorateur poussa les verres et prit la main de Sarah dans la sienne. Il la garda jusqu'au moment où le serveur déposa devant eux un plat dont ils raffolaient tous deux : des *potato skins,* des pommes de terre évidées dorées au four et remplies de cheddar fondu, de bacon et de crème fraîche, un plat typique des États du centre de l'Amérique.

Lorsque l'Adorateur reprit sa clé à la réception, le concierge lui tendit un message urgent arrivé une demi-heure auparavant :

« Appelle-moi le plus vite possible. Séléné. »

L'Adorateur monta rapidement dans sa chambre. Séléné décrocha à la première sonnerie. Elle sanglotait, sa voix tremblait, elle était en état de choc.

– Que se passe-t-il, mon amour ?

– Ils ont essayé de me tuer...

– Qui ? Comment ?

– Je traversais la rue... Une énorme voiture noire m'a foncé dessus et comme je courais dans l'autre sens, le conducteur est monté sur le trottoir pour essayer de m'écraser. Il y avait un muret, j'ai sauté par-dessus, ça m'a sauvé la vie... C'était cette nuit... Je n'arrête pas de trembler, j'ai peur.

– Va chez des amis, ne reste pas seule.

– Si seulement tu pouvais être ici...

– Un fou ! quelqu'un qui avait bu...

– Non, j'ai reçu des menaces. Je n'ai pas voulu t'en

parler. Des coups de fil anonymes et des lettres aussi. Et j'ai toutes sortes de problèmes avec ma banque et d'autres administrations.

– Tu as une idée de qui cela vient ?

– Oui, je crois, enfin je ne sais pas parce que c'est trop fou.

– Raconte-moi...

– Tu vas croire que je suis dérangée...

Séléné se calmait, elle se moucha.

– Tu veux aller à Paris ? Tu peux changer le billet.

– Je suis allée le chercher, merci, et c'est arrivé juste après.

– Va tout de suite à Air France, change ton billet, je vais les appeler.

– Je ne sais pas... Je ne connais personne... Tu reviens dans dix jours... j'ai peur...

– Je téléphone au concierge, je lui dis de te donner les clés, tu t'installes, tu vas voir l'exposition de Staël et si tu veux j'appelle quelques amis qui seront ravis de te connaître.

– Peut-être je vais me cacher, je vais aller dans mon île, là-bas, les gens du village me protègent, je me sentirai en sécurité. Ou ailleurs, un endroit où personne ne m'a jamais vue...

– C'est une bonne idée mais si tu changes d'avis, appelle-moi à n'importe quelle heure.

– Est-ce que tu m'aimes ?

– Je ne pense qu'à toi.

– Alors viens me rejoindre.

– Si tu veux je vais annuler mon voyage en Californie. Je peux être là dans quatre jours.

– Non... Ce n'est pas la peine... Je vais me calmer mais je ne pensais pas qu'ils le feraient.

– Qui ? Parle-moi, raconte-moi, je t'en supplie, j'ai besoin de savoir.

– C'est trop difficile à expliquer au téléphone, je te raconterai tout à Paris.

– Ce n'est pas lié au viol ?

Séléné rit :

– Non, non, celui-là est bien mort... Je t'aime, tu es l'homme de ma vie, au revoir.

Séléné raccrocha avant que l'Adorateur ait pu répondre. Il tenta de rappeler mais Séléné ne répondit pas.

L'Adorateur eut de la peine à trouver le sommeil. Mille suppositions tournaient dans sa tête. Une seconde, il pensa annuler l'enregistrement ou en confier la direction à Sarah mais il savait que la maison de disques n'apprécierait pas. Il attendit encore une heure et rappela, mais cette fois il tomba sur le répondeur. Il finit par s'endormir en repensant à son rêve.

Pendant tout l'enregistrement, l'Adorateur sentit monter l'angoisse. Il avait donné au concierge de l'hôtel le numéro du studio et son numéro de portable au cas ou Séléné rappellerait mais les jours passèrent sans aucun signe d'elle. Il imagina qu'elle avait dû aller sur l'île ou peut-être avait-elle changé les dates du billet et rejoint Zurich depuis Paris. L'Adorateur ne cessait de penser à cette tentative de meurtre. Toutes sortes d'images défilaient dans sa tête. Il ne savait rien du passé de Séléné. Il imaginait facilement qu'un ancien amant, brûlé par son intensité, cherchait à lui faire peur. Cela lui rappelait l'épisode vécu avec Lydia. Elles avaient cette même passion de l'absolu qui menait les êtres à la félicité ou les brisait, parfois simultanément. Il pensa téléphoner à l'altiste pour qu'il aille prendre de ses nouvelles mais conclut que leurs relations ne le permettaient pas. De toute manière, il était certain qu'elle n'était plus chez elle.

Sarah suppléa merveilleusement à ses absences intérieures. C'était la première fois qu'elle voyait l'Adorateur troublé pendant un enregistrement. Elle n'avait même pas imaginé que ce fût possible. Elle se souvint du jour où il avait perdu son père, en plein enregistrement des sonates pour violon et piano de Beethoven. Rien ne lui avait échappé et si elle ne l'avait pas su, aucun signe ne lui aurait permis de se douter de son émotion. Parfois, sa présence était si forte que tous ceux qui entraient dans le studio étaient immédiatement transformés.

L'enregistrement se termina le troisième jour. Sarah proposa de se charger du montage. Il n'avait toujours aucune nouvelle. Il hésita à prendre un vol pour Saint-Pétersbourg mais réalisa qu'elle pouvait aussi bien se trouver à Zurich ou ailleurs. Il décida d'attendre et se rendit en Californie. Il avait rendez-vous avec un vieil ami, un sculpteur italien qui vivait près de Big Sur, dans une cabane qui jouxtait un garage en tôle qui lui tenait lieu d'atelier. Ils se connaissaient depuis le temps de leurs études et s'étaient rencontrés dans la Ruche, à Rome. Ils ne s'étaient jamais perdus de vue et chaque année, lorsqu'il enseignait, ils passaient une semaine ensemble. Cette fois-ci, le rendez-vous avait été avancé car Sergio avait une exposition importante dans un musée de Chicago. L'Adorateur prit l'avion avec Sarah. Il passa la nuit chez elle, dans la chambre d'amis, et le matin, dès l'aube, il se mit en route au volant d'une vieille Volkswagen que Sarah lui prêtait lorsqu'il venait.

L'Adorateur prit la route de la côte avec ses ouvertures sur l'océan. Il y avait peu de trafic. Des marées d'algues flottaient près de la côte et les requins venaient y jouer régulièrement. Il s'arrêta sur une plage déserte, à mi-parcours, et se baigna dans l'eau toujours fraîche et vivifiante. Il consultait sans cesse sa messagerie mais il n'y avait pas de trace de Séléné. Il appela son ami suisse pour qu'il se renseigne discrètement auprès du directeur de la galerie et ne tarda pas à apprendre que Séléné n'était pas à Zurich. Il lui fallut six heures pour atteindre Big Sur. Il monta difficilement la route caillouteuse défoncée, la voiture peinait. Il ouvrit le portail sur lequel se trouvait placardée une mise en garde : « QUICONQUE FRANCHIRA CE PORTAIL SERA TRANSFORMÉ EN MARBRE. » L'Adorateur reconnut bien là l'humour de son vieil ami qui détestait être dérangé par des importuns ou des curieux.

Il laissa la voiture fumante au bout du chemin et s'avança jusqu'à l'atelier. Sergio, protégé par des lunettes et un masque à poussière, polissait un bloc de pierre rouge sans doute arraché aux déserts du Nevada ou de l'Utah dans lesquels il aimait se perdre avec son pick-up pour dormir à la belle étoile. C'était là qu'il partait « moissonner de l'idée » comme il disait. Sa polisseuse faisait un bruit d'enfer. Il n'entendit pas l'Adorateur approcher et celui-ci sentit une main légère et douce se poser sur son épaule. Il se retourna et vit une belle jeune femme indienne qui lui tendait un verre de limonade fraîche. Il le but à petites gorgées et Sergio se retourna, puis arrêta sa machine.

– Il me semblait bien que je sentais un être vivant.

Ils s'embrassèrent chaleureusement. Sergio transpirait. Sa vieille chemise noire était couverte de poussière. Ses cheveux encore sombres partaient en bataille. C'était un bel homme de soixante ans, au visage d'enfant un peu marqué par le temps, comme dans un film de science-fiction. Il était très grand et avait coutume de dire qu'il était le plus grand sculpteur du monde. En fait, sa carrière était étrange. Aucune galerie ne l'exposait car il refusait de vendre ses œuvres, mais des directeurs de musée s'étaient passionnés pour son travail et une fondation lui attribuait une bourse depuis quarante ans, qui lui permettait tout juste de vivre mais en homme libre, sans la moindre considération pour les courants de la mode. Il était hors du temps et partageait avec l'Adorateur la passion des cyniques. Sergio aimait à dire qu'il n'aurait pu vivre qu'avec Hiparchia, une philosophe amie de Cratès avec lequel elle aimait faire l'amour sur la place publique afin d'enseigner la philosophie non conceptuelle.

– Je te présente Yppa. Je cherchais un bloc de pierre dans son désert et j'ai trouvé ses formes.

Yppa se mit à rire.

– Vous avez fait l'amour sur la place du village ?

– Non, au supermarché, dit Yppa.

– Tout près du rayon des glaces, il faisait chaud. Yppa est navajo. Je l'ai volée à sa tribu. Elle n'a peur de rien. Tu ne vas pas bien, toi... Viens nous raconter ça devant une bouteille de chardonnay, Yppa nous a préparé un repas indien. Un conseil, ne demande pas ce que tu manges mais apprécie.

Ils descendirent à la cabine de laquelle on découvrait l'océan entre deux collines. L'endroit était si silencieux qu'on entendait les bruits des muscles, des tendons et des ailes des oiseaux qui passaient. Sergio était plus débordant de vie que jamais.

Ils s'attablèrent sur la petite terrasse protégée. Sergio servit le vin pendant que Yppa surveillait ses plats.

– Avant j'étais heureux et solitaire, maintenant je suis heureux et heureux, c'est un beau moment.

– Vous vous connaissez depuis longtemps ?

– Deux mois à peine. Elle est libre comme le vent. Elle cherchait des plantes médicinales. C'est une petite sorcière, une chatouilleuse de prostate, une langue qui sort du cœur.

L'Adorateur lui raconta ses aventures au pays des nuits blanches. Sergio était heureux pour lui. Il le fut moins lorsqu'il lui raconta le dernier épisode.

– C'est vraiment bien ce qu'elle fait ?

– C'est magnifique.

– Moi, à trente ans je faisais que des merdes prétentieuses, je me prenais pour le fils de Brancusi.

– Et pourtant c'était déjà sans ressemblance avec quoi que ce soit.

– Aujourd'hui je me fous complètement d'être original. Tu vois, quand je pense à notre parcours, je me dis que c'est beau d'aspirer au cynisme à vingt ans mais que c'est encore plus beau de commencer à le devenir à soixante, sans jamais avoir lâché le morceau. En sachant qu'on n'est jamais à l'abri de rien, que toute philosophie s'effondre devant la vie et qu'on commence seulement à comprendre lorsqu'il est quasiment trop tard. Tu vois, nous sommes deux solitaires planqués derrière Antisthène et Diogène, deux amants de la liberté inconditionnelle. Nous avons payé nos idées le prix fort, nous avons renoncé à beaucoup de choses, nous avons vécu des merveilles et là, simultanément, nous nous effondrons devant un beau regard de femme. C'est ça la beauté de la pratique. Finalement, tout est dans l'effondrement, la disparition totale de l'entité qui n'est pas reliée au tout, à l'espace. Le seul fait qu'elle s'appelle Séléné aurait dû te mettre la puce à l'oreille. Tu baises avec la Lune !

– Et toi avec le soleil.

– Yppa n'a aucune des réactions que j'ai déjà connues chez un être humain. Aucun souci de s'inscrire dans le temps, de poser ses marques. Quand elle marche dans le sable, elle ne laisse même pas l'emprunte de son pied. Quand la terre est sèche, elle appelle la pluie, quand elle fait l'amour, elle hurle comme une hyène. Elle parle aux pierres et aux étoiles, elle chante la nuit des mélodies mystérieuses et parfois elle va marcher pendant deux ou trois jours. Je ne sais jamais si elle reviendra. Le matin, je la trouve assise sur la terrasse, belle et silencieuse, ouverte comme la nuit et parfois lorsqu'elle ne revient pas, je pleure et j'ai peur de la perdre.

– La vie nous fait un cadeau merveilleux, elle nous met face à notre fragilité. Ce courage, cette rapidité, c'est si fugitif. Parfois j'ai l'impression que je suis encore trop lourd pour y accéder. Comme s'il y avait une pesanteur de l'esprit et du cœur. Je sens que je vais prendre une grande leçon, explorer l'indicible.

Sergio servit du vin, il jubilait, il était heureux de cette synchronicité dans leur amitié.

– Finalement, nous essayons toujours de nous préserver de la souffrance en nous abritant derrière la pensée et c'est la grande erreur. Nous manquons de couilles. Les femmes en ont plus que nous, elles y vont directement. Tu vois, par moments, je commençais à m'emmerder devant cet Océan. Comme si c'était trop facile. Tu prends conscience que tu te planques et la vie te fournit le cadeau de la dissolution.

– Ça me fait un bien fou de te voir, j'ai l'impression que nous avançons sur le même sentier abrupt et que tu marches un pas en avant.

– Tu sais, l'autre jour, j'ai décidé que je ne savais rien. Et plus ça va, moins j'en sais. La seule chose que je peux dire des êtres humains c'est qu'aujourd'hui, si j'en fais trois fois le tour, je vois ce qu'il y a dedans. Alors la prochaine fois, viens avec elle et apporte-moi une de ses toiles et je te dirai ce que tu ne vois pas encore.

– Ce serait beau d'être là tous les quatre.

– Notre histoire me fait penser à une phrase de Pavese

qui dit à peu près : « Aucun homme n'est assez fort qu'une femme ne puisse le détruire, aucun homme n'est assez détruit qu'une femme ne puisse le rendre à la vie. »

Ils parlèrent tard dans la nuit et sous la lune, à la lueur de la bougie, ils entrèrent dans de multiples saveurs et textures inconnues, vidant trois bouteilles de chardonay. Ils passaient de grands moments en silence. Yppa se tenait droite, le regard perdu dans le lointain. Rien à établir, rien à prouver. Puis les conversations reprenaient bon train avant de se diluer à nouveau dans l'espace.

Chaque jour, Yppa partait dans la montagne et revenait avec des plantes qu'elle disposait dans un sac de toile. Chaque jour elle fit boire à l'Adorateur une potion contre « la douleur du ciel qui a perdu la terre » et peu à peu, l'Adorateur se fit à l'idée que son téléphone ne sonnerait pas.

L'Adorateur entra dans le salon et immédiatement s'assit face au tableau de Séléné. Il resta immobile, en contemplation, jusqu'à ce que la lumière décline. Ensuite, il s'installa sur la terrasse et regarda les tilleuls dont le parfum commençait à s'atténuer. Il prit conscience de son corps paisible, du léger frémissement intérieur des organes qu'il avait retrouvé grâce à Sergio et Yppa. Il se servit un grand verre d'eau et prit sa pilule chinoise contre le décalage horaire. Un léger souffle animait les arbres et l'obscurité les rendait flous et mystérieux en s'en emparant. Il écouta ses messages, plusieurs appels pour le travail, quelques amis et une proposition qui le ravit : enregistrer la sonate pour deux pianos et percussions de Bartók. Un défi pour la prise de son. Un équilibre presque impossible à atteindre entre la puissance des percussions et les deux pianos. Aucune version existante ne le satisfaisait.

Pas de message de Séléné. Il ouvrit ses mails, là non plus, rien. L'Adorateur hésita à sortir. Il avait une petite faim. Pour finir, il se fit un bol de riz qu'il dégusta sur la terrasse, puis il chercha un bloc-notes et un crayon et commença d'imaginer la disposition des deux pianos et des deux ensembles de percussions. Il envisageait toutes les solutions. Il avait déjà un lieu en tête. Une salle de concert en Hollande, construite en bois, comme un bateau ancien. Les artistes proposés ne lui étaient pas connus mais le projet venant de son ami John, il était certain qu'il avait dû faire une rencontre.

Il était une heure du matin lorsque le téléphone sonna. L'Adorateur sut immédiatement que c'était Séléné. Il lâcha son crayon.

– Bonjour mon amour. Je suis à Paris ! dit Séléné d'une voix claire et joueuse.

– Je viens te chercher, où es-tu ?

– Regarde par la fenêtre.

L'Adorateur se précipita vers les fenêtres qui donnaient sur le boulevard, il la vit, debout, entre deux marronniers. Son cœur se mit à battre, des larmes de joie montèrent à ses yeux. Il se précipita vers l'ascenseur en attrapant ses clés restées sur la table et arriva haletant dans la rue. Elle était là, son sac, son cartable et une petite valise roulante, comme trois gnomes figés. Elle courut vers lui, sauta et lui enserra la taille avec ses jambes. Ils s'embrassèrent sauvagement, leurs corps imprimés l'un dans l'autre, l'Adorateur poussa un cri rauque, joie et soulagement, comme un nageur qui émerge du tourbillon. Séléné murmurait en russe une guirlande de mots à l'incompréhensible musique. Tout le corps de l'Adorateur était pris sous des gerbes de feux d'artifice.

Ils traversèrent l'appartement en se déshabillant et se

retrouvèrent peau à peau, leurs cœurs s'apaisèrent, ils jouirent l'un de l'autre, immobiles, dans une seule respiration, sans un mot, dans un baiser sans fin, le temps distendu à l'infini. Enfin, l'Adorateur glissa une main sur le ventre de Séléné et arrivant au pubis, il ne trouva nulle toison. Son médium se glissa lentement sur le clitoris mis à nu, sur les lèvres, et pénétra avec félicité le sexe brûlant et frais, tout nimbé d'une jouissance qu'il vint recueillir de ses lèvres. Il l'embrassa longtemps, buvant le nectar parfumé qui ne cessait de sourdre.

– Raconte-moi...

Séléné devint très tendre, dans la pénombre, ses yeux s'agrandissaient encore. Elle faisait naviguer le visage de l'Adorateur entre ses seins et dans ce silence semblait chercher le courage de tout dire.

– J'étais si fou d'inquiétude que pour la première fois j'ai eu de la peine à fonctionner à cent pour cent pendant un enregistrement. Pourquoi ne m'as-tu pas donné signe de vie ?

– Quand j'avais besoin de toi, tu n'étais pas là, alors je me suis dit : autant m'habituer à cette solitude tout de suite. Je ne pouvais vraiment pas appeler, j'étais comme paralysée.

– Qu'est-ce que tu as fait ?

– Je suis allée à Moscou, chez Olga. C'était très beau. Elle m'a pardonné.

L'Adorateur fut étonné de la distance, de la froideur avec laquelle Séléné parlait de cela, comme si elle n'était nullement impliquée dans la souffrance de l'autre.

– Tu as brisé beaucoup de cœurs ?

– Non, seulement les cœurs de ceux qui ont goûté à mon nectar. Mais avec toi, je sais que ce sera différent. C'est toi qui briseras mon cœur. Je le sais mais je ne peux m'empêcher d'aller à toi, je suis comme une luciole attirée par la nuit.

– Pourquoi penses-tu que c'est lié à ton nectar ?

– C'est un rêve que j'ai fait il y a très longtemps et déjà là, j'ai vu ton visage. Je te connaissais avant de te voir. Dans le bus j'ai eu la certitude de te reconnaître. Je savais que jamais je n'aimerais un autre homme, depuis toute petite je sais que je suis la femme d'un unique amour, c'est peut-être pour cela que j'ai brisé des cœurs. Dans ce rêve, il y avait Olga et toi et quelques autres, vous buviez mon nectar tour à tour et vous deveniez fous, tu étais le seul qui reprenait vie, les autres étaient dévorés par leur propre ombre. C'est pour cela que je ne faisais presque jamais l'amour. J'avais peur de détruire. Dans le bus, j'avais envie de te le dire, comme pour te sauver, mais je n'ai pas eu le courage de le faire. Tu imagines : « Monsieur ne me parlez pas, ne me respirez pas, ne me goûtez pas, mon nectar vous rendrait fou ! »

L'Adorateur rit.

– Comment ça s'est passé avec Olga ?

– Elle a voulu faire l'amour quand je dormais avec elle.

– Tu l'as fait ?

– Oui, bien sûr.

– Maintenant, dis-moi qui veut te tuer.

Séléné caressa l'Adorateur, l'embrassa sur le visage et les paupières.

– C'est une histoire ancienne, quelque chose de difficile à comprendre. Je n'en ai jamais parlé à personne.

L'Adorateur lui caressa le front, la tint serrée dans ses bras. Il sentait battre son cœur.

– Tu sais, j'ai un destin étrange. Toute petite, je voyais déjà les êtres en transparence, comme une vision directe de leur âme, de leur peur, de leurs mensonges. Je ne sais pas pourquoi mais j'ai l'impression d'être née avec la connaissance. J'apprenais sans travailler. Je lisais une fois les choses et je les reconnaissais. Je me suis toujours sentie à l'écart. J'étais douée pour tout, la danse, la musique, la littérature, la peinture. Mes professeurs m'adoraient et déjà très jeune, je les rendais fous. Tous ceux que j'approche veulent me posséder depuis que j'ai douze ans et cela m'a rendue très solitaire. J'ai mis une sorte de barrière de feu entre moi et les êtres. Lorsque je t'ai vu, cette barrière s'est transformée en espace, instantanément. Parfois j'ai peur et quand j'ai peur, je fuis, je me cache. Il faut que tu comprennes ça. Ce ne sera jamais dirigé contre toi, c'est une force à laquelle je ne peux pas résister.

– Oui, je peux le comprendre.

– Il ne faut jamais t'inquiéter pour moi. Je suis protégée par une sorte de force. Parfois je pars dans la forêt et je dors seule au pied des arbres ou dans les grottes. Les animaux sauvages viennent dormir contre moi, ils me réchauffent. Mon âme ne fait qu'un avec la leur. Je n'ai jamais peur dans la nature. Je n'ai peur que des hommes. En fait, je ne suis pas certaine d'être un être humain.

L'Adorateur lui parla avec douceur, elle était encore sous

le choc. Il y avait chez elle comme une sorte de décollement d'avec la réalité objective et sa réalité subjective avait tant de force que nul ne pouvait la nier.

– Je peux te rassurer, lui dit-il en caressant ses seins, tu as plusieurs attributs humains, merveilleusement humains.

– Ne ris pas, c'est très sérieux tout ce que je te dis. Mon professeur aux Beaux-Arts était un peintre que j'adorais : Dmitri Belaïev. Un jour je te montrerai ses tableaux. C'était un homme immense, de corps et de cœur, un grand artiste. Il avait la passion de communiquer la folie créative. Je n'avais que seize ans quand j'ai été acceptée aux Beaux-Arts. J'étais la plus jeune et il me protégeait, m'apprenait beaucoup, m'invitait dans son atelier. Je pouvais le regarder peindre. Il adorait la poésie et c'est lui qui me faisait apprendre des centaines de poèmes par cœur. C'est lui qui m'a présentée à Olga au cours d'une soirée. Il me comprenait bien. Il savait que je n'étais pas un être humain. Il me faisait beaucoup travailler. Il a déchiré des centaines de dessins que je faisais et me demandait beaucoup plus qu'aux autres. Il voulait que je l'épouse. Il nous voyait exposer ensemble à New York, à Londres, à Paris. Il disait que nous étions des demi-dieux qui s'étaient retrouvés dans le chaos cosmique. Il a fait un nu de moi qui est au musée de Saint-Pétersbourg. C'est une très belle toile. J'étais sa muse. Je l'adorais comme homme et comme artiste mais je n'étais pas amoureuse de lui. Un jour, je l'ai laissé goûter à mon nectar, sans faire l'amour, juste mettre ses lèvres au bord de la coupe et il est devenu fou. Au début, il ne voulait plus me voir et il s'est mis à boire beaucoup. Une nuit je l'ai croisé dans la rue et il ne m'a pas reconnue. Après je l'ai revu. Il avait perdu sa puissance et sa créativité. Ses toiles étaient sans vie. A un certain point, j'ai décidé de ne plus le voir du tout pour lui donner une chance de m'oublier. C'est là qu'il a commencé à me menacer. Il fréquente de drôles de gens. Il a beaucoup de relations. C'est un homme qui détruit ce qu'il ne peut posséder. Le pire a été lorsqu'il a appris qu'Altman se déplaçait pour voir mon travail. Il l'a invité et bien sûr, Altman y est allé, c'est un personnage incontournable. Il a dit à Altman que ma peinture ne valait rien et il lui a proposé de lui présenter d'autres jeunes talents plus convaincants. Heureusement, Altman ne s'est pas laissé impressionner. Il est venu et il a adoré. C'est après cela que j'ai reçu des menaces de mort et tous ces coups de fil bizarres, les ennuis avec les administrations, la banque, le téléphone ou l'eau qui étaient coupés sans raison.

– Je vais aller le voir.

– Non, surtout pas, ça le rendrait encore plus fou.

– Peut-être veut-il juste te faire peur.

– Tu ne connais pas la Russie, c'est très dangereux, il y a beaucoup de gens qui vivent totalement en marge de la loi et pour lesquels il n'y a aucune limite, aucun risque. Les gens puissants ne s'embarrassent même pas d'avoir des plaques d'immatriculation sur leurs voitures. Ils sont intouchables. Tout est permis. Tous les jours on retrouve des corps de jeunes filles et de jeunes garçons violés et mutilés sur les terrains vagues de banlieue ou dans les décharges.

– S'il voulait vraiment te tuer, ce serait déjà fait.

– J'étais si contente que mes toiles soient en sécurité. J'ai toujours eu peur qu'il les fasse voler ou détruire. Celles qui restent aujourd'hui dans mon atelier sont moins bonnes. Hier j'en ai envoyé quinze à Zurich, j'avais enlevé les châssis et je les avais roulées.

– Et la police ?

– Il y a des pays où il est plus dangereux d'aller à la police que de se taire. Tiens, j'ai ton tableau, il est roulé dans la valise. Demain je le tendrai sur un châssis.

Ils ne pouvaient se lasser de la lente et mélodieuse étreinte de leurs corps assoiffés. Leurs peaux se mêlaient avec le fol espoir de se pénétrer, d'être en deçà des limites du corps de l'autre. Chacun entretenait le rêve de porter la forme de l'autre en lui-même.

– Tu sais, murmura Séléné couchée sur l'Adorateur, si tu m'aimes, je ne peux pas mourir. Personne ne peut lutter contre le pouvoir de l'amour absolu. Même lorsque j'ai peur, je sais que personne ne peut me tuer. Je descendrais dans la fosse aux lions et je ne serais pas dévorée.

En disant cela, Séléné avait une expression extatique, son regard naviguait au loin et son corps brûlant frémissait sur celui de l'Adorateur. Ils s'endormirent dans la même position et, toute la nuit, ils émergèrent du sommeil en de brefs instants pour s'étreindre et jouir de la présence de l'autre.

L'Adorateur rêva que Séléné et lui volaient librement vers le ciel et s'approchaient toujours plus des astres en suspension dans le bleu de la nuit. Parfois l'un guidait l'autre vers les confins, le poussant à s'aventurer toujours plus loin.

A l'aube, l'Adorateur, comme chaque matin, écouta religieusement le chant d'un merle qui avait élu domicile dans les arbres du jardin.

Il prépara le petit déjeuner pendant que Séléné prenait une douche. Il se sentait aérien, comme flottant dans les limites mouvantes des pièces. Il faisait beau, les chants des oiseaux entraient par les grandes fenêtres. L'Adorateur dressa la table sur la terrasse et lorsque Séléné parut, enveloppée dans son peignoir blanc, elle était radieuse et paisible. Elle ouvrit sa valise et l'Adorateur eut la surprise de découvrir trois autres toiles magnifiques.

– C'est pour toi mon amour.

– C'est le plus beau cadeau que tu pouvais me faire.

L'Adorateur regarda celle qu'il connaissait déjà, puis il découvrit lentement une partie du mystère des trois autres. Séléné adorait regarder comme il se laissait absorber par les œuvres, de tout son corps, l'esprit flottant, silencieux. Elle n'entendait aucun commentaire germer dans son mental. C'était de l'espace qui accueillait l'espace pictural. Séléné beurra un toast et mit de la confiture de cassis. Elle regardait l'Adorateur regarder. Elle servit le thé, coupa le toast en deux et le déposa sur l'assiette.

– Tu es le plus bel homme que j'aie jamais vu, le plus tendre...

– Peux-être que les Dieux existent pour t'avoir posée dans mon cœur.

– Bien sûr que les Dieux existent, tu ne le crois pas ?

– Je suis totalement indifférent à la métaphysique.

– Mais comment peux-tu produire de la beauté ?

– En étant en communion avec la réalité.

– Tu es un athée ?

– Non, les athées sont des croyants à l'envers.

– Un agnostique, alors ?

– Non plus, les agnostiques croient que le mystère ou la source des choses est impénétrable, moi je rencontre l'infini à travers la beauté dans chaque instant de présence.

Séléné rit et dévora un autre toast.

– Tu sais, les Dieux, je les vois, je les sens, et c'est étrange que cela ne fasse pas partie de ta sensibilité. Ils sont là, palpables, tout autour de nous !

– On fait peut-être les expériences liées à ses croyances.

– Moi j'ai fait l'expérience avant de croire.

Séléné se leva et lui donna un baiser torride et confituré.

– C'est très beau ton endroit. Tes murs blancs ne vont pas se sentir envahis par mes couleurs ?

– Non, ils sont heureux, ils vibrent.

– Tu crois qu'ils vibrent ou tu le sens ?

– Je le sens.

– Merci, dit Séléné avec un sourire malicieux.

– Il y a un marchand de matériel pour artistes boulevard Edgar-Quinet, on y va ?

– Il faut que j'achète aussi une pince pour tendre la toile sur le châssis, des clous de tapissier. Tu as un marteau ?

– Oui.

Ils allèrent acheter le matériel, Séléné choisit quelques

grands formats et des couleurs et ils prirent un taxi pour rentrer.

Sélené se mit au travail aussitôt. L'Adorateur la regarda avec délectation. Ses mouvements étaient rapides, efficaces.

– Tu as déjà la plus grande collection privée de mes œuvres, dit Sélené, avec l'expression joueuse d'une petite fille et une pointe d'orgueil.

L'Adorateur était toujours étonné de voir à quel point son spectre expressif était large. Elle en jouait d'une manière pas tout à fait innocente qui n'était pas pour déplaire à l'Adorateur. Il aimait lui laisser tout l'espace sans essayer de la fixer par des concepts. Sélené procédait par vastes cycles. Elle effleurait les sujets et les possibilités, se retirait discrètement lorsqu'elle avait obtenu quelques bribes d'informations mais rien ne se perdait jamais. Elle choisissait toujours avec soin le moment de revenir aux points qu'elle avait effleurés pour en savoir plus. La moindre de ses remarques donnait lieu à une suite, le moindre indice était traité par son intelligence phénoménale et son intuition du moment le plus juste pour continuer sa quête. Elle procédait comme un peintre pointilliste qui, touche après touche, brossait un large paysage.

– J'aimerais aller au cinéma.

– Après déjeuner, si tu veux. Qu'est-ce que tu veux voir ?

– Un film.

Ils placèrent les toiles sur les surfaces claires des murs. Sélené regardait de loin, elle demandait à l'Adorateur de déplacer un peu le tableau et lorsque l'endroit idéal était découvert, elle arrivait avec marteau et crochets X pour finaliser l'opération.

Ils déjeunèrent sur une terrasse à Montparnasse. Séléné, le regard pétillant, observait les passants avec une joie communicative. Les enfants, particulièrement, étaient sensibles à tout son être et la plupart se retournaient et lui souriaient même lorsque leur mère les tirait par la main. Seuls, ils s'approchaient et parfois la touchaient comme pour s'assurer de sa réalité.

L'Adorateur prenait une joie indicible à tous leurs repas. Assis face à face, ils se goûtaient à travers leurs regards qui se pénétraient, sans cligner. Parfois, leur relation silencieuse était tellement intense que les serveurs n'osaient poser les plats entre eux, par crainte de les déranger. L'Adorateur sentait avec une acuité remarquable le moindre frémissement de la sensibilité de Séléné. Il vivait chaque émergence en direct, comme s'il n'y avait qu'un millième de seconde entre le moment où une émotion naissait en elle et celui où il la ressentait dans son propre corps. Cette harmonie s'était installée dès le premier instant, comme s'ils étaient faits de la même chair, des mêmes organes. Il y avait une gémellité de fait, un cœur à cœur qui se déversait dans un corps à corps sans fin. Minutes magiques où, la pensée suspendue, ils se tenaient les mains en écartant les obstacles. Séléné avait l'air si jeune, sa radiance était telle, ses vêtements – un jean et un T-shirt – si adolescents que les femmes jetaient parfois à l'Adorateur un regard plein de reproches comme s'il séduisait une lycéenne alors que les hommes semblaient l'envier.

Séléné adorait les desserts et lorsqu'elle plongeait sa cuillère dans un fondant au chocolat ou une île flottante, c'était un instant de grande sensualité qui ne manquait pas d'être apprécié par les observateurs.

– Tu me feras écouter tes disques ?

– Tu as le choix, tu as vu le mur de compacts. J'ai produit tous ceux qui sont dans la bibliothèque de gauche.

– Je pourrai peindre en même temps ?

– Si tu veux.

– Ça ne te choque pas ?

– Non.

Ils entrèrent dans le cinéma, Séléné choisit le film au hasard. Elle voulait s'asseoir tout au fond de la salle. Dès que le film commença, elle se déshabilla complètement, laissant ses vêtements sur le sol. Le cœur de l'Adorateur comprit son absence de soucis cinéphiles. Elle se mit devant lui, debout, jambes ouvertes, face à l'écran, accrochée au siège qui était devant elle, à un mètre à peine d'un couple. L'Adorateur, saisi par son audace, commença à savourer son sexe qui ressortait entre les fesses si douces puis, ouvrant son pantalon, il la pénétra et il jouit presque aussitôt. Elle étouffa un cri rauque, se retourna, s'assit à califourchon sur lui et lui dit à l'oreille :

– J'aime quand tu me fais l'amour sauvagement et que tu jouis comme un jeune homme !

– Tu es ma vie.

– On va se promener ? Il fait si beau, dit Séléné.

Séléné se rhabilla et ils sortirent du cinéma sans avoir vu une seule image du film.

– J'adore faire l'amour quand il y a danger d'être vus. Je crois que je suis un peu exhibitionniste. C'est grave ?

– Non. Je crois que je le suis aussi.

Ils se promenèrent dans le Luxembourg, s'assirent sur une chaise verte à proximité d'un arbre qui avait encore ses fleurs, une sorte de grand parasol aux feuilles rouges oblongues et aux petites fleurs roses. Ils s'embrassèrent, elle s'assit sur ses genoux. Il passa la main sous son T-shirt, palpa doucement ses seins cotonneux et soudain, toutes les fleurs de l'arbre tombèrent en pluie. Séléné se leva et courut danser sous les délicates corolles qui caressaient son âme.

Séléné sortait un à un les disques produits par l'Adorateur. Elle regardait les photos des artistes, les livrets.

– Est-ce qu'il y a eu une chose qui t'a poussé à devenir musicien ?

L'Adorateur se souvint immédiatement du premier concert auquel il avait assisté, il se mit à entendre et à voir simultanément.

– Ma mère adorait l'opéra et lorsque j'avais onze ans, je l'ai accompagnée au Festival de Salzbourg. C'est là que j'ai eu le premier et l'un des plus grands chocs de ma vie. *Don Giovanni* de Mozart dirigé par Dimitri Mitropoulos avec la Philharmonie de Vienne. Il y avait dans l'ouverture une puissance tragique inégalée et les chanteurs étaient exceptionnels, avec Cesare Siepi dans le rôle-titre. La vue et le son des violoncelles m'avaient fasciné. Je les avais regardés longuement, penché au-dessus de la fosse d'orchestre, et dès notre retour, j'avais demandé à ma mère de commencer le violoncelle. Mitropoulos est un homme que j'admire. Il avait, après la guerre, signé une pétition avec d'autres chefs pour empêcher l'invitation de Furtwängler par le Chicago Symphony en raison des liens du chef d'orchestre avec le pouvoir nazi. Furtwängler admirait Mitropoulos. Il pensait qu'il était le plus grand chef émigré aux Etats-Unis. Il détestait Toscanini. Un jour, il avait entendu ce dernier diriger une symphonie de Beethoven et dès les premières mesures, il s'était levé et avait quitté la salle en criant : « Foutu batteur de mesure ! »

– J'aime bien cette histoire !

– Par la suite, Mitropoulos a accepté de rencontrer Furtwängler en Suisse et malgré leurs divergences politiques, ils ont senti une grande affinité musicale. Furtwängler a invité Mitropoulos à diriger *Don Giovanni* à Salzbourg mais Mitropoulos a demandé deux ans pour travailler la partition et après avoir écouté une bande enregistrée par Furtwängler, il a réalisé que sa vision différait complètement de celle du vieux maître allemand. Modestement, il lui a demandé si son interprétation reposait sur une quelconque tradition orale, et Furtwängler, magnifique, lui a répondu : « Faites ce que vous sentez ! » Puis il est mort et n'a pas pu entendre le concert de juillet 1956. Un choc de titans. Encore aujourd'hui, si j'écoute *Don Giovanni*, j'entends la pâte sonore de Mitropoulos, son exubérance méditerranéenne, son sens grec du tragique. Je crois que personne n'a jamais dirigé un plus beau *Don Giovanni*.

– Moi j'ai su que j'étais peintre à six ans en ouvrant un livre qui était tombé du bureau de mon père. C'était la reproduction d'un christ anonyme qui se trouve à Arezzo et que Cimabue a copié mais la copie est moins magique

que l'original. C'est une peinture faite sur un grand panneau de bois en forme de croix. J'en rêve encore. Le visage est extatique sous la torture, les muscles saillants comme ceux d'un yogin ou d'un danseur. J'aimerais le voir en vrai.

– Je t'y emmènerai.

Séléné lui sauta au cou comme une petite fille à laquelle on promet une barbe à papa.

Tout à coup, Séléné devint plus sombre.

– Qu'est-ce que tu as fait en Californie ?

– Je suis allé voir un vieil ami connu à Rome lorsque nous étions étudiants. Tiens, regarde, c'est lui qui fait ces sculptures, dit l'Adorateur en sortant un livre de sa bibliothèque.

Prise d'un accès de rage froide, Séléné jeta le livre sur le plancher.

– Tu me mens ! Je sais que tu as couché avec Sarah !

– J'ai dormi chez elle comme je le fais toujours lorsque je suis de passage à Los Angeles. J'y ai une chambre et elle me prête sa voiture.

– On devrait se quitter maintenant, dit Séléné avec une grande froideur. Je prends mes affaires et je m'en vais. Tu es un don juan, un séducteur. Tu es pire que Don Juan, tu es Casanova !

– J'ai beaucoup de tendresse pour Casanova, tu devrais lire ses Mémoires, c'est très beau, bouillonnant de vie.

Séléné s'assit dans le fauteuil, les jambes croisées, et se mit à pleurer doucement. L'Adorateur alluma un cigare et alla le fumer sur la terrasse. Il sentait la violence de Séléné passer à travers les murs. Sa jalousie morbide n'était pas fondée et l'Adorateur n'avait aucun goût pour l'autojustification. Il se résigna à l'idée qu'il allait la perdre, tôt ou tard, et une grande souffrance monta en lui. Il eut beau invoquer Diogène, rien n'y fit. Il dut rallumer son cigare plusieurs fois et le goût devint âcre jusqu'au moment où il le laissa s'éteindre.

Lorsqu'il revint dans la pièce, Séléné avait disparu. Il alla voir dans la chambre et dans la salle de bains, elle n'y était pas, mais ses affaires étaient toujours là. L'Adorateur eut envie de sortir à son tour et de marcher, mais comme Séléné n'avait pas la clé de l'appartement, il décida de l'attendre. Il ramassa le livre qu'il rangea dans la bibliothèque et se servit un bourbon avec deux glaçons. L'effervescence de ses cellules s'apaisa. Il fit couler un bain dans lequel il mit une poignée de feuilles de verveine dont il adorait l'odeur et se laissa glisser dans la grande baignoire où il pouvait s'immerger jusqu'au cou. Lui qui pouvait être d'une fermeté sans appel lorsqu'une situation l'exigeait se demandait pourquoi il se trouvait si désarmé devant la violence de Séléné. Il ne savait pas si elle reviendrait. Il imagina un message impersonnel sur son répondeur lui demandant de déposer ses affaires quelque part. Il envisagea un silence, une nuit, une semaine, un mois. Une voix intérieure lui dit qu'il devrait avoir le courage de rompre immédiatement. Entreposer ses affaires devant la porte. Les laisser au concierge. Les jeter par la fenêtre. Mais toutes ces solutions le firent sourire amèrement. Il n'avait pas la force de se séparer de Séléné. Il voulait encore vivre cette incandescence. Le prix de sa jalousie n'était après tout pas bien lourd en regard de l'émerveillement qu'elle lui procurait. Emerveillement n'était pas un mot assez fort. Il s'agissait de ravissement extatique.

En sortant du bain, l'Adorateur ouvrit le sac de Séléné et constata qu'elle avait emporté ses papiers et sans doute de l'argent. Il s'approcha du lit, regarda les draps froissés et ne put se retenir de humer le parfum que l'empreinte du corps de Séléné avait laissé. Il se sentit pris d'une grande désolation qui semblait sans commune mesure avec les évènements. Il ne pouvait discerner d'où lui venait cette vague de tristesse et de nostalgie. Elle semblait sourdre du fond de son cœur et il sentit bien que Séléné n'y était pour rien.

Il eut envie d'écouter *Satisfaction* des Stones ou *La Sérénade mélancolique* de Tchaïkovski. Dans les moments de trouble, ses envies musicales différaient complètement. Seules certaines œuvres convenaient, souvent de virtuosité, courtes et brillantes, ou des chansons. Ces œuvres étaient d'ailleurs regroupées dans un angle de sa bibliothèque. Il aurait pu prendre Sarah Vaughan, Michael Rabin, Billie Holliday, Cassandra Wilson ou Maxim Vengerov. Assis face aux toiles de Séléné il commença par *La Sérénade* et finit par *Satisfaction* en se demandant comment il trouverait cette satisfaction dans les minutes suivantes. La vision des toiles était comme une lame de feu qui le traversait de part, en part alors il décida d'aller marcher. Si elle revenait avant lui, elle l'attendrait, qu'elle aille au diable !

Il descendit la double allée de marronniers en respirant plus profondément et après quelques centaines de mètres sentit son diaphragme se relâcher, son plexus s'ouvrir. Il voyait le visage de Séléné, son innocente apparence, sa douceur sans fin et en même temps il sentait les possibilités sibériennes de son âme en laquelle n'importe quelle incandescence aurait pu se congeler en un instant. Les contrastes chez elle étaient saisissants et constamment reliés comme si entrer en elle c'était pénétrer dans un long couloir ouvert à ses deux extrémités. Un chat le regardait passer, dissimulé dans les feuillages du Parc de l'Observatoire, les yeux d'ambre liquide noyés dans un pelage gris aux multiples nuances. Plus tard, il passa devant la prison de la Santé où une femme laissait passer le flot de voitures libéré par le feu vert en contrebas du boulevard Arago et profitait du silence relatif pour crier en direction d'une cellule où un prisonnier l'écoutait, accroché aux barreaux.

– Je ne peux pas le faire !

– Fais ce que je t'ai dit ou va te faire foutre !

– Mais je t'aime, je t'aimerai toujours !

– L'amour est éternel tant qu'il dure, connasse !

– Qu'est-ce que tu dis ?

– Va te faire foutre !

Le flot de voitures arrivait au moment où l'Adorateur passait derrière la femme, jeune, vêtue d'une minijupe de cuir très courte et d'un T-shirt sur lequel on pouvait lire : « *Don't ask.* » Il l'entendit marmonner :

– Quel pauvre con, il est dedans et moi je suis dehors !

Elle s'en alla à pas rapides. Le flot de voitures se tarit et il entendit la voix de l'homme qui hurlait :

– C'est ça, tire-toi, disparais !

Certaines fenêtres étaient teintées de rouge, peut-être pour mieux dissimuler la tristesse des murs des cellules. L'Adorateur continua, retrouva le calme des arbres qui oscillaient doucement sous le vent et se mit à marcher moins vite en pensant à l'absurde de la situation. La nuit, le boulevard était comme un large fleuve qui coulait vers les Gobelins. Il se laissa charrier comme une brindille puis s'arrêta dans un café pour boire un Perrier. Il y resta longtemps, regardant les formes et les visages, écoutant des bribes de conversations, puis il remonta tranquillement le boulevard. Des restaurants fermaient, les garçons empilaient les chaises, vidaient les terrasses. L'air était encore tiède, comme réchauffé par l'asphalte.

Comme l'Adorateur approchait de son immeuble, il la vit, couchée sur un banc, le regard tourné en direction des baies vitrées obscures. Peut-être avait-elle essayé de téléphoner mais il n'avait pas pris son portable. Elle l'entendit, tourna la tête vers l'arrière, comme un chat, et le regarda intensément avec un léger sourire. Elle s'assit à califourchon sur le banc, il se glissa contre son dos, la prit dans ses bras, ses seins chauds et doux se logèrent naturellement dans ses mains, le parfum de sa nuque s'instilla en faisant instantanément monter le désir.

– Tu sais, je ne suis pas jalouse...

L'Adorateur la regarda dubitativement.

– Non, je t'assure ! C'est le mensonge que je ne supporte pas, ça me rend folle.

– Je ne t'ai pas menti.

– Pinocchio !

Elle tourna son visage sur le côté, il se pencha pour rencontrer ses lèvres et ils ne reparlèrent jamais de cet épisode.

Séléné alluma quelques bougies, trouva des fromages dans le réfrigérateur et les disposa sur un plateau pendant qu'il ouvrait une bouteille de Primitivo, un vin des Pouilles charnu à la robe sombre. Ils étaient face à face, dans cette tranquillité un peu magique et cette respiration paisible qui les liait l'un à l'autre. Le modelé du visage de Séléné resplendissait comme s'il diffusait une lumière interne. L'éclairage de la bougie posée sur la table n'était qu'une lumière d'appoint. Le dessin sinueux et gourmand des lèvres de Séléné le fascinait. Ses lèvres toujours prêtes aux baisers les plus fous étaient souvent animées d'un imperceptible frémissement qui s'accompagnait d'une transformation immédiate de son regard, comme traversé d'une brume. Cela coïncidait à la montée du désir. L'Adorateur savait que dans quelques secondes les seins de Séléné allaient être gagnés par ce frémissement, puis son ventre, son sexe, ses cuisses, et l'onde finirait sous la plante de ses pieds. Il sentait au même moment sa respiration se ralentir encore. Séléné entrait dans une sorte d'antichambre de l'extase et l'y attirait irrémédiablement. Les lèvres de l'Adorateur se mirent à vibrer et tout son corps se laissa emporter par l'élan. Séléné sourit, à la fois fière de sa puissance et touchée par sa réceptivité. Ils firent durer le plaisir de l'attente et dans ces moments, il arrivait à l'Adorateur de percevoir comme l'évidence subtile qu'il y avait en elle des traces paradisiaques, comme si elle venait d'en émerger dans toute sa fraîcheur et qu'elle considérait la sphère des humains avec une sorte de détachement radieux, nimbée par l'odeur de rose, de jasmin et d'orange qui montait de son corps.

– Tu vois, cela ne fait pas partie de tes concepts, pourtant, en ce moment même, tu le sens comme une évidence.

Il poussa les verres qui lui barraient la route et prit les mains de Séléné dans les siennes. Leurs regards communiquaient, totalement ouverts, sans le moindre clignement. Elle pouvait rester ainsi pendant des heures, vaste, captant la moindre chose, sans projeter quoi que ce soit. Son pouvoir de concentration tranquille était à son sommet. Rien ne pouvait la distraire. Il se leva, l'entraîna vers la méridienne, elle laissa son corps chaud couvrir une partie du sien et ils glissèrent dans un baiser souterrain et sinueux qui abolit le temps. L'Adorateur, avec la musique, avait développé une perception du temps qui n'était plus linéaire mais sphérique. Il savait par expérience que certains musiciens, au détour d'une nuance, d'une respiration, d'un silence parfaitement intégré au son, tiraient l'auditeur vers l'infini dans une éclosion soudaine. Cette habitude avait en quelque sorte distendu sa capacité à sentir l'écoulement du temps conventionnel et lui permettait de cueillir tous les instants de la vie où, soudain, la durée changeait de mode et l'emportait vers l'immensité. Séléné avait cette capacité de franchir les voiles de l'illusion pour atteindre le réel. Pas le réel banal des rationalistes mais le réel des artistes, des mystiques, des amants, des philosophes. Elle naviguait dans la pure subjectivité comme les astres se déplacent et jouent les uns avec les autres, comme les galaxies s'étendent et se rétractent. L'Adorateur goûtait à la parousie, cet état de pure présence, et se souvint de Plotin qui en parle si précisément dans son neuvième traité lorsqu'il dit qu'un intellect en repos contient toute chose en lui : « *La saisie de l'Un ne peut se faire ni par la science ni par l'intellection, c'est-à-dire selon la manière dont sont connus les autres objets de pensée, mais par une présence qui est supérieure à la science*[1]. »

L'Adorateur se leva pour placer un disque sur la platine. La *Sonate pour piano et violon en sol majeur* de Mozart par deux interprètes magnifiques, Radu Lupu et Szymon Goldberg, l'interprétation mozartienne dans son classicisme expressif mais sans la moindre mièvrerie, une merveilleuse prise de son, l'un des disques qu'il aurait voulu produire. Les variations montaient à des sommets expressifs que les deux musiciens rendaient magnifiquement. L'osmose entre eux touchait à la perfection et chaque fois qu'il écoutait une autre version de cette sonate, il revenait irrémédiablement à ce duo. Un jour, il avait entendu Richter poser cette question : « Qui joue bien Mozart ? » Il aurait pu donner Lupu et Goldberg en exemple.

C'était important pour l'Adorateur de vivre la musique à travers la sensibilité de Séléné, de voir quelle nuance, quelle envolée lui procurerait le frémissement le plus doux, le soupir le plus ardent. Goûter la musique à travers

1. Plotin, *Traités*, (Traité 9), introduction, traduction, notes et commentaires par Pierre Hadot, Le Livre de Poche, 1999.

elle, c'était plonger dans la fibre même de ses nerfs, de ses muscles, de son souffle, savourer un espace où les notes coulaient et ne cessaient de dessiner des entrelacs, de s'étendre, de se précipiter. Il avait choisi la version vinyle, bien qu'il dispose de la réédition numérique car, pour les instruments à cordes, le numérique semblait gommer une partie du raffinement sonore comme si les mathématiques ne pouvaient pas toujours analyser certaines subtilités accessibles à une oreille avertie.

Lorsque la musique prit fin, ils restèrent un long moment silencieux, goûtant les infimes ramifications que laissent les grands artistes dans le silence qui entoure leur interprétation. Parfois, cet écheveau de fils multicolores était perceptible avant même qu'ils ne commencent à jouer, ils le faisaient goûter par leur seule présence physique sur la scène. L'Adorateur se souvînt de ces moments rares où des larmes d'émotion avaient jailli avant même que le premier son ne sorte de l'instrument. Comme si la beauté à venir était véhiculée par le corps spatial de l'interprète qui prenait l'auditeur en lui afin qu'il puisse écouter de l'intérieur même de son âme.

Cette nuit-là, ils firent l'amour avec une lenteur infinie. Le mouvement était si doux que leurs peaux ne se séparaient jamais, leurs regards plongeaient continûment l'un dans l'autre et les sensations physiques étaient ressenties avec une puissance et un raffinement qu'exprimaient les mouvements du cristallin, les contractions ou les ouvertures des pupilles, les flamboiements qui traversaient leurs regards posés comme des grains de raisin bleu dans la pénombre. Il y avait des instants de suspension où seuls les organes tremblaient dans les projections suaves du plaisir. Séléné émettait des petits flots de jouissance qui inondaient le sexe de l'Adorateur et qu'il sentait avec précision lorsqu'il était immergé en elle, immobile. Des dizaines de petits jets chauds le touchaient et les yeux de Séléné, à cet instant, s'écarquillaient sous l'effet de l'émerveillement.

Ils dormirent intimement mêlés, sans plus savoir à qui appartenaient bras et jambes, mains et visages. Le sommeil était léger, par instants ils en sortaient simultanément pour glisser à nouveau dans la béatitude. Parfois des bribes de rêve naviguaient de l'un à l'autre comme si elles se partageaient un territoire.

Pendant la nuit, une tempête se déclencha. Le store en bois de la chambre battait, les arbres du parc ployaient sous le vent, les portes vibraient. L'Adorateur tenait Séléné serrée contre lui, elle dormait paisiblement. Après quelques heures de somnolence, il se leva et prépara le petit déjeuner. Un thé Dimbula de Ceylan, à la fois corsé et parfumé. Il fit des toasts, et disposa les confitures maison, gelée de framboise, orange amère et abricot. Séléné arriva, elle avait revêtu l'un de ses peignoirs bleu nuit. Son visage était extrêmement détendu, presque adolescent. La petite table ronde entourée de deux fauteuils en rotin se trouvait devant une grande baie vitrée qui donnait sur le jardin, à la hauteur du faîte des chênes et des marronniers les plus hauts ce qui donnait l'impression de voguer sur un lac de verdure bruissante. Séléné vint lui lécher le front, comme une louve, puis elle s'assit près de lui.

– J'adore le vent ! Je peux ouvrir la baie vitrée pour mieux l'entendre ?

– Oui, bien sûr.

Ils se laissèrent glisser dans le son, il y avait sur le visage de Séléné une sorte de jouissance extatique.

– Tu as du café ?

– Je vais t'en faire, tu l'aimes comment ?

– Pas trop fort, une grande tasse.

Elle beurrait un toast et goûta la marmelade d'orange amère que l'Adorateur avait faite en février pendant les deux ou trois rares semaines où l'on trouvait les oranges de Séville. Il aimait le lent processus qui prenait deux jours. Il fallait d'abord faire tremper les oranges, l'écorce finement découpée et les pépins rassemblés dans une gaze avec de l'eau puis, le jour suivant, ajouter le sucre de canne après une première cuisson.

Il revint avec le café. Les fenêtres semblaient gonfler sous la force du vent. Tout à coup, Séléné poussa un cri : le store jaune de la terrasse était en train de se détacher, l'Adorateur se précipita sans réaliser que Séléné avait refermé la baie à travers laquelle tout son corps s'abîma dans un grand fracas de verre brisé.

Dès l'instant de l'impact, il avait traversé le verre épais qui avait littéralement explosé, comme au ralenti. Il s'effondra au milieu des grands éclats de verre avec une sorte de légèreté. Soudain, dans le silence qui suivit, il sentit la chaleur du sang qui s'échappait de son genou gauche et de son poignet. Séléné avait bondi sans un mot, elle lui tendait la main pour le relever afin qu'il ne se coupe pas à nouveau sur les éclats tranchants qui l'entouraient.

L'Adorateur fit quelques pas dans le salon et examina sa blessure. Séléné revenait déjà de la salle de bains avec une serviette humide. Le genou était profondément entaillé mais l'Adorateur était curieusement calme, une énergie merveilleuse l'envahissait, sans doute la montée de l'adrénaline. Séléné plaça la serviette humide sur la plaie et épongea le sang.

– Excuse-moi, j'avais refermé.

– Les baies sont tellement propres que je n'ai pas réalisé.

– Montre...

Séléné s'agenouilla devant la blessure. La chair était entaillée sur six ou sept centimètres. Elle semblait jouir d'ausculter la plaie.

– Le sang va s'arrêter... ce n'est rien...

– Non, c'est profond, il faut appeler un médecin, donne-moi le numéro.

– Ce n'est pas la peine, il y a un hôpital juste à côté avec un excellent service d'urgences.

– J'appelle un taxi ?

– C'est à trois minutes d'ici, allons-y à pied.

– J'ai cru que tu passais par-dessus la balustrade. Tu as fait ça avec puissance et grâce, c'était magnifique !

– Dans la première armoire près de la chambre, il y a un pantalon noir en toile, sans poche, avec un élastique à la taille, il est très large... Prends aussi un T-shirt.

Séléné rapporta les vêtements, il enleva la serviette, le sang continuait à couler mais moins abondamment. Il passa une paire de vieux mocassins et ils descendirent.

La jambe un peu raide, il entra dans la salle des urgences. Il y avait peu de monde et rien de très spectaculaire. Il expliqua à l'infirmière de garde les circonstances de l'accident et quelques minutes plus tard, on l'installa dans une salle. Un jeune interne arriva.

– Ce n'est pas grand-chose mais j'ai préféré venir...

– Attendez que je voie, il faut peut-être une chirurgie si la veine est touchée.

L'interne écarta la plaie, regarda attentivement.

– Vous avez de la chance, ça va. Je vais enlever les fragments de verre et je vais vous recoudre. Il faudra six points de suture.

Il injecta un anesthésique, attendit quelques minutes pendant lesquelles il désinfecta la plaie et son pourtour, puis très consciencieusement, il recousit en serrant bien ses points, après quoi une infirmière entra et lui mit un pansement étanche.

– Il faudra vous faire enlever les fils dans huit jours et changer le pansement demain et les jours suivants. Dès que possible laissez le genou à l'air. Je vais vous donner un antalgique pour le réveil. Prenez-en pendant deux ou trois jours, ensuite, ça devrait aller.

L'Adorateur la remercia et retrouva Séléné dans le hall. Ils rentrèrent à l'appartement en se tenant par la main.

– J'ai l'impression d'être passé à travers la transparence, c'est une sensation très agréable.

– Ça ne te fait pas mal ?

– Non, pas du tout.

– On va écouter de la musique... je vais peindre et pendant quelque temps tu vas devenir suprêmement inactif !

Séléné se mit à rire.

– Je vois ce que tu veux dire.

– Tu seras obligé de me laisser toute l'initiative !

– Quelle merveille !

Séléné peignait. La jambe raide sur le canapé, l'Adorateur la regardait. Il aimait sa concentration, ses gestes précis, rapides, la manière dont elle trouvait d'instinct la couleur juste. Les incessants va-et-vient de son regard, ses soupirs, ses respirations, si bien accordés aux mouvements. Parfois sa frénésie atteignait au paroxysme lorsqu'elle couvrait une importante surface de la toile avec une couleur sur laquelle elle revenait ensuite par petites touches pour rompre l'uniformité. Pendant tout son travail, elle ne lui adressa pas un regard, pas un mot, totalement à ce qu'elle faisait.

Sept jours, sept toiles. L'appartement embaumait l'huile de lin et la térébenthine. Chaque soir, l'Adorateur et Séléné partaient pour une promenade de plus en plus longue. Le genou retrouvait sa souplesse, la blessure cicatrisait bien et la nuit, l'Adorateur laissait Séléné s'adonner à une chevauchée fantastique qui les menait aux plus profondes extases. Après des départs souvent passionnés et frénétiques, Séléné se laissait gagner par une douceur et une lenteur qui semblaient faire sombrer les heures de la nuit dans l'aube laiteuse et parfumée de la jouissance.

Au huitième jour, les fils retirés, Séléné exigea de partir pour Arezzo au milieu de la nuit. L'Adorateur loua une voiture puissante. Ils prirent la route déserte. Séléné conduisait très vite avec une joie adolescente. L'Adorateur regardait défiler les arbres, empli d'une joie profonde, la main gauche sur la cuisse vibrante de ce rêve émergé des steppes désertiques.

Peu après Avignon, ils furent arrêtés par deux motards. Un radar les avait pris à 193 kilomètres-heure. Séléné souriante dit à l'Adorateur :

– Laisse-moi faire.

Elle présenta ses papiers et sortit de la voiture. Elle n'était absolument pas impressionnée. Sa voix douce et calme répondait aux questions des motards.

Dans le rétroviseur, l'Adorateur essayait d'imaginer ce que Séléné pouvait bien leur raconter. Il nota que l'un des motards riait. Elle leur parlait sans arrêt. Cela dura vingt minutes, puis l'Adorateur vit Séléné embrasser les motards. Il était soufflé.

Séléné revint à la voiture, l'un des motards lui ouvrit la route d'un geste. Elle repartit toujours aussi vite. Le jour se levait, l'odeur des cyprès envahissait leurs corps.

Avant d'arriver à Nice, Séléné s'arrêta sur une aire de parking, elle pissa sur les aiguilles de pin avec un grand sourire de satisfaction et se déshabilla complètement, abandonnant ses vêtements sur le sol. Elle se coucha sur le capot tiède de la Mercedes et l'Adorateur lui fit l'amour comme elle aimait parfois, sauvagement et brièvement. Deux voitures passèrent. Il vit des visages effarés. Séléné jouit en riant. L'Adorateur prit le volant. Comme la voiture était automatique, son genou ne se fatigua pas. Il roula plus lentement mais parfois Séléné se mettait à crier :

– Plus vite ! Plus vite ! Montre-moi que tu n'as pas peur de la mort !

L'Adorateur fit quelques pointes pendant que Séléné battait des mains.

Ils arrivèrent à Arezzo vers quinze heures et se rendirent immédiatement dans l'église où le christ anonyme suspendu fit entrer Séléné dans une sorte de transe. Debout, elle le fixait, tout son corps tremblait, des larmes coulaient silencieusement sur son visage. Le regard de l'Adorateur passait de l'un à l'autre et son émotion s'accordait à celle de Séléné qui resta immobile jusqu'à la fermeture de l'église. Lorsqu'elle sortit, elle se mit à courir, l'Adorateur la vit disparaître à l'angle d'une maison de pierre.

Lorsque la nuit tomba, il ne l'avait toujours pas retrouvée. Il choisit un hôtel, et revint placer un billet destiné à Séléné sous l'essuie-glace de la voiture. Il lui indiquait le nom de l'hôtel.

Vers vingt-deux heures, il sortit dîner dans une petite trattoria bondée. Il ne restait qu'une table vers laquelle il se dirigea en boitant légèrement. Sa voisine, une femme âgée au regard incandescent, au visage noble et à la chevelure blanche impétueuse, le regarda avec curiosité. Dès qu'il eut commandé, elle s'adressa à lui dans un français à peine teinté d'accent :

– Pardonnez-moi mais je suis intriguée par votre blessure au genou gauche, comment est-ce arrivé ?

– Je suis passé à travers la transparence.

– Êtes-vous un fidèle d'amour ?

– Je suis fidèle à l'amour, oui...

– Connaissez-vous Ruzbehan ?

– Non, je ne l'ai jamais lu mais j'en ai entendu parler au hasard de mes lectures.

– Vous avez la chance d'avoir une magnifique traduction de Corbin en français. Et *Vita Nuova* de Dante ?

– Il y a très longtemps.

– Je ne vous importune pas ?

– Au contraire.

– Alors, si vous voulez bien, dès que vous aurez fini de dîner je vous inviterai à boire un cognac et vous ferai découvrir quelque chose.

La comtesse Tizianna di Ambra et l'Adorateur parlèrent de musique pour laquelle ils partageaient une grande passion. Il découvrit qu'elle avait entendu sa femme jouer les *Sonates et partita pour violon* de Bach dans une église de Perùgia vingt ans plus tôt. Ils s'étaient donc rencontrés, avaient partagé la même émotion, sans se connaître. Elle l'invita dans sa demeure, toute proche.

Ils traversèrent les salles dallées de marbre noir et blanc, passèrent respectueusement devant les portraits des ancêtres où se mêlaient nobles chevaliers et prélats, puis ils entrèrent dans un petit salon bleu qui faisait office de bibliothèque où un majordome chenu et plus âgé que la comtesse leur servit un cognac Fin Bois de 1945.

Un seul tableau montrait un homme qui soulevait sa tunique sur le côté gauche et découvrait une longue cicatrice sur le genou.

– C'était la marque d'initiation des fidèles d'amour. Comprenez mon émotion en vous voyant, en découvrant votre visage, en sentant comment votre corps infusé d'amour palpite devant le monde... Ruzbehan vivait au Xe siècle, en Iran. On ne sait pas très bien comment la tradition des fidèles d'amour est arrivée jusqu'à Dante, Cavalcanti et les artistes et philosophes du XIIe siècle italien mais *Vita Nuova* en est avec *Le Jasmin des fidèles d'Amour,* l'expression la plus noble.

La comtesse se leva, tira un livre de sa bibliothèque et se mit à lire avec passion. Tout son corps s'emportait, sa voix devenait grave et vibrante, la musique du texte coïncidait avec le frémissement de son âme et l'Adorateur, après s'être accordé à elle, en suivait les méandres, le temps aboli, comme si Ruzbehan lui-même lisait son texte. L'audace mystique dressait un pont entre l'amour profane et l'amour divin, il en révélait les traces, les imprégnations, les passages étroits et portaient le héros sans peur à l'union absolue [1].

L'Adorateur demeura silencieux, bouleversé. La comtesse reposa le livre doucement et entra dans une présence paisible, presque chatoyante. Ils dégustèrent leur cognac.

La comtesse brisa le silence la première.

– Je suis heureuse de notre rencontre. Je ne sais quels sont vos plans mais considérez cette maison comme la vôtre. Vous y serez toujours le bienvenu. Il est temps que je me retire.

L'Adorateur ne put articuler un seul mot. Tout se passa par le regard. Le vieux maître d'hôtel apparut comme par enchantement et le reconduisit.

L'Adorateur ne put se résoudre à rentrer. Il erra dans la ville, goûtant les parfums tièdes qui se distillaient dans les ruelles pavées. Le corps léger, comme en lévitation, en accord avec les façades, les fontaines, les dédales, il se laissait guider par le silence qui l'habitait.

---

1. Le texte de Ruzbehan se trouve en appendice.

Pendant quatre jours, il n'eut aucune nouvelle de Séléné ce qui lui laissa le loisir d'écrire une lettre de remerciements à la comtesse et de lui faire envoyer quelques-uns des derniers disques qu'il avait produits. Au début, il ne s'inquiéta pas, puis, une souffrance de manque se mit à émerger, à le paralyser au point qu'il eut de la peine à sortir. Le dernier jour, il se fit monter les repas dans la chambre et but plus que de coutume. Son corps séchait comme une terre abandonnée par son fleuve. Limons et germinations se fossilisaient. Il se sentit vieux, proche de la mort, sans goût pour d'autre aventure que celle évoquée par Ruzbehan. Séléné habitait chacune de ses cellules et lorsqu'elle disparaissait c'était comme si le noyau d'une pêche se volatilisait du fruit, le condamnant à l'effondrement et à la moisissure.

La dernière nuit, il se leva, hagard, rejoignit le parking et constata que le mot était toujours sur le pare-brise. Il se mit à sangloter sans fin et plus tard, en rejoignant son hôtel, il poussa un cri terrible qui fit rire une poignée d'Américains ivres qui sortaient d'un bar. Peu à peu il se calma, se contempla avec dérision, dressa l'état des lieux de sa folie amoureuse, celle-là même que prédisait Ruzbehan.

Il dormait lorsqu'au petit matin il sentit un corps frais se glisser contre le sien. Il l'embrassa follement mais ne parvint pas à faire l'amour, les émotions avaient été si fortes que son corps lui fit défaut. Ils restèrent en silence, collés l'un à l'autre dans une étreinte désespérée et finirent par sombrer dans le sommeil.

Ils s'éveillèrent vers midi et prirent un bain ensemble dans la vasque de marbre.

– Où as-tu dormi ?

– En sortant de l'église, j'ai acheté une couverture, j'ai quitté la ville à pied et j'ai trouvé un coin tranquille dans la forêt. C'était impossible pour moi de voir autre chose, d'entendre, de goûter, de toucher, de sentir. Mes sens étaient anéantis en lui. Je ne sais même pas combien de jours je suis restée dans la campagne.

– Quatre jours, quatre nuits. J'ai fait une rencontre extraordinaire...

– Ah ! Je comprends pourquoi tu ne peux plus faire l'amour, dit Séléné avec froideur.

– Une femme âgée...

– Tu es un homme âgé, ce sont des choses qui arrivent lorsqu'on est amoureux d'une jeune femme.

L'Adorateur sortit du bain. Séléné avait l'air complètement indifférent. Sa froideur le rendait fou. Il sentit une pulsion violente le traverser, une envie de la battre, de la quitter sur-le-champ.

Il se sécha rapidement. Séléné le regardait avec un sourire moqueur.

– Ta violence ne coïncide pas avec l'état dans lequel je suis. Ce serait peut-être le bon moment pour se quitter, tu ne crois pas ?

L'Adorateur sentit son cœur et son corps exploser. Il s'habilla le plus vite possible et sortit. La patronne de l'hôtel le regarda, alarmée.

– Je peux faire quelque chose pour vous, monsieur ?

– Oui, préparez-moi ma note et donnez-moi une enveloppe.

Pendant que la patronne préparait sa note, il glissa une liasse de billets dans l'enveloppe.

– Vous voudrez bien remettre cela à la jeune femme qui est dans ma chambre ?

– Bien sûr, monsieur.

– Si des bagages restent dans la chambre, conservez-les, je les ferai prendre.

L'Adorateur courut jusqu'à la voiture et quitta la ville. Il faillit s'encastrer sous un poids lourd qui sembla surgi de nulle part et fit une centaine de kilomètres avant de s'arrêter pour reprendre son souffle. Jamais il n'avait été dans un contraste aussi puissant d'extrêmes émotionnels. Il se demanda s'il devenait fou. Son corps ne pouvait contenir ni sa rage ni sa douleur.

Empruntant les quelque deux cents tunnels qui séparent Gênes de Nice, et passant sans cesse de la lumière aveuglante à l'obscurité, il eut la sensation que c'était l'image parfaite de son état intérieur. Il conduisit comme un somnambule jusqu'à Paris et la vue même des tableaux de Séléné le précipita à nouveau dans la souffrance la plus intense.

Plus tard, il écouta ses messages et sourit d'entendre la voix gaie, californienne et détendue de Sarah.

– Je m'inquiète pour toi, j'ai des sensations et des rêves étranges, donne-moi des nouvelles, bye !

Dans un autre message, il apprit la mort de l'un de ses vieux amis qui avait glissé dans sa salle de bains.

La nouvelle le laissa abasourdi. Il se servit un grand verre de Jack Daniels et pour tenter de se calmer, il écouta l'un de ses disques adorés, la première sonate de Schumann enregistrée par Guilels dans sa jeunesse. Une fois encore la musique lui permit de n'être qu'en elle et de laisser un rayon de joie et d'impétuosité pénétrer la noirceur de son cœur.

Les jours suivants, il s'occupa de réserver la salle pour enregistrer la *Sonate pour deux pianos et percussions* de Bartók et régla quelques détails avec la maison de disques. Il parla à son ami Sergio et à Yppa qui semblaient filer le parfait amour et chaque fois que le fer rouge du souvenir de Séléné brûlait son cœur, il marchait inlassablement jusqu'au moment où, ivre de fatigue, il s'effondrait sur son lit.

Chaque soir, il regardait ses mails, écoutait son répondeur, en proie au fol espoir d'entendre sa voix ou son souffle, de respirer par l'essence de son parfum. Il se souvint qu'il avait toujours son slip et il se mit à dormir en le passant autour de son cou, comme une corde ou une relique. Où était-elle ? Toujours en Italie ? A Zurich, chez son vieux marchand Altman ? Devant chez lui, sur un banc ?

Il se leva pour regarder par la fenêtre et passait des heures à s'interroger sur la cruauté de Séléné qui pouvait passer en une milliseconde de la délicatesse la plus émouvante à une froideur galactique et caustique. Il passa ces jours comme une ombre qui cherche son corps. Deux fois il appela Saint-Pétersbourg mais ne laissa pas de message.

Un soir, après une journée d'errance, il trouva un message de Séléné. Sa voix était extrêmement faible et glissait progressivement vers le néant :

– *Mon amour, c'est étrange de te parler alors que la vie me quitte, étrange de laisser un dernier message à une machine... Folie de ma vie, j'aime tes baisers, j'aime ton odeur, j'aime quand tu me pénètres, j'aime ta voix, j'aime ta folie, ton regard, ta passion pour la musique et la vie mais tu me quittes alors le seul moyen d'être avec toi pour toujours est de mourir. Mes veines sont ouvertes, la vie coule douce et chaleureuse, je suis une source pure qui se vide... Ce n'est pas difficile de mourir quand on aime. Je sens ton baiser infini qui me porte dans l'espace et peut-être ma mort sera le plus beau cadeau que je puisse te faire. Pardonne-moi le mal que je t'ai fait, je ne voulais que t'aimer, te rendre à ta lumière innée. Tu es le seul amour de ma vie, la seule beauté, la seule extase durable. Je t'attends dans l'espace de l'amour s'il existe un tel espace après la mort et le jour où tu voudras me rejoindre, je serai là, ouverte, chaude, débarrassée de ma violence et de ma cruauté, alors tu pourras m'aimer pour l'éternité, être en moi, nos corps unis et resplendissants comme celui d'un merveilleux androgyne... Maintenant, il n'y a plus de souffrance et je vois que tu m'as donné toutes les perles de l'infini, tous les fruits gorgés du pur jus de la joie. Mon âme, ma douceur, ma tendresse, mon sang, mes cellules nacrées... Tu es le plus bel être que la terre ait porté... Je ne sais pas pourquoi j'ai été si dure avec toi alors que tu es ce que j'ai le plus aimé au monde. Je comprends que tu m'aies quittée... Je comprends... Alors je sors de cette vie silencieusement et... je vois toute la beauté que j'ai partagée avec toi et que j'ai perdue... Je suis comme un punching-ball dans l'obscurité, pleine de cicatrices et de blessures... Tout est flou, je crois que je n'ai plus de sang, au revoir mon amour... Sélé... né...*

L'Adorateur se précipita vers les toilettes mais y arriva trop tard, il éclaboussa le mur de vomissures et s'effondra sur le sol en laissant échapper une longue plainte. Il lui fallut dix minutes pour se relever et pour se remettre à penser. Où était-elle ? Soudain, il eut la certitude d'avoir reconnu l'écho particulier de la vaste pièce qui lui servait d'atelier. Elle n'avait pu l'appeler que de là. Il n'hésita pas une seconde, appela l'altiste de Saint-Pétersbourg, lui fit part de la situation et lui demanda d'aller immédiatement sur les lieux en appelant une ambulance. Une heure plus tard, il eut la confirmation de son intuition. Les médecins ne pouvaient encore présager de la survie de Séléné qui s'était vidée de son sang.

L'Adorateur prit le premier vol pour Saint-Pétersbourg. Il dut attendre deux jours pour qu'on l'autorise à la voir. Il les passa dans un hôtel médiocre proche de l'hôpital, dans un état de vacuité feutrée de douleur.

Enfin, il la vit. Elle était blême, les chevilles et les poignets bandés, le regard infiniment ouvert, presque flou, comme lorsqu'elle jouissait. Elle avait de la peine à parler.

– Tu aurais dû me laisser mourir, regarde dans quel état je suis maintenant...

– Tu es l'amour de ma vie...

– Tu ne me feras plus souffrir ?

– Non... C'est fini... Nous sommes passés au-delà...

– Tu sais, c'est étrange, j'avais envie de faire un tableau avec mon sang... J'aurais voulu qu'il y ait du noir aussi mais je n'avais plus la force de me relever... Le médecin dit que je pourrai sortir dans trois jours... Je suis passée tout près de la mort et maintenant, je n'ai qu'une seule envie, c'est de faire l'amour avec toi, viens dans le lit, baise-moi !

– Dans trois jours...

– Alors lèche-moi un peu, j'ai besoin de jouir pour retrouver la vie...

L'Adorateur repoussa le drap, il retrouva avec délices le parfum de son sexe et la fit doucement jouir juste avant qu'une infirmière n'entre dans la chambre. Elle leur jeta un regard étrange, vérifia la perfusion et annonça que les visites étaient terminées.

– Je peux dormir à l'atelier ?

– Oui... Je ne veux pas que tu reviennes, laisse-moi retrouver un peu de force et attends-moi.

L'Adorateur s'en alla à contrecœur. Il reprit ses affaires à l'hôtel et monta dans un taxi qui le conduisit à l'atelier.

Il trouva la porte défoncée sans doute par les équipes de secours. Le silence presque mortuaire qui planait le saisit. Il pensa d'abord à la salle de bains puis comme il allait y entrer, il vit que le tapis devant le sofa noir était imbibé de sang. Les toiles figées semblaient contempler la scène. Les couleurs comme frappées de stupeur vibraient dans la pénombre qui commençait à s'installer.

L'Adorateur s'assit pour reprendre son souffle. Il laissait son regard toucher les objets, se glisser au cœur des ombres qui peu à peu enrobaient les formes. Il entendit un merle chanter dans la cour et ce chant le ramena peu à peu à la présence de son corps qui jusque-là était comme anesthésié. Il hésita une seconde puis roula le tapis et le mit à tremper dans l'eau froide, dans la baignoire, puis, muni d'une serpillière, il épongea le reste du sang sur le plancher. Il remarqua qu'il s'était glissé dans les interstices des lattes. Il essorait la serpillière dans un seau en plastique noir puis rinçait à nouveau à grandes eaux. Il aurait pu aller dans un autre hôtel mais il décida de dormir sur place, comme pour comprendre ce sang qui, dilué, avait une couleur de rose. Les toiles, les esquisses, les livres et la musique seraient ses compagnons.

Plus tard, il trouva dans le réfrigérateur un reste de soupe qu'il fit réchauffer et se servit un grand verre de rhum importé de Cuba. Il faisait nuit. Il alluma une lampe de chevet qui se trouvait près du lit et peu à peu les objets reprirent vie, les couleurs palpitèrent à nouveau. Après qu'il eut mangé sa soupe et croqué quelques biscuits, il sirota le rhum et s'approcha des disques. Il écouta une sonate de Schubert par Richter puis lorsque le silence s'installa à nouveau, il appela l'altiste pour le remercier. L'homme était encore secoué par la découverte du corps de Séléné, sa voix tremblait et il semblait avoir bu. L'Adorateur lui demanda de bien vouloir appeler un serrurier qui puisse venir réparer la porte puis il se déshabilla et se glissa entre les draps froids et parfumés en grelottant. Il eut de la peine à s'endormir, toutes sortes d'images des jours heureux défilaient en lui, il entendit le rire de Séléné, il vit son visage, il huma sa trace olfactive et, vers trois heures du matin, il finit par sombrer dans le sommeil.

Une fois la porte réparée, il déambula dans la ville comme une ombre cernée de lumière crépusculaire. Il ne savait pas où il allait mais quelques heures plus tard, il se trouva devant le musée des Beaux-Arts et se souvint tout à coup qu'un nu de Séléné peint par son Maître s'y trouvait. Il traversa hâtivement les salles, à la recherche du corps lunaire. Essoufflé, il arriva dans la dernière sans l'avoir trouvé. Il passa devant le bureau du conservateur et pris d'une impulsion soudaine, il frappa. Un homme d'une soixantaine d'années lui ouvrit, il tenait une loupe dans la main droite, derrière de fines lunettes ses yeux avaient l'aspect de deux points lumineux séparés par une montagne, ignorant tout l'un de l'autre.

– Pardonnez-moi de vous déranger mais je suis à la recherche d'une toile... J'ai voyagé depuis Paris pour la voir et...

– Je vous en prie, entrez, asseyez-vous... Depuis la France pour voir une toile... Ce n'est pas commun... J'ai fait cela il y a quelques années pour un Delacroix... Je n'ai vu que cela... Toute la peinture dans une seule toile... Que vouliez-vous voir ?

– Un petit nu de Bélaïev, une toile récente, huit ou dix ans peut-être.

– Nous avons trois toiles de Bélaïev, la plus saisissante est le portrait d'Angékamon, vous l'avez vue ?

– Angékamon ?

– Oui, je crois que c'est son œuvre la plus noire, c'est presque aussi abyssal que certains Goya... Venez...

– Et les autres ?

– Un portrait de la poétesse Olga Maslenikova, très réussi, et un paysage de steppe désolé et grandiose où un bœuf écorché est suspendu à un arbre gelé.

Ils arrivèrent devant le portrait d'Angékamon : une toile très sombre de laquelle émergeait un visage farceur, déformé par un rire qu'on imaginait tonitruant, qu'on pouvait presque entendre, un visage flou où le regard n'avait pas d'importance, où seule la bouche, vivait : les dents, la luette, la langue très rouge pointant vers le néant. La toile dégageait une force prodigieuse.

– Seul un peintre de Saint-Pétersbourg pouvait faire cela, c'est l'une des œuvres les plus puissantes et les plus énigmatiques qu'il m'ait été donné d'acquérir.

L'Adorateur demeurait stupéfait devant la toile.

– Vous connaissez Bélaïev ?

– Qui ne le connaît pas !

– Pourriez-vous me communiquer son adresse ?

– Avec plaisir mais je vous préviens, c'est un homme

difficile qui est toujours absorbé dans une peinture. Depuis quelques années, il produit beaucoup.

– Je croyais qu'il avait sombré dans l'alcoolisme, qu'il ne peignait plus ?

– Comme beaucoup de nos compatriotes, il est né avec une bouteille de vodka dans la main mais cela ne l'a jamais empêché de produire.

– Il enseigne toujours aux Beaux-Arts ?

– Oui, il est extraordinairement aimé de ses élèves. C'est un découvreur de talents, un homme d'une grande générosité. Il a également un goût qui n'est pas secret pour ses jeunes admiratrices, comme beaucoup d'artistes.

Le conservateur écrivit l'adresse de Bélaïev au dos de l'une de ses cartes de visite et la tendit à l'Adorateur.

– Appelez-le de ma part, cela sera plus facile.

– Merci, vous êtes très aimable.

– Entre passionnés, rien de plus naturel.

– Est-ce qu'il est possible d'acquérir l'une de ses œuvres ?

– Oui, je sais qu'il vend parfois directement. Il n'a jamais voulu signer de contrat d'exclusivité avec une galerie. Beaucoup de conservateurs viennent le voir et quelques particuliers. C'est même la meilleure manière de l'aborder. Il n'est pas si cher que cela, dans quelques années ses toiles vaudront cent fois le prix que vous allez payer. Demandez-lui de voir ses dessins, c'est la partie la plus intime de son œuvre, ils sont merveilleux, une grâce, un dépouillement uniques... Voulez-vous que je l'appelle pour vous obtenir un rendez-vous ? dit le conservateur en se frottant le nez avec enthousiasme.

– Avec plaisir...

Le rendez-vous fut pris pour l'après-midi même. L'Adorateur frémissait d'impatience. Il alla déjeuner dans un restaurant trouvé par hasard puis il acheta un livre sur Bélaïev et le lut rapidement. Il y apprit que Belaïev avait fait huit ans de goulag et qu'il avait retrouvé son poste aux Beaux-Arts sous la présidence de Gorbatchev. Il avait des toiles dans les plus importants musées, beaucoup en Amérique.

L'Adorateur sonna. Il entendit un pas lourd traverser l'atelier, la porte s'ouvrit. Belaïev correspondait à la description de Séléné : un géant, ce jour-là approchable, sans doute grâce à l'intervention du conservateur.

– De Paris pour voir mon Angékamon !

Il écrasa la main de l'Adorateur et la garda dans la sienne en le regardant dans les yeux.

– Entrez, installez-vous. Whisky ou thé ?

– Je veux bien un whisky.

Belaïev remplit deux grands verres. Il ne proposa pas de glace. Il fit sonner le sien contre celui de l'Adorateur. Sur le chevalet, une toile en cours : de sombres méandres sur un fond rouge sang.

– C'est un autoportrait... Mon cerveau ou mes viscères, je ne sais pas encore. Vous pencheriez pour quoi ?

– Les viscères...

– Vous devez avoir raison.

– Votre peinture me subjugue mais le Conservateur m'a conseillé de découvrir vos dessins.

– Gregor les aime beaucoup mais depuis quelques années, je n'en fais guère. Vous travaillez pour une galerie ?

– Non, pas du tout, je ne suis qu'un amateur passionné.

– Tant mieux, je n'aime pas les marchands. Ils veulent tout aux prix les plus bas. C'est pour cela que je vends directement aux musées et aux amateurs ou collectionneurs. Vous n'avez pas le regard d'un homme d'affaires, qu'est-ce que vous faites ?

– Je suis producteur de disques. Il n'y a pas longtemps, j'ai enregistré ici même la *Sonate pour alto et piano* de Chostakovitch.

– Une œuvre lugubre !

– Votre bœuf écartelé suspendu à un arbre glacé pourrait l'illustrer.

– C'est vrai, je passe aussi pour un créateur de l'ombre, des sentiments enfouis, des cataclysmes intérieurs, mais c'est autrement plus passionnant que l'aspect lisse que reflètent les visages de ceux qui se tiennent à la périphérie du monde, non ?

– Nous nageons dans les mêmes eaux.

Belaïev était détendu, il avait une trace de peinture rouge sur le nez, ce qui lui donnait une allure clownesque, le même rouge que celui du tableau. L'atelier sentait l'huile de lin et la térébenthine. Le whisky était excellent, un pur malt écossais vieilli en fût de chêne. L'Adorateur le goûtait par petites gorgées.

– J'ai entendu parler d'un nu que vous auriez fait il y a quelques années. L'une de vos élèves.

– Je ne fais pas de nus de mes élèves, on jase déjà assez comme cela... Je dirai plutôt que je les mets à nu... Les nus que je fais surgissent de mon imagination, ils sont des quintessences de nus, il y a longtemps que je n'utilise plus de modèles... Je laisse ma main dériver sur le papier comme le célèbre peintre chinois qui laissait sa barque dériver sur le Fleuve Jaune. Il s'était construit une couchette, laissait pendre son bras au-dessus du papier et au gré des mouvements des flots, sa main traçait de merveilleux paysages, comme si son corps voyait les monts, les gouffres, les coulées de verdure dans l'élément liquide.

– J'ai déjà entendu cette histoire...

Belaïev se leva, il ouvrit un grand cartable à dessins et commença à montrer une série de nus à l'Adorateur. Les formes s'élançaient, assez abstraites et sinueuses, parfois un détail comme la noire aréole d'un sein ou le granité d'une toison pubienne fixait le centre de l'œuvre.

– C'est fascinant, tellement de vie, de mouvement.

– Le drame de ma vie est de constater qu'aucun corps n'a cette fluidité. Trop d'idées pour que cela coule. Les nerfs sont tendus, les muscles résistent, la chair réelle ne s'abandonne jamais. Sauf chez les danseuses parfois. Pas celles du Kirov, trop disciplinées, brisées par la forme et l'idée de liberté, mais celles des campagnes qui connaissent encore la danse extatique, ou parfois celles des clubs, les plus jeunes qui, un ecstasy sous la langue, tentent de piétiner le territoire sacré en étant de vraies profanes. Il y a quelque temps, j'ai lu un texte d'un maître chan chinois qui disait : « Les petits maîtres parlent du sacré, les grands maîtres l'éliminent. » Quand j'ai lu ça, j'ai vu le visage de ce maître comme je vous vois aujourd'hui. Eliminer le sacré, voilà la grande affaire de l'artiste. Le sacré dans les viscères, le sacré qui est propulsé hors du corps, la vérité pure !

Bélaïev, dans l'enthousiasme, se leva d'un bond et renversa son verre de whisky. Sans se préoccuper, il s'en servit un autre, jeta un regard rapide à celui de l'Adorateur puis ouvrit un autre cartable.

– Mes fragments de corps, comme je les appelle.

L'Adorateur découvrit des mains, des regards, des aisselles, des sexes ouverts ou pudiques, des bouches, des nombrils, mystérieux cratères dans l'infini de la feuille de papier bouffant. Le mystère était total, bouleversant.

L'Adorateur mit quelques dessins de côté, ceux qui le touchaient le plus. Secrètement, il scrutait les corps, espérant découvrir un fragment de Séléné qu'il reconnaîtrait immédiatement. Une bouche qui ne pourrait être que sa bouche, un regard qui ne pourrait être que son regard.

– Je vais vous montrer quelques œuvres plus anciennes...

Il ouvrit un autre cartable et l'Adorateur eut un choc. C'était une série de portraits d'Olga. Il la reconnut immédiatement.

– Une grande poétesse, nous avons vécu ensemble des années très intenses. Ces dessins-là, je ne souhaite pas les vendre.

L'Adorateur commençait à perdre pied, une série de

flashes intuitifs traversa son esprit. Le monde tournait et l'alcool n'y était pour rien.

– Vous la connaissez, vous êtes ému ?

– J'ai lu quelques-uns de ses poèmes.

– Le goulag nous a été fatal, elle n'a pas supporté de voir dans quel état j'en suis revenu, plus sombre que mes peintures les plus noires, décharné et rempli de haine pour l'humanité, pour sa stupidité, son instinct du massacre, son désir d'en finir une fois pour toutes avec la beauté. Ce sentiment ne m'a pas quitté. Depuis, je déteste le genre humain et j'aime quelques individus. Vous trouvez cela absurde ?

– Non, je sens très bien tout cela dans votre trait. La révolte dans les courbes, les envolées rageuses, la beauté hors de l'histoire individuelle, hors de l'histoire du monde.

L'Adorateur continuait de tourner les feuilles avec la plus grande douceur lorsqu'il tomba en arrêt devant un portrait de Séléné, puis un autre, puis un autre encore. Son âme mise à nu.

– Qui est-ce ? balbutia l'Adorateur.

– Si seulement je le savais... C'est la neige fragile... Le feu de tous les volcans... Le flot mortel du Styx sur lequel flottent des fleurs de cerisier jetées par la tempête.

L'Adorateur finit son whisky en tremblant. Les dessins de Bélaïev étaient encore plus saisissants que l'original car ils convoyaient à la fois son extrême beauté et son aspect impitoyable. Le peintre lui servit un plein verre du breuvage ambré. Ils burent en silence. Bélaïev plongeait dans une zone de tristesse infinie, son regard sombre pris par des vagues crémeuses, comme s'il allait tourner de l'œil.

– Elle me hait... Elle me hait ; malheureusement. Cela fait des années que je ne la vois plus. Pourtant elle est ce que j'ai de plus précieux. Sa violence n'a d'égale que sa délicatesse. Elle est tranchante comme une lame d'épée mythique, elle est plus douce qu'une rose à la tombée du jour mais elle me hait. Ces dessins ont presque dix ans... presque dix ans que je ne l'ai pas vue. Sa mère l'a vue il y a quelques années mais elle l'a déchirée sans merci. Son rêve était que je ne peigne plus, elle me l'a dit, c'étaient ses derniers mots. « Tu ne peindras plus jamais ! » Et pendant dix-huit mois, je n'ai plus peint. La première toile que j'ai faite après cela, c'était *Angékamon*, personnage mythique de nos années heureuses... Démon de ma rage la plus noire...

– Sa mère... Olga était sa mère ?

– Non, Olga était son égérie, son modèle absolu, elle voulait être poétesse, avoir beaucoup d'amants, une vie intense. Tout ce qu'elle connaît maintenant. C'est Olga qui l'a poussée à abandonner la poésie pour la peinture... Mais pourquoi tout cela vous touche tellement ? C'est elle qui vous a raconté l'histoire du peintre chinois ?

– Je la connais... C'est elle qui m'a parlé d'un nu qui était au musée. J'y suis allé pour le voir et vous savez la suite.

– Je n'ai qu'un conseil à vous donner, fuyez ou vous finirez comme moi, comme tous ceux qui l'ont aimée. Vous aimez sa peinture ?

– Je l'adore... J'en ai acheté un à Zurich... *Le chat de Mondrian.*

– Chez cette crapule d'Altman ?

– Oui...

– Vous avez dû le payer très cher...

– Le prix n'était pas important pour moi.

– Les miens m'ont coûté une fortune. Venez voir...

L'Adorateur suivit le peintre dans une grande chambre sur les murs de laquelle se trouvaient six toiles de Séléné, parmi les plus belles que l'Adorateur ait vues. Ses jambes tremblaient, il eut la sensation de sombrer dans un gouffre.

– Dix de mes toiles... Ce que j'ai fait de mieux... C'était le marché d'Altman ! Le plus comique est qu'il ne voulait pas entendre parler de Séléné mais lorsqu'il a finalement accepté d'aller voir, il a perdu la tête, comme tous les hommes, et l'amour lui a ouvert les yeux.

– Vous aimez sa peinture à ce point-là ?

– Si elle n'était pas ma fille, je dirais que c'est le plus grand peintre qu'il y a aujourd'hui à Pétersbourg.

L'Adorateur s'enfuit. Il disparut dans la lumière laiteuse en divaguant, le corps disloqué.

Alors, dans la solitude de l'atelier, l'Adorateur commença une lente plongée en lui-même. Il s'assit confortablement et il vit son corps comme une caverne obscure. Il y avait là un vaste paysage à explorer, non avec l'esprit habile à récupérer la souffrance pour la solidifier en un bloc immuable mais avec la sensation pure, libérée de son commentateur. L'Adorateur ne savait d'où lui venait cette évidence, la souffrance devait échapper à l'emprise du mental, trouver son vrai terrain, celui du corps. Il se fit spéléologue, il venait de trouver un filon d'un métal dur, sombre et étincelant qui s'insinuait dans les strates du corps, se faufilait entre l'os et la chair, le nerf et le tendon. Pour le suivre, il fallait se laisser attirer par le vide, se laisser « engouffrer » par la dynamique de l'angoisse et de la peur. Alors peut-être y aurait-il une possibilité d'entrer en profonde intimité avec l'ombre. Plus il s'y enfonçait, plus le corps s'ouvrait au long déchiffrage de la sensation. L'Adorateur réalisa qu'il ne fallait pas nommer le mal car cela le fixait en un concept. Il fallait simplement le voir et le sentir de toutes ses fibres, de toutes ses cellules, de toute son âme de cynique. Un courage de chien mythique, de dragon, de tigre sombre.

Dans cette descente de grande solitude, y aurait-il un fond, une source, une racine de la douleur ou se propageait-elle en de multiples épicentres générant des chaos symphoniques à l'intérieur du corps ? L'Adorateur se remit à l'exploration et soudain son corps changea de dimension, il n'était plus cette enveloppe usée, un peu flasque par endroits, avide de sensations nouvelles, avide de se frotter une dernière fois à la vie frémissante d'un corps lisse et limpide, voluptueux et harmonieux, offrant ses sucs odorants à l'espace dans un plaisir volatile et dense tout à la fois.

Comme du noir sur du noir sur du noir. Comme les Rothko des derniers jours où le noir peut avoir une infinité de caractères, de tonalités, d'épaisseurs. Le corps est sans fond. La souffrance plus encore que la joie montre à quel point il est infini. Parfois, à la bouche d'une nouvelle ouverture, l'Adorateur hésitait, il aurait voulu se reposer un peu sur la poitrine de sa muse des tréfonds mais elle-même luttait pour survivre dans la blancheur de sa chambre d'hôpital. Un instant, il la vit comme ouverte aux quatre vents, les poignets et les chevilles bandées, et surgit l'image très belle d'un nu du photographe mexicain Manuel Alvarez Bravo où une belle à la peau sombre est partiellement bandée. Une image très puissante qui avait hanté l'Adorateur une vingtaine d'années plus tôt. Il avait longtemps voyagé avec elle, la mettant au mur dans les hôtels et les chambres d'amis.

Comme il se laissait emporter en lui-même par ce courant obscur et pourtant voluptueux car la pensée de la souffrance ne l'occupait plus, l'Adorateur éprouva un tressaillement de joie, une bouffée de pure présence qui transmutait la douleur en énergie alors que l'esprit aime à la fossiliser pour la rendre irrémédiable. Il réalisait combien l'état désespéré pouvait remettre en mouvement les fatalismes incrustés dans la chair. Il y avait un éblouissement sombre, une épiphanie de la lumière au sein même de l'ombre.

Ce processus dura toute la nuit. L'Adorateur dormit une partie de la journée, s'éveillant deux fois pour grignoter quelques biscuits et une pomme merveilleusement juteuse et acide.

Dans ses rêves mêmes, l'Adorateur continuait de descendre en son centre, sans peur, sans l'ombre d'une nostalgie extérieure. Il avait touché une continuité presque miraculeuse où l'expérience du rêveur et celle du penseur diurne étaient liées dans le même flot. Il y avait une unité dans le sommeil que rien ne venait compromettre, l'impossibilité de se distancer de l'expérience intime le menait à une telle cohérence qu'elle se déversait dans le monde éveillé et continuait sa progression avec la détermination d'un anaconda qui sinue vers sa proie. L'Adorateur comprenait qu'il ne pouvait plus échapper à sa souffrance, qu'il ne pouvait plus faire comme s'il maîtrisait la situation. Comme tous les êtres, il n'était qu'un chaos déguisé et de cette grande communauté d'hypocrites, il se retirait doucement, sans remous et sans accusation, pour jouir de l'unique réalité de la souffrance et naviguer en elle jusqu'à l'Atlantide étincelante peuplée de blocs d'obsidienne.

Lorsqu'il s'éveilla, il voulut prendre une douche et sortit le tapis qu'il hissa sur une grille à l'extérieur pour qu'il sèche. Puis il opta pour un bain chaud dans la baignoire profonde. Là, flottant, il sentit la présence de Séléné dans l'eau, peut-être véhiculée par les dernières traces de son sang. Il était toujours pris dans la vaste navigation intérieure et l'élément liquide la favorisait. Lorsqu'il sortit, l'eau était devenue tiède.

Soudain il sentit la nécessité de retourner chez Bélaïev. Il s'habilla à la hâte, s'arrêta en chemin pour dévorer trois pirojki, de délicieuses petites rissoles à la viande, achetés à une vendeuse ambulante, accompagnés d'un thé fort à la saveur de poussière fumée. Il fut étonné de voir comme sa démarche s'était allégée. Ses mouvements avaient quelque chose d'irréel mais sa présence au sol, aux mouvements des muscles et des tendons, était plus forte.

La porte de l'atelier de Bélaïev était entrouverte. Il la poussa et entra. Le peintre se promenait toujours dans son autoportrait viscéral et l'Adorateur fut étonné de la coïncidence de leurs parcours. Etait-ce le pouvoir de Séléné de ramener chaque homme à la profondeur de ses entrailles ? Fallait-il passer par cette démolition pour rejoindre la part la plus intime et fragile de l'être ?

– Je vous attendais...

– Oui, hier, je me suis éclipsé un peu brutalement.

– J'ai décidé de vous vendre un portrait de Séléné.

– Vraiment ?

– Nous sommes peut-être les seuls à l'avoir approchée d'une manière aussi intime.

– On pourrait s'y promener mille ans sans la déchiffrer.

– On peut saisir ses formes, couler par instants dans ses fulgurances, mais ce qui est proprement meurtrier est l'impossibilité de savoir. Elle a le pouvoir d'anesthésier l'entendement au profit d'une approche lyrique, vous qui êtes musicien et goûtez aux abysses sonores, vous devriez pouvoir aller plus profond en elle que je ne le puis.

– Quelle est la source de cette souffrance ?

– C'est la question que je me pose depuis vingt ans au moins. Toute petite elle avait déjà cette approche intense et folle du monde, elle entrait dans des extases dont personne ne pouvait la sortir, elle disparaissait comme une jeune biche blessée. Personne ne savait où elle allait. Elle se droguait à l'intensité des passions, elle voyait le cœur des êtres, elle s'inventait de multiples vies auxquelles tout le monde croyait, elle passait d'homme en homme, les déchirant, laissant leurs corps fantomatiques dériver vers le néant, se vengeant d'une souffrance quasi génétique... Elle a ce don de vous faire sortir de la raison pour vous embarquer sur une nef folle et merveilleuse.

– Elle m'a emmené dans la datcha sur l'île.

– Mon père était pêcheur, il y vivait. Dès qu'elle a su parler, elle a commencé à raconter les choses horribles qu'elle y a subies. Comme une mémoire venue d'ailleurs, orchestrée lentement et savamment au cours des années.

– Et les cicatrices sur son corps ?

– Elle a toujours aimé jouer avec les lames, les rasoirs, frôler la mort l'excite plus que tout. Elle exhibait ses cicatrices comme preuve irréfutable. En même temps j'ai toujours eu l'impression qu'elle ne mentait pas. Elle y croyait vraiment. C'est étrange. Elle avait de tels dons, une telle sensibilité que je ne l'ai jamais contrariée. Je n'ai jamais cherché à la ramener à la réalité. Tout cela est peut-être ma faute. Je n'ai jamais pu vivre une vraie vie de famille, seule la peinture me captivait, les êtres finissaient toujours par m'ennuyer, aussi je vivais seul. Sa mère n'était qu'une liaison parmi d'autres. Elle était danseuse au Kirov. Je menais une vie tumultueuse qui parfois me coupait d'elle et d'Olga. Puis mes prises de position politiques m'ont conduit au goulag. Lorsque j'en suis sorti, Séléné avait dix-huit ans. C'était comme si elle ne pouvait plus reconnaître cette ombre comme son père. Quelque chose était brisé entre nous. Pourtant, voyant ses dessins, je l'ai encouragée. Elle était entrée aux Beaux-Arts avant que je ne sois libéré. C'était une situation étrange car je savais qu'elle admirait ma peinture et je ne lui ai jamais caché que j'étais fasciné par la sienne, mais il y avait chez elle une sorte de cruauté qui faisait qu'elle n'exprimait jamais rien, au contraire, il lui arrivait de me traiter avec le plus grand mépris lorsque j'avais produit une œuvre particulièrement forte. Plus j'allais dans les couches profondes de ma souffrance, plus elle me haïssait.

– C'est vous qui l'avez nommée Séléné ?

– Non, c'est sa mère qui est très férue de mythologie.

Bélaïev ouvrit le cartable et encore une fois, avec plus de calme, l'Adorateur contempla les dessins admirables. Il finit par en choisir un où son grand regard et la sinuosité de la bouche se répondaient dans l'espace incertain du visage dont seul le profil gauche avait été tracé d'un délicat et unique coup de fusain.

– Je vous le vends mille dollars, ça vous va ?

– Je vous les apporte demain.

– Prenez le dessin maintenant. Je vais vous donner un cartable.

L'Adorateur flâna un peu, il dîna dans un petit restaurant puis revint à l'atelier. Il regarda le dessin longuement et eut l'impression de la présence réelle de Séléné. Il but encore un grand verre de rhum cubain, écouta un disque que Séléné venait d'acheter, une sublime chanteuse mexicaine dont la voix profonde le fit frémir, Lhasa.

Le texte de la première chanson le toucha autant que la musique, il en comprit le sens profond bien que son espagnol fût assez rudimentaire :

« Avec toute parole
Avec tout sourire
Avec tout regard
Avec toute caresse

Je m'approche de l'eau
Buvant ton baiser
La lumière de ton visage
La lumière de ton corps

T'aimer est prière
C'est chant de muet
Regard d'aveugle
Secret dénudé[1]*... »*

Imprégné de cette lumière lunaire du corps de Séléné, il se coucha et finit par s'endormir en pensant que demain, elle apparaîtrait, nimberait à nouveau l'atmosphère de sa délicieuse odeur et l'engloutirait dans son corps peut-être à tout jamais. Il s'imagina disparaître en elle, aspiré, retournant à la condition première, dans la tiédeur sauvage de son sexe et que lové dans son utérus il y resterait dans la grâce de sa présence, traversant les siècles sans naître, touchant les galaxies, assistant de loin au funeste destin du monde qui se rigidifiait alors qu'il atteignait la sphéricité absolue.

1. « Avec toute parole » in *The Living Road*, Lhasa, 2003.

L'Adorateur fut réveillé par des larmes chaudes qui coulaient sur sa poitrine. A la même seconde, il sentit le poids du corps de Séléné qui venait de se glisser sous les couvertures. Il avait la sensation de retrouver la vie, le souffle. Son diaphragme se débloqua. Il se mit à respirer amplement en alternance avec Séléné. Ils se glissèrent dans la vague qui les prenait et les emmenait dans un vaste mouvement. L'Adorateur retrouvait cette odeur comme on retrouve celle du paradis après avoir traversé les mondes glauques de la perte de soi. Il tenait Séléné délicatement contre lui, étonné par sa légèreté et par la douceur infinie de sa peau qui l'enveloppait dans un manteau subtil et parfumé. Il eut l'impression que jamais ils n'avaient été aussi proches. Les émotions fluaient d'un corps à l'autre sans la moindre barrière dans une conscience aiguë de l'identité de toute chose.

Un rayon de soleil s'infiltra dans l'atelier. Tout était nourri par leur souffle, apaisé, resplendissant. Séléné plongea ses yeux dans ceux de l'Adorateur, entra dans le sansfond, dans ce long couloir où l'on peut progresser comme un voyageur que jamais aucune falaise ne viendra détourner de sa route. A un moment elle écarquilla les yeux comme si elle venait de découvrir un objet insolite. Elle se leva, enfila un T-shirt et son pantalon de travail, chercha une toile vierge de grand format, la déposa sur le sol, choisit cinq tubes de couleurs dans sa grande boîte en bois, trois pinceaux, une éponge, un peu d'eau dans une tasse ébréchée. L'Adorateur captivé assistait à la mise en place des éléments, il goûtait cette concentration d'enfant que rien ne pouvait interrompre ne serait-ce qu'une seconde. L'Adorateur s'assit dans le lit, les jambes croisées. Tout son être ouvert au rituel qui se déroulait. Il remarqua les bandes aux chevilles et aux poignets qui cachaient les cicatrices, quatre traits immaculés qui fixaient les extrémités, pieds et mains, dans l'espace vibrant. Séléné avait choisi des couleurs solaires. Elle ouvrait les tubes, mettait la peinture directement sur la toile puis l'étalait à gestes amples et précis, ajoutant un peu d'eau. Elle avait ce matin choisi l'acrylique qui correspondait à l'urgence de son éruption créatrice, à son flux intérieur. Peu à peu la blancheur de la toile se laissait envahir, parfois Séléné jetait le pinceau, prenait l'éponge ou la main pour lisser une couleur, pour la faire émerger dans une autre, ce qui donnait à ses tableaux une profondeur unique, chaque couche de couleur gardant son âme, prête à transparaître à travers celle qui l'avait recouverte. Parfois Séléné se relevait, s'éloignait, reliée à la toile par un cordon ombilical à travers lequel toutes les données s'échangeaient sans cesse. Sur les genoux ou sur les pieds, elle ajoutait ici ou là une petite touche ou parfois recouvrait complètement une partie de la toile.

Enfin, elle la releva et la positionna sur le grand chevalet qu'elle tourna en direction du lit. Elle rejoignit l'Adorateur, tous deux regardèrent, en silence puis, d'un mouvement joyeux, Séléné dit :

– Maintenant j'aimerais un petit déjeuner royal au Métropole. Tu veux bien ?

– Allons-y, c'est exactement ce dont nous avons besoin.

– Tu sais ce que j'aime bien quand je peins, c'est que tu te fonds totalement dans le paysage, tu deviens un objet qui est là depuis des décennies et qui n'a rien à faire pour affirmer sa présence. J'aime bien aussi que tu ne fasses aucun commentaire. C'est tout ton corps, ton regard qui dit si tu es troublé par ce qui vient de jaillir.

Séléné passa son jean et son blouson de cuir, la même tenue qu'elle portait lors de leur rencontre dans le bus. L'Adorateur mit une chemise blanche fraîche et un costume noir italien à col droit à l'étoffe particulièrement souple et légère. C'était le seul costume qu'il emportait partout et qu'il aimait mettre en certaines occasions. Séléné le regarda avec étonnement, elle aimait le contraste.

Le maître d'hôtel les reconnut et leur offrit une table isolée dans le grand salon. Séléné se livra à son jeu préféré, commander à peu près tout ce que la carte pouvait offrir.

– Je n'ai pas mangé depuis quatre jours !

La table était assez vaste pour accueillir tous les plats, le thé délicieusement fort venait accompagner cette symphonie sucrée-salée, et Séléné n'arrêtait pas de passer de l'un à l'autre. Elle valsait parmi les plats, passait parfois au tango ou à la salsa, tout le corps ondulant pour saisir un toast, un fruit, un morceau de fromage. La délicatesse des mets n'était rien en comparaison du spectacle plein d'imprévu et de poésie auquel l'Adorateur assistait.

Ils marchèrent bientôt dans la ville main dans la main, vers le fleuve qui sous la lumière prenait ce matin une couleur de vif-argent dans lequel naviguaient des paillettes d'azur.

– Mourir devrait être une sorte de rituel, après chaque moment de léthargie ou d'ennui, on devrait s'approcher de la mort, la frôler, la lécher, caresser ses chaudes volutes et sa spirale aspirante. Je ne comprends pas pourquoi on parle toujours de la froideur de la mort, pour moi c'est aussi chaud qu'un sexe de femme qui jouit, c'est merveilleusement, délicieusement accueillant et frémissant... Je crois que la mort froide est un concept, ce n'est pas une réalité. Toute la chaleur qu'on cherche dans l'amour nous est offerte dans ce grand basculement ! Et après c'est au contraire la vie qui est fraîche et subtile, légère et savoureuse. C'est comme une crème fouettée dans laquelle tu cacherais des rubis !

Séléné se jeta avec passion sur l'Adorateur et le dévora de baisers.

– Tous ces baisers, je les offre à l'eau, au ciel et à la terre ! Je suis vivante ! Je suis vivante !

Ils rentrèrent à l'atelier et firent l'amour avec une douceur qu'ils n'avaient pas encore touchée jusque-là, immergés l'un en l'autre, sans autre joie que la peau qui connaît la peau, les lèvres qui goûtent à la rosée du cœur, les organes unis dans une paix qui ne nécessite pas l'ombre de l'action.

L'Adorateur ressentait Séléné comme l'azur délicat de l'hiver où la lumière est plus subtile, d'une vibration plus éthérée et plus continue, d'un parfum à peine audible. Il sentait les mouvements presque invisibles de sa danse secrète, il s'y coulait, méritant son surnom, plongeant dans le regard qui s'offrait à lui et où il pouvait voir, parmi les paillettes d'ambre et de feuilles de tabac luisantes, une auréole à la fragile bordure de feu qui parfois virait au fusain et dont le trait tremblant contenait tous les murmures de la vie. Séléné ne pouvait être emprisonnée par les mots, seules les oppositions extrêmes lui convenaient, seules l'innocence, la fragilité et la puissance, la vie et la mort, la création et la destruction.

Parfois, ils avaient l'intime connaissance que peuvent ressentir deux cellules du même corps dans leur proximité exiguë, parfois ils se sentaient comme deux galaxies dont le seul lien était l'espace, et voguant de l'un à l'autre ils connaissaient le frémissement fondamental des planètes, la joie des pierres et des rivières, des sables mouvants et des monts. Cette expérience n'avait pas de résonance, pas de trace, pas de référence. Rien dans le passé ne pouvait lui être comparé si ce n'était peut-être l'extase de deux musiciens qui se portent l'un l'autre vers l'infini dans un duel d'amour fou.

Comme dans des variations sans fin où le thème est épuisé à force d'être visité, ils finirent par dériver vers une somnolence chargée de mille douceurs, d'anéantissements et de résurgences scintillantes.

Les jours suivants, Séléné produisit cinq toiles. Comme pour conserver cette grâce, ils firent du petit déjeuner au Métropole un rituel quotidien. Puis ils s'abreuvaient d'éléments plus subtils, tous ceux qu'une bouche peut faire dire à un corps.

Séléné accompagna l'Adorateur à l'aéroport. Il devait se rendre à Budapest pour enregistrer les mélodies de Béla Bartók avec une mezzo-soprano et une pianiste hongroises. Il avait proposé à Séléné de l'emmener mais elle préférait continuer à peindre car elle savait que ce qui émergeait d'elle en ce moment avait une saveur unique. L'Adorateur ne pouvait qu'aimer cette conscience, cette concentration, et c'est dans un état de félicité qu'ils se quittèrent, se regardant à travers les baies vitrées qui les séparaient jusqu'au flou, jusqu'à la disparition de l'image.

L'avion s'éleva au-dessus de la ville, passa la couche de nuages et soudain la cabine fut baignée de lumière. L'Adorateur contempla longuement les nuages qui formaient un antarctique cotonneux aux mutations infinies. Il sortit la partition, commença à la lire, conscient de l'immense difficulté de la partie de piano. Il connaissait les artistes pour les avoir entendues au centre culturel hongrois, à Paris. Il avait été si impressionné qu'il avait téléphoné à John pour lui proposer d'enregistrer ce disque, une première mondiale. Il lui expédia une cassette et John signa un contrat aux jeunes artistes.

Dès son arrivée, il retrouva Sarah avec le plus grand

plaisir. Elle avait tout installé dans la salle du Palais Festetich, un lieu parfait où ils avaient déjà travaillé quelques années plus tôt avec la pianiste qui avait enregistré les préludes de Chopin et de Chostakovitch sur le même disque, un couplage osé qui enthousiasmait l'Adorateur.

Comme d'habitude, il alla flairer l'espace. Le son ne se propageait pas de la même manière dans le froid ou la chaleur et, cet été-là, il faisait extrêmement chaud. Peter finissait de brancher quelques appareils. L'Adorateur et Sarah sortirent dans le parc tout proche, ils déambulaient main dans la main.

– J'ai essayé de t'appeler à Paris.

– J'étais reparti à Saint-Pétersbourg.

– Tu as l'air en totale extase...

– Oui, tu sais, je passe du paradis à l'enfer avec une rapidité étonnante.

– On dirait que ça te plaît ?

– Je crois que seuls les extrêmes me passionnent vraiment. C'est un peu comme une sonate. *Presto-Adagio-Il più presto possibile.*

– Tu me raconteras tout un jour, cela pourrait peut-être me servir dans ma vie chaotique.

– C'est promis.

– Je t'interdis de répondre au téléphone ou d'appeler ton ange des ténèbres pendant les trois jours de l'enregistrement !

L'Adorateur sourit et acquiesça. Il aimait la franchise un peu naïve de Sarah, sa tendance maternelle à vouloir le protéger des excès de la folie sentimentale, son approche sérieuse du travail.

Ils déjeunèrent avec Peter à l'excellent restaurant Museum qui se trouvait à deux pas de la salle. L'Adorateur alla faire une sieste à l'hôtel, et c'est frais, concentré, les sens aux aguets qu'il retrouva les artistes à dix-sept heures, son heure de prédilection.

La balance fut difficile à établir, l'équilibre de la voix et du piano très subtil à trouver d'autant que les différents cycles de mélodies n'avaient pas tous le même registre, ils allaient de la veine pseudo-populaire bartókienne à des œuvres très intérieures et mystérieuses.

La chaleur était telle que les deux artistes choisirent d'enregistrer en slip et soutien-gorge dès que l'équilibre fut parfait. Seul l'Adorateur était autorisé à entrer.

Enfin, l'Adorateur prononça les mots rituels :

– Prise 100 !

A vingt-deux heures, ils décidèrent d'arrêter. La voix est le plus fragile des instruments et il est important de ne jamais forcer lors des enregistrements, de garder une réserve vive pour le lendemain. Ils retournèrent au Museum pour dîner tous ensemble. Rhabillée, la chanteuse avait retrouvé son sens du caprice et, comme l'Adorateur le lui fit gentiment remarquer, elle rétorqua, superbe :

– Après tout, je suis une femme, non ?

La remarque ravit Sarah qui sembla l'adopter sur-le-champ. Le dîner se déroula dans une atmosphère apaisée, et faisait partie de ces moments rares où les artistes n'ont rien à prouver en dehors de leur art.

Il y avait une vraie complicité entre les deux Hongroises, surgie des centaines d'heures de travail nécessaires à mener à bien ce projet périlleux. L'infaillibilité de la pianiste était essentiel car de trop nombreuses prises auraient épuisé la cantatrice. L'instrument, un très beau Steinway, sous les doigts de l'artiste, rendait merveilleusement les aigus percussifs ou tendres, les mediums riches et mielleux, les basses profondes et nettes.

Ils se séparèrent vers minuit, rendez-vous pris pour le lendemain, dix-sept heures.

A l'hôtel, l'Adorateur laissa Sarah prendre un dernier verre au bar, pendant qu'il recueillait les impressions de Peter. Il aimait sonder ses partenaires, sentir le trajet de la musique en eux, goûter à l'affinement de leur sensibilité.

– Un jour j'espère que vous me laisserez monter un disque avec vous. J'apprends beaucoup avec Sarah, mais elle dit toujours que vous voir choisir les prises et les fondre l'une dans l'autre est une expérience unique.

– C'est promis. A demain, Peter.

Il monta dans sa chambre, prit un bain dans lequel il resta longtemps, le corps bien recouvert d'eau, enveloppé de lumière douce. Il était comme en flottaison dans l'un de ces caissons d'eau très salée qu'on trouve dans certains instituts de beauté, où le corps s'abandonne comme propulsé à la surface de l'eau dans un état de détente totale, à la limite de l'endormissement.

La sonnerie aigre du téléphone s'inscrivit dans le silence. L'Adorateur soupira, c'était Séléné mais il tint sa promesse en sachant qu'il la briserait probablement le lendemain soir. Cela le fit sourire. Pour la première fois depuis le début de leur liaison foudroyante, il prenait une légère distance.

Il sortit de l'eau, appela la téléphoniste et lui donna la consigne de ne plus passer de communication.

Il passa un peignoir, s'allongea sur le lit et appela son ami John, à New York, pour lui parler de cette première journée d'enregistrement.

Il regarda encore la partition des prochaines mélodies à enregistrer, éteignit et glissa rapidement dans un sommeil subtil et très doux.

Deux jours plus tard, l'enregistrement terminé dans l'enthousiasme général, l'Adorateur reprit l'avion pour Paris, et c'est encore tout empli des mélodies, de la voix profonde et expressive de la mezzo, du piano incisif, précis et passionné de sa partenaire, qu'il se retrouva dans la couleur mystérieuse de Séléné.

Il avait tenu bon et n'avait pas appelé, comme s'il avait besoin d'un espace de paix après le feu et le sang pétersbourgeois.

Il s'assit dans le silence et respira lentement, consciemment, touchant peu à peu de son corps l'étendue de la pièce, les arbres et le chant des merles, étrange à cette heure tardive de la nuit. Il resta là une bonne heure, dans un état d'harmonie, une sorte de joie discrète et intime.

Plus il regardait les tableaux, plus il avait l'impression de retomber dans la fascination. Il pouvait sentir Séléné à travers son œuvre comme si une fine pellicule de soie le séparait de sa présence réelle. Elle aurait pu émerger du mur à tout instant et venir s'asseoir, un verre à la main. Séléné avait pour lui une présence hallucinatoire. L'Adorateur se fit la réflexion qu'une telle sensibilité ne pouvait pas fleurir chez un être équilibré, il y avait là une vertu qui ne se manifestait qu'aux franges extrêmes du territoire qui sépare l'ennuyeuse raison du chaos créatif, et les êtres tels que Séléné avaient ce pouvoir magique de jouer dans les univers et de passer la limite avec une telle grâce que personne ne pouvait discerner où se trouvait la vérité. Son père même ne le savait pas. Olga, peut-être aurait-elle une image plus précise de cette galaxie en modification permanente. L'Adorateur pouvait comprendre cet abandon de la raison à laquelle Séléné contraignait les êtres, il pouvait à la fois goûter son parfum fatal et sa beauté absolue.

Il se leva, ouvrit les fenêtres, et marcha lentement dans l'appartement. Il avait neuf jours de liberté avant de s'envoler pour le festival de Prague afin d'écouter un jeune violoncelliste italien dont on lui avait dit beaucoup de bien. Pour lui, c'était la partie la plus passionnante de son métier, découvrir de nouveaux artistes, laisser ses sens accueillir un style, une personnalité, un son, oublieux de toute référence, de toute mémoire, dans le seul instant de la création. Il se demanda s'il irait seul ou en compagnie de Séléné, puis après avoir respiré la nuit sur la terrasse et écouté le lent balancement des platanes et des marronniers, il décida de l'inviter. Il décrocha son téléphone et l'appela :

– Tu ne dors pas ma merveille ?

– Non.

– Est-ce que cela te plairait que nous nous retrouvions

à Prague dans deux ou trois jours, je dois y écouter un violoncelliste.

– Non, je peins.

– Tu vas bien ?

– Oui.

– Dis-moi tout...

– Il n'y a rien à dire, au revoir.

Séléné raccrocha. Le cœur de l'Adorateur battait comme dans la *Sonate pour deux pianos et percussions* de Bartók. Il poussa un hurlement de fureur. « C'est terminé ! »

Il ressortit, marcha jusqu'au jardin du Luxembourg, en fit le tour, remonta vers Denfert-Rochereau, distillant sa rage à grandes enjambées.

De retour, il se servit un Wild Turkey généreux avec deux glaçons et fuma un cigare sur la terrasse, les yeux perdus dans les masses mouvantes des feuillages. Il sentait en lui une violence inouïe, un désir presque meurtrier, une seconde, il retrouva l'impulsion de ses jeunes années, sauter, en finir. Il éprouva la même sensation de vide, les jambes cotonneuses et floues, le ventre tendu à l'extrême. Il se leva, regarda la terre du jardin, six étages plus bas, et sourit amèrement. Ce n'était qu'une mémoire mais le désir de mourir n'était plus là.

Le lendemain, il porta le dessin de Bélaïev à son encadreur. Ils choisirent une fine baguette d'acajou. Il passa le reste de la journée à écrire une lettre de rupture à Séléné mais il n'alla pas jusqu'à cliquer sur la fatale enveloppe ailée.

Un peu plus tard, il jeta la lettre dans la corbeille virtuelle. Il se demanda quel prix il était prêt à payer pour goûter encore à cet infernal paradis. Tout à coup, il se sentit vieux, usé, vivant de tous ses feux un ultime amour fou avant de s'éteindre. Il fit couler un bain, les larmes traçaient leur chemin sur son visage avant de rejoindre sa poitrine et l'eau plus chaude. Il avait allumé une bougie pour ne pas supporter la lumière crue et, lorsqu'il sortit du bain, il eut un léger étourdissement. Il se sécha en revêtant son peignoir et se regarda dans la glace comme on regarde un fantôme.

L'Adorateur perdit le goût d'aller à Prague. Il annula son voyage et décida de rester à Paris où le temps était merveilleux. Il avait besoin de marcher, de traverser maintes fois la Seine en tous sens, les journées vides, offertes, flexibles. Il découvrait la marche comme une drogue. Tout son système y répondait avec acuité et peu à peu il retrouvait une certaine force, une dynamique.

Chaque soir, en rentrant, parfois après un dîner, il regardait ses mails, écoutait son répondeur avec le secret espoir d'y trouver un message de Séléné imperturbablement silencieuse. Il n'arrivait pas à s'accoutumer à ses fuites, à sa froideur arctique. Il sentait bien comme tout son corps se révoltait, entrait dans une frénésie destinée à l'épuiser pour qu'il trouve la paix. Il se mit à souhaiter qu'elle lui envoie une lettre de rupture mais manifestement, elle préférait le torturer, jouer de son pouvoir. La minute d'après il revenait à de meilleurs sentiments. Non, elle était innocente, tout cela n'était causé que par les brûlures anciennes. Pourquoi cet acharnement à vouloir mettre la faute sur l'autre ? S'il n'éprouvait pas une telle réactivité, il attendrait patiemment que sa muse revienne à de plus doux sentiments et l'accueillerait avec chaleur. Alors se manifestait ce sentiment amer de ne rien maîtriser, d'être totalement le jouet de l'amour fou au point de perdre jusqu'à la trace de ce que tout le monde voyait en lui.

Un jour, passant place de la Bastille et regardant l'Ange de la Liberté qu'il aimait imaginer en femme, il lui vint comme un envol : Qui souffrirait si l'ego était plus détendu, plus spatial ? Seul l'espace pouvait répondre à l'espace alors il accepta le fait que sa souffrance ne venait que de lui-même et que personne ne pouvait la causer.

Ses promenades furent plus légères, sa respiration retrouva de l'ampleur, sa musculature s'assouplit. Il but et fuma moins mais sa fébrilité revenait dès qu'il entrait dans l'appartement. Il avait une difficulté énorme à s'accoutumer à la disparition silencieuse de celle qu'il aimait. Il repensait sans cesse aux révélations de Bélaïev. Contrairement à lui, l'Adorateur pensait que le viol avait eu lieu en réalité. Bélaïev cherchait à fuir en magnifiant le délire de sa fille, à comprendre la haine dont il était l'objet, à la reporter entièrement sur la folie de Séléné. Ce qui l'étonnait le plus c'était la nécessité de transformer Belaïev et Olga en amants qu'elle-même avait abandonnés et le lien avec son « vrai père », Angékamon, tout droit surgi de l'imagination torturée de son père. L'idée qu'elle n'était pas « humaine » comme elle le lui avait dit un jour mais dérivée d'un autre monde, jaillie d'un univers parallèle qui coexistait avec la réalité tangible et dans lequel elle se réfugiait comme sur son île où tout n'était qu'amour et communication directe avec les éléments invisibles, fascinait l'Adorateur.

Tard dans la nuit, il téléphona à Sarah pour prendre des nouvelles du montage.

– Comment ça se passe ?

– C'est très beau, une énergie folle, encore quelques jours. Je te l'envoie par le net ?

– Oui, je suis curieux d'entendre. Tu en as parlé à John ?

– Il est impatient... J'ai quelque chose de curieux à te dire... Cela m'embarrasse un peu...

– Je ne te savais pas timide...

– J'allais t'appeler quand le téléphone a sonné... C'est au sujet de Séléné... Elle m'a parlé hier soir pendant plus d'une heure et je trouvais cela étrange, elle était comme une petite fille perdue, très touchante. J'ai essayé de la consoler. Je ne savais pas que vous aviez rompu, tu aurais dû me le dire.

– Nous n'avons pas rompu, nous nous sommes même quittés dans la félicité la plus totale mais elle a très mal pris que je ne l'appelle pas pendant trois jours, elle était glacée lorsque nous nous sommes parlé et depuis je n'ai pas eu de nouvelles.

– Téléphone-lui, elle est jeune, très amoureuse, elle essaie ses armes, c'est normal. Elle était si bouleversée, si douce, comme si elle ne comprenait pas ce qui lui arrivait, j'en avais les larmes aux yeux. Elle croit vraiment que c'est fini, que tu l'as abandonnée.

– Ne t'en fais pas, cela va s'arranger.

– Elle m'a aussi parlé de sa tentative de suicide, elle m'a dit qu'elle appelait parce que j'étais le dernier lien qui subsistait avec toi...

– Je suis désolé que tu sois mêlée à cela. J'aimerais mieux que tu restes en dehors.

– Justement, je voulais te parler de cela... Je ne sais pas quoi faire... Elle m'a invitée à venir passer une semaine avec elle à Cuba quand j'aurai fini le montage, elle a des amis russes qui peuvent lui avoir une semaine gratuite pour deux dans un très bel hôtel sur la plage.

– Et tu vas y aller ?

– Elle me l'a offert si gentiment et j'avais le sentiment que je pouvais peut-être l'aider. C'est dans une semaine, juste avant notre prochain disque, et je suis fatiguée.

– Remarque, pourquoi pas, cela te fera du bien.

– Ah ! Je suis contente que cela ne te pose pas de problème ! Mais sois gentil, appelle-la, je préfère ne pas l'avoir en larmes jour et nuit.

– Tu auras le temps de finir le montage ?

– Oui, bien sûr.

– Alors, bonnes vacances !

– Tu es adorable, on se retrouve à Londres dans quinze jours.

– Salue les dauphins de ma part et ne bois pas trop de mojitos !

– Je vais danser comme une folle !

– Tu pourras peut-être m'aider à comprendre un peu plus ce mystère.

– Fais confiance à mon intuition !

L'Adorateur se mit à rire, Séléné le surprendrait toujours. Rien ne lui faisait peur. Ses sentiments étaient mitigés, il se demandait comment la naïveté californienne allait se tirer du filet invisible de Séléné. Il espérait que cela n'aurait pas d'incidences sur sa merveilleuse entente avec Sarah et sur leur travail. Mais leur union durait depuis assez longtemps pour résister à l'effet Séléné. Il vérifia encore une fois son répondeur et ses mails, toujours rien. Il ouvrit les baies pour laisser pénétrer l'odeur du parc, il s'installa sur la terrasse, fit réchauffer un blinis dans le grille-pain, y mit un peu de crème fraîche, deux grandes tranches de saumon fumé, un filet de citron, et sortit la vodka Bison du congélateur.

Il s'installa sur la terrasse sans allumer la lumière, et dans la pénombre tranquille, il dégusta le poisson fumé avec une joie où commençait à percer une légère inquiétude, pourtant son esprit était silencieux, le discours intérieur arrêté, ce n'était pour l'instant qu'un infime frémissement au niveau du corps. La force presque sirupeuse de la vodka lui fit du bien. Il ne résista pas à un cigare et le corps abandonné à la nuit, il se sentit léger et libre.

Il retourna dans le salon, c'était le moment idéal pour écouter un quatuor. Il choisit le neuvième quatuor de Chostakovitch enregistré par le Quatuor Beethoven en 1965, une version somptueuse des Russes avec le violon lumineux et incisif de Dimitri Tsiganov et la sonorité intense des autres instrumentistes comme soudés par le violoncelle ample et sombre de Sergei Shirinsky. Il y avait dans cet enregistrement une sorte de folie, d'audace hallucinée qui faisait défaut à toutes les autres versions qu'il connaissait. Il se laissa emporter.

Peu à peu Séléné se faufila en lui comme un anaconda qui occupe sa jungle, il la sentit, il la huma, ses cellules entrèrent dans une extase qu'il reconnut dès le début de l'adagio intense et mystérieux qui le toucha profondément, suivi par la furie sauvage de l'Allegro final.

Lorsque la pièce retrouva le silence, il prit son téléphone et l'appela.

– Tu dormais ?

– Mon amour ! Non, non, je viens de finir un tableau magnifique, très grand, j'ai acheté ce matin une toile de deux mètres sur un mètre cinquante ! Tu verrais cette explosion de couleurs, c'est comme des dauphins bleu nuit dans un océan sombre avec des éclats de diamant, c'est la première fois que j'utilise du presque noir, du bleu presque noir et tous les bleus antarctique avec des icebergs... Je voudrais tellement que tu sois là ! Tu me manques horriblement ! Viens ! Je t'en supplie, viens ! Tout de suite ! Je suis là, nue et chaude, je sors du bain, j'ai joui en peignant, mon sexe est désespéré que tu ne puisses pas entrer en lui maintenant !

– J'arrive demain soir.

– Ah ! Merveilleux ! Je vais dormir toute la journée, je t'attends.

– Tu pars à Cuba ?

– Oui, on m'a offert une semaine de luxe avec le voyage, j'ai invité Sarah. J'avais envie d'être avec une femme pour t'oublier. Je croyais que tu ne m'aimais plus, j'étais désespérée ! J'avais décidé que jamais plus je ne referai l'amour avec un homme !

– Je suis heureux que tu te plonges dans la mer des Caraïbes.

– Oui, on ira danser la salsa avec des beaux Cubains, entre filles. Tu n'es pas jaloux ?

– Non, mon amour.

– C'est dommage ça te rendrait plus désespérément fougueux ! C'est vrai que tu viens demain ?

– Oui, j'appelle la compagnie aérienne dès la première heure et je te laisse un message.

– Demain, je lave mes pinceaux et c'est tout. Tu sais, j'ai peint à l'huile, les couleurs sont profondes, fortes comme du chocolat noir fondu, j'aimerais me rouler dedans.

– Je vibre, tout mon corps est en pré-extase...

– Le mien aussi. Je te lécherai jusqu'à ce que tu me supplies d'arrêter !

– A demain, mon amour !

– Tu es mon homme magique et infini !

L'Adorateur se fit couler un bain, tout son corps tremblait d'un intense bonheur. Il y resta longtemps puis il s'endormit dans la joie cellulaire, dans le parfum de l'amour.

Il trouva une place sur le vol du soir et passa la journée comme un somnambule amoureux, comme un adolescent en attente d'un rendez-vous qui ne peut rien faire d'autre que de projeter tous ses sens vers ce moment intense, toute autre réalité oblitérée. La joie le submergeait.

L'avion lui semblait paresseux, il aurait voulu entrer dans la cabine de pilotage et crier :

– Plus vite !

Le taxi était trop lent. Ses grandes enjambées trop physiques pour traverser l'infini de l'espace avec des bottes de sept lieues.

Enfin il poussa la porte de l'atelier. Le tableau éclata dans son espace, il s'ouvrit comme une fissure dans la terre et l'engloutit dans l'odeur mielleuse du mélange de térébenthine et d'huile de lin. Il marqua un temps d'arrêt, fasciné.

Sélénė le regardait en riant, elle était nue sur le lit, elle avait allumé des bougies qui donnaient à son corps un aspect brillant et doux. Les cordes vocales chaudes de Séléné vibraient de la promesse d'une foudroyante plongée dans le corps.

L'Adorateur se déshabilla tout en la regardant. Elle ouvrit les jambes, arqua le corps en prenant appui sur sa nuque et ses pieds, élevant lentement son sexe vers le ciel, l'offrant à la bouche de l'Adorateur qui retrouva la souple fluidité de sa jouissance. Elle avait mis le *Concerto pour violon* de Phil Glass qui déroulait ses mouvements en boucles répétitives. Ils l'écoutèrent huit fois tout en faisant très doucement l'amour, les yeux dans les yeux, puis ils s'endormirent enlacés jusqu'à deux heures de l'après-midi.

Les jours suivants se passèrent dans l'intensité, la tendresse passionnée, la joie explosive de Séléné aussi peu limitée dans ses sommets que dans ses effondrements.

Le jour du départ, Séléné fit sa valise.

– A part des T-shirts et mon bikini, qu'est-ce que j'emporte ?

– Une robe sexy, la blanche par exemple, des couleurs et du papier ?

– Je n'aime pas peindre en voyage, je préfère vivre, emmagasiner. Les choses sortent après. Cela fait si longtemps que je rêve de Cuba. Danser dans une ambiance folle de transe, de musique live, le vrai son des instruments, en voyant les visages des musiciens, en entendant le vrai mouvement des percussions, directement avec le corps. Tu sais, je vais voyager en première, gratuitement. C'est une amie qui travaille à Cubana. Elle fait bien l'amour, Sarah ?

– Je n'ai pas d'informations directes, dit l'Adorateur en souriant de la naïveté du piège.

– C'était pour rire... Je te le dirai ! Qu'est-ce que tu vas faire ?

– Il faut que je prépare mon prochain enregistrement à Londres. Je fais le quintette pour clarinette de Brahms avec un vieux quatuor tchèque et un jeune clarinettiste français que j'ai découvert l'année dernière. Je suis sûr que le choc des cultures et des générations sera superbe.

– Ça fait partie des disques dont tu sais qu'ils seront réussis ?

– Oui mais je pense qu'il y aura quelques difficultés au début.

– Pourquoi ?

– Les gens célèbres n'aiment pas enregistrer avec des artistes qui ne jouissent pas encore de la même réputation. J'ai eu de la peine à les convaincre mais je crois que les obstacles seront écartés. Je resterais bien ici quelques jours encore, c'est comme si j'étais en toi.

– Ah ! Oui, tu peux rester, bien sûr ! Ça me plaît de te savoir ici. Je pourrai te téléphoner depuis Cuba... Tu entendras ma musique... respireras le souffle chaud de mon âme ! Tu pourras flairer mes vêtements, contempler mon tableau, jouer avec les dauphins.

– Je nagerai dans ton Océan.

– Tu seras bien ici pour travailler ?

– Oui, c'est idéal.

– Qu'est-ce que tu vas faire ?

– Marcher dans la ville, entrer dans la partition, j'irai peut-être dîner avec l'altiste et le pianiste pour discuter du prochain disque.

– Je suis si heureuse de nager dans une mer chaude, de marcher sur le sable, de danser jusqu'à épuisement et sortir à l'aube, les oreilles vibrantes, respirer la ville, boire des petits cafés, faire l'amour et dormir jusqu'à deux heures du matin...

– Tu vas vraiment faire l'amour avec Sarah ?

– Pourquoi est-ce que tu n'as pas répondu quand je t'appelais ? Je savais que tu étais dans ta chambre. Ça t'a fait jouir d'écouter le téléphone sonner ?

– Non, j'avais besoin d'un peu d'espace et de concentration.

– Si l'amour ne donne pas l'espace, où espères-tu le trouver ?

– Il y a un espace en nous, lumineux et paisible.

Séléné se mit à rire, il y avait un écho de cruauté dans le son qui sortait de sa gorge.

– C'est vrai, mon amour, mais on peut le perdre si facilement...

Pour une fois, Séléné ne poussa pas la tension à l'extrême, elle se contenta d'une victoire modeste, sans terrasser l'adversaire. Elle s'approcha, enleva son T-shirt et fit dériver le visage de l'Adorateur contre ses seins. Il les huma longtemps, sentit palpiter le cœur de Séléné pendant qu'elle lui caressait le visage. Sa tendresse était abyssale, sa douceur incomparable, tout l'être se dissolvait dans une joie prénatale.

– N'aie pas peur, je te protégerai contre mes propres démons... Je crois qu'ils sont en train de battre en retraite, ton amour les dissout. Ils s'affaiblissent à chaque tableau que je peins, chaque fois que tu me regardes, que tu me parles, que nous faisons l'amour.

– Qu'est-ce qui te pousse à briser les êtres ?

– C'est ma destinée, ma vocation... Je ne suis pas née pour soigner les hommes mais pour les révéler à eux-mêmes. Je suis née avec un scalpel dans la main comme tu es né musicien. J'adore la dissection de l'âme, rien ne m'excite plus... Je vais te raconter une chose que je n'ai jamais dite à personne... Lèche-moi les seins pendant que je t'emmène vers l'extrême...

L'Adorateur commença à lui donner de grands coups

de langue comme un animal qui lèche son petit, les yeux de Séléné frémissaient, ses cils battaient.

– J'adore quand tu me lèches comme ça... Tu voudras bien jouir dans ma bouche à la fin de l'histoire ?

L'Adorateur émit un son gourmand tout en continuant de couvrir le buste de Séléné d'une salive qui devenait de plus en plus douce et nacrée. C'était comme s'il retrouvait une fonction oubliée de l'être humain.

– Touche mon sexe, sens dans quel état ça me met... Tu sais, aux Beaux-Arts, il y avait des cours d'anatomie et lorsque la théorie était bien assimilée, nous passions aux travaux pratiques, quelques séances de découpe *live* à l'Institut médico-légal. Ce jour-là, notre professeur nous avait donné rendez-vous à quinze heures dans une salle où un chirurgien allait nous faire voir ce qu'un corps contient, comment il est construit. Comme cela m'intéressait beaucoup, je suis arrivée très en avance, vers 13 heures. Il n'y avait personne à part un vieux gardien qui m'a laissée entrer sans problème. J'ai suivi le dédale des couloirs lugubres, dans le silence glacé, sous la lumière des néons, flottant dans une odeur fade et acide. Il était nu sur une table d'aluminium, c'était un homme d'une quarantaine d'années mort d'une crise cardiaque en jouant au football. Un athlète, un corps joli et musclé, une peau presque hâlée, un visage assez beau... Je me suis approchée, j'étais fascinée... J'ai commencé à le toucher sans dégoût, d'un doigt, sur le front. J'étais presque étonnée qu'il n'ouvre pas les yeux, qu'il ne tourne pas son visage vers moi. Ensuite, je l'ai caressé avec mes deux mains, comme pour lui rendre la sensation, la vie. La peau glacée était douce comme un flan qu'on sort du réfrigérateur. Plus je le caressais, plus il me semblait beau. C'était plus vivant qu'un objet, comme s'il y avait encore des traces de présence humaine. J'avais la certitude que la mort ne nous prive pas totalement de la sensation, comme si des circuits fonctionnaient encore à un niveau subtil. Si tu veux, quand tu seras mort, je te caresserai pendant toute une semaine avant qu'ils ne te brûlent comme ça tu sauras et j'espère que quelqu'un fera la même chose pour moi.

– J'ai eu la même sensation quand ma femme et morte, j'ai continué à la tenir dans mes bras et à la caresser, c'était merveilleux, elle se détendait, elle glissait très lentement dans l'infini, je comprends ce que tu veux dire...

– Moi aussi j'aimerais mourir dans tes bras. On ne sait jamais. Parfois j'ai la certitude que je mourrai avant quarante ans... Parfois quand on fait l'amour, je me dis que ce serait merveilleux de mourir dans la douceur qui s'étale et nous engloutit après la jouissance et qui nous fait traverser les murs, les forêts, les montagnes, la steppe, les lacs frais... Tu sens mon clitoris comme il est mielleux ? Je reviens à mon histoire... Je caressais le footballeur, je les aime bien depuis que je sais que De Staël les a peints... Tout à coup j'ai senti un appel très fort, il me fallait plus de contact avec lui... Je me suis déshabillée et je me suis couchée sur lui en embrassant son visage que je tenais entre mes mains. Je me suis laissée glisser sur son corps rigide mais à la peau douce, en fait comme la plupart des vivants en plus froid. J'ai été prise d'une joie incroyable, je me suis mise à rire et ensuite j'ai pleuré d'émotion en pensant qu'il ne sentirait plus jamais cette beauté de l'étreinte. J'ai dû rester plus d'une heure sur lui, il se réchauffait doucement, puis j'ai entendu un bruit. Je me suis rhabillée très vite, je me suis reculée un peu en prenant l'expression d'une petite fille apeurée et fascinée... Tu crois que je suis un monstre, un vampire ou quelque chose comme ça ?

– Non... Tu oses aller au fond des choses, à l'extrême de tes émotions, c'est beau.

– Le chirurgien est entré, l'air supérieur, il m'a regardée avec étonnement et m'a dit, sarcastique : « Il vous plaît ?

– Il est très beau.

– Oui, je l'ai choisi pour sa parfaite musculature en sachant que je recevais des artistes.

– Et dedans, vous croyez qu'il est aussi beau ?

– Nous allons voir ça tout à l'heure. Votre professeur et les autres étudiants ne vont pas tarder... Vous êtes merveilleuse... Ça vous dirait de sortir un soir, d'aller dîner dans un beau restaurant ?

– Dîner, oui, baiser, non.

– Vous êtes directe, j'aime ça.

– Je peux me tenir tout près de vous pendant que vous l'ouvrez ?

– Vous allez tomber dans les pommes, ma petite, vous feriez mieux de rester en retrait.

– L'intériorité ne m'a jamais fait peur.

– Alors vous pourrez me servir d'assistante. Vous me passez les instruments quand je vous les demande : scalpel, écarteur, pince, scie. »

Séléné regarda l'Adorateur pour voir quel effet faisait son récit puis elle continua :

– J'ai fait l'assistante. J'étais fascinée quand il a donné le premier coup de scalpel de la base de la gorge au pubis. C'était net, droit, un geste sûr, magnifique. J'aurais presque pu tomber amoureuse de lui à cette seconde. Les organes étaient comme laqués, très jolis. Mais lorsqu'il a scié les côtes et sorti le cœur, j'ai eu l'une des plus fortes émotions de ma vie. J'ai compris que c'était ma fonction, sur un autre plan. Alors je ne brise pas les cœurs, je les exalte, je les fais palpiter, étinceler, vivre. J'ai lu le texte de Ruzbehan, il ne parle que de ça. C'est un être comme moi qui a dû lui révéler l'amour, c'est si loin de ce que peuvent ressentir les engourdis. Je suis « une fidèle d'amour » comme toi. C'est pour cela que tu m'as rencontrée, je dois te conduire aux portes de la citadelle par la passion sacrée, on ne la touche que dans la plus extrême nudité. Hors de ça, la passion est un leurre. Notre histoire n'est que cela mais chaque fois que tu résistes, tu souffres et tu me fais souffrir et quand je souffre, je deviens sanguinaire ou je disparais. Pense à tout cela quand tu seras seul et abandonne-toi complètement à cet amour.

Aussitôt, elle prit l'Adorateur dans sa bouche avec une infinie délicatesse. Le temps s'étira jusqu'à la clarté lunaire qui inonda l'émail des dents de Séléné et glissa sur son palais en forme de pétale de rose.

Séléné n'avait pas voulu que l'Adorateur l'accompagne à l'aéroport. Les moments d'adieu qui s'étalent lui étaient insupportables. Elle l'embrassa du bout des lèvres, le regarda brièvement mais intensément et s'en alla avec son sac à dos et sa valise de cabine.

L'Adorateur se retrouva dans le silence de l'atelier gorgé des traces olfactives et de la présence de Séléné. Il se fit un thé vert, s'assit face à l'Océan et se laissa absorber par la peinture. La lumière déclinait et les bleus sombraient dans les profondeurs. La nuit tombée, l'Adorateur alluma une bougie et vit les bleus ressurgir et se mouvoir sans limite dans l'encre de la nuit. La peinture de Séléné avait cette magie des grands textes ou des grandes œuvres musicales qu'on peut explorer encore et encore sans jamais avoir l'impression d'en percer le mystère. La matière se régénérait, se transformait, et la perception dépendait de mille facteurs indicibles où tout avait son importance. Un son, une odeur, une émotion, une tension musculaire, un regard, une voix, une sensation. Tout modifiait à l'infini la sensibilité du récepteur et parfois, dans les moments les plus intenses, l'idée même d'un sujet à l'écoute d'un objet, disparaissait, abolissant l'espace-temps. C'est dans ces percées soudaines que l'œuvre livrait sa substance. Dans ces moments, l'Adorateur avait la certitude paisible qu'il pourrait passer le reste de sa vie devant une peinture, immergé dans une seule œuvre musicale, dans un seul visage ou même face à une pierre, dans la fascination la plus totale, sans désirer quoi que ce soit d'autre. Dans ces instants, il réalisait que tout était changement continu, même ce qui avait la réputation d'être matière inerte. Le regard qui ne se dérobe jamais révèle la vie, la palpitation du monde matériel. Il réalisa que tout besoin de changement était un aveu d'impuissance du regard, une superficialité de rapport, une ignorance du mouvement perpétuel intime de chaque élément. L'ennui vient de la fixité du concept. Sans concept, tout se modifie à chaque instant. L'émerveillé voit l'incessante transformation de chaque forme unique et il se laisse emporter par cette perception. Parfois il lui était arrivé d'être englouti par l'objet de son attention, comme si les rôles avaient été inversés. Il se souvint d'un jour où il contemplait le ciel et l'océan, dans un hamac suspendu entre deux cocotiers. L'esprit ouvert et paisible, il regardait la lumière se dissoudre, il embrassait l'horizon où les éléments se joignent dans une frontière fragile et incertaine. Soudain il avait senti l'arrogance de son regard et à cette seconde même le ciel l'avait regardé, lui, infime élément perdu dans le cosmos, vaniteux et souffrant, il n'était plus rien qu'une minuscule particule dérivant dans la totalité. Dans cet état, il était parti marcher là où la marée montante transformait la large plage de sable en un miroir qui reflétait le ciel et les étoiles. Il marchait dans le ciel, il n'y avait plus que le ciel et ses pieds qui touchaient les étoiles en cadence. Ce n'étaient plus que des pieds, des fragments de corps qu'il n'avait pas la prétention de réclamer comme siens.

Ce moment volé à la dualité avait profondément modifié son approche de la musique et des êtres. Quelque chose s'était ouvert à l'espace. Le son voyageait à travers un corps qui n'était qu'un fragment du corps infini. Séléné connaissait aussi cet état et une partie de sa violence venait sans doute de la douleur de le perdre.

L'Adorateur réalisa qu'il réagissait différemment à la perte, qu'elle provoquait chez lui une sorte de vibration très dense semblable au frémissement et à la lente amplitude des cordes de contrebasse. Tout à coup, il comprit la source de sa peur. Il venait de la toucher avec précision. Séléné n'avait pas peur car elle entrait dans la violence alors que lui-même avait perdu ce sursaut et s'enfonçait dans une noirceur où il restait seul, oblitéré, dépendant de l'amour qu'il venait de perdre en retrouvant la dualité. Les cyniques avaient bien perçu ce mouvement mais c'était la première fois qu'il le touchait chair et os. Il sourit en réalisant à quel point la sagesse des philosophes est une luciole invisible à ceux qui n'osent entrer dans la nuit, dans l'obscure et profonde demeure.

Une émotion très subtile le traversait, il se sentait nimbé d'une douceur sans forme, le corps totalement ouvert, la respiration presque imperceptible, tant chacune de ses cellules se gorgeait d'oxygène. Ses bras reposaient sur les accoudoirs de l'unique fauteuil, ses pieds posés sur le sol ressentaient chaque frémissement de la ville et du monde, son visage orienté vers la grande toile de Séléné avait pris la dimension de son regard.

Lorsque la lumière revint, il réalisa qu'il était resté toute la nuit dans une félicité immobile. Il lui fallut attendre que l'aube coule sur les objets pour parvenir à bouger les doigts, les bras, le buste. Il eut la sensation qu'il aurait pu rester ainsi jusqu'au retour de Séléné, toute nécessité anéantie.

Il déambula dans l'atelier, touchant les toiles, les meubles, les caressant, voyant comme toute forme était parfaite et mystérieuse. Une tasse remplie de peinture ocre séchée, une porte, un verre de thé froid dans lequel les feuilles chinoises roulées en pelotes s'étaient lentement dépliées. Un moineau donna un coup de bec sur un carreau et le son percutant et précis voyagea dans l'atelier. L'Adorateur le goûta bien après qu'il eut disparu, puis il entra dans la cuisine. Il avait faim. Il trouva un sachet d'amandes, il les effila sur une planche et les fit glisser sur un yaourt dans un bol. Il y fit ensuite couler du miel d'acacia, prépara un café et retourna s'asseoir. L'action n'inhibait pas cette sensation d'unité qui s'exprimait dans chacun de ses gestes. Il sentait la joie déborder de son corps en vagues successives alors qu'il passait devant les heures immobiles.

Il se déshabilla et entra dans le lit comme on entre dans une mer chaude. Il sentit tous les parfums de Séléné et dans son rêve, il l'entendit rire à gorge déployée.

La sonnerie du téléphone le réveilla :

– Mon amour, je suis arrivée ! Tu sais, l'avion a failli s'écraser. L'un des réacteurs est tombé en panne deux heures avant d'arriver à Santiago. Tout le monde avait très peur. Les hôtesses étaient livides et elles n'arrêtaient pas de nous donner des informations idiotes. Plus elles parlaient, plus la panique montait. Les gens priaient. Moi j'étais heureuse d'avoir le temps de flirter avec la mort avant qu'elle ne me pénètre. J'étais si heureuse de t'avoir rencontré, d'avoir eu le temps de vivre ce grand amour, d'avoir touché toute cette beauté, d'avoir peint l'Océan dans lequel l'avion allait se dissoudre. Je pensais aux requins qui allaient me manger et au voyage que je ferais dans leur ventre. J'étais excitée aussi à l'idée que j'allais peut-être savoir s'il y a quelque chose après la mort ou non. Quand l'avion s'est finalement posé, un douanier a dit : « On ne pensait pas vous voir, vous avez eu de la chance. » On a changé d'avion et le reste du vol a été parfait. Tout le monde s'est saoulé, moi aussi. Le rhum coulait à flots, offert par la compagnie. J'étais complètement ivre. Je ne sais pas comment je suis arrivée à l'hôtel. C'est si merveilleux d'être en vie, de voir le ciel, les visages ouverts des Cubains. Sarah n'est pas encore là. Tu aurais été triste si j'étais morte ?

– Oui, j'aurais plongé dans ton tableau pour te rejoindre.

– Je sens une vibration magnifique dans ta voix... Je crois qu'il s'est passé quelque chose... C'est merveilleux mon amour... Ça s'est ouvert...

» Tu veux que je te rapporte des cigares ? Un garçon de l'hôtel m'a dit que son frère travaille à l'usine Partagas et qu'il peut m'en avoir à un très bon prix. Il m'a demandé ce que tu voulais...

– Des doubles Coronna de Hoyo de Monterey.

– Attends, je note... Tu sais je vais m'acheter des petits cigares aussi pour fumer avec toi. Mon amour, ma vie, je te laisse, je veux aller nager !

– Ne te fais pas dévorer par un requin.

– C'est toi le requin, je te lèche le nombril !

Lorsque l'Adorateur reposa le combiné, il entendait encore la voix chaude de Séléné résonner en lui. Il se recoucha et s'endormit aussitôt.

L'Adorateur sortit dîner puis il marcha longtemps dans la lumière crémeuse et irisée. Les silhouettes et les visages prenaient un aspect fantomatique, les façades n'abritaient plus d'architecture interne, comme vidées de leur substance. Tout rejoignait le visible pour vibrer dans une fête ocre et orangée. La ville atteignait au faîte de sa théâtralité. Les hommes ivres qui titubaient à la recherche d'une dernière gargote ouverte ajoutaient à cette impression que rien ne pouvait réellement tenir debout, que tout était volatile. Une voix douce tira l'Adorateur de sa rêverie :

– Bonsoir, vous êtes encore là !

L'Adorateur s'arrêta, il reconnut Liouba, la jeune prostituée rencontrée dans le bus.

– Je m'en vais et je reviens.

Liouba le regardait de ses grands yeux bleus et son visage avait une lueur adolescente, une fraîcheur que l'Adorateur ne lui avait pas vue dans le bus. Elle avait retrouvé la lumière et la vibration qui convenaient à sa nature. Elle s'était libérée de quelque chose. Cela fit circuler une vague de plaisir diffus dans le corps de l'Adorateur.

– Vous semblez plus heureuse, la lumière de la ville vous va bien.

– Oui, maintenant je suis libre. Greg est parti vivre à Nice, j'ai racheté ma liberté. Je travaille pour mon compte, c'est plus dangereux mais il n'y a pas cette tension de chaque minute. On dit qu'un homme vous protège mais c'est aussi lui qui vous bat lorsque vous ne rapportez pas ce qu'il espère. Maintenant je ne dépends que de moi-même et si je ne travaille pas un jour ou deux, je me promène, je vais voir des amis, je vais danser. Je ne me laisserai plus jamais prendre par un homme.

– Comment te défends-tu ?

Liouba eut un sourire amusé. Elle s'arrêta, sortit du gousset de son jean une lame de rasoir dont la partie supérieure était recouverte de sparadrap. Elle montra son arme avec fierté.

– C'est fou comme les hommes peuvent avoir peur de cette petite chose si tu ne paniques pas et si tu les regardes dans les yeux sans une seconde d'inattention. Ils préfèrent ne pas prendre le risque. Bon, si tu tombes sur un vrai mec, c'est toi qui te fais saigner, c'est la vie. Je peux aussi la mettre dans ma bouche sans me couper, on appelle ça le « baiser fatal ».

Elle lui en fit la démonstration en sortant la lame qu'elle tenait fermement entre ses dents.

– J'utilisais le même instrument.

– Pour te battre ?

– Pour couper les bandes magnétiques, une sorte de chirurgie esthétique musicale.

– Tu es dans la musique ?

– Oui.

– Tu connais « Slipknots » ?

– Non...

– C'est le groupe de rock le plus méchant et le plus créatif qui existe.

– Tu éveilles ma curiosité...

– Toi, tu es dans le classique ?

– Oui.

– Est-ce qu'il y a des méchants ?

– Des cruels, des vaniteux, des fous, des désespérés, oui...

– C'est ce que je voulais dire. Tu veux les écouter ?

– Avec plaisir.

– On va prendre un taxi, j'habite loin. Je n'ai que de la vodka ou du thé, ça ira ?

Le taxi s'arrêta devant un immeuble gris des années soixante, délabré, couvert de tags, les boîtes aux lettres éventrées. Ils montèrent à une chambre du troisième étage. Un poster de Kurt Cobain, le chanteur du groupe « Nirvana » dominait un matelas sur le sol avec un couvre-lit de velours rouge et des petits coussins de soie bleu ciel, une chaîne stéréo, une armoire sans porte peinte en jaune dans laquelle les vêtements étaient empilés avec soin. Un réchaud à gaz et un réfrigérateur bariolé complétaient le décor. Un petit tapis de Boukhara dégageait une grâce étrange.

– C'est mon père qui me l'a donné. Je l'aime beaucoup. C'est le seul truc joli ici.

– Il est d'un beau rouge.

– Vodka ou thé ?

– Vodka.

Liouba servit deux verres, posa la bouteille sur le sol, l'Adorateur était assis sur le lit alors que Slipknot faisait irruption dans l'espace sonore, le violait de sa sauvagerie. Une musique hallucinée, créative, qui le toucha d'emblée. Liouba le regardait en fumant une cigarette, un étonnement joyeux irradiait tout son visage. Elle enleva son jean très serré. En string et T-shirt, elle sirotait sa vodka, faisait des ronds de fumée, laissait son corps bouger aux rythmes scandés des barbares. Elle alluma une bougie et éteignit l'électricité.

– Tu sais, personne n'a jamais vu leurs visages, ils jouent en cagoule et sur la couverture de l'album il y a une tête de mort traversée par une fermeture Éclair. C'est space !

L'Adorateur se sentait bien, il goûtait chaque instant de la solitude joyeusement désespérée de Liouba, collée à même la vie, capable d'en savourer aussi bien le tragique engrenage que les qualités subtiles et les moments de grâce. Le silence s'ouvrit comme un fruit.

– Tu sais, je me pose une question depuis quelques nuits, ça m'empêche de dormir. En France, j'ai lu un livre d'un maître indien. C'était chez un copain, ça puait l'encens chez lui et il écoutait tout le temps cette musique molle et sucrée. Pas tellement mon style. Il méditait chaque matin et il m'a dit qu'il fallait que je purifie mon karma. Moi je ne disais rien, je ne connais pas ces choses-là et ça ne m'intéresse pas. Je n'ai pas le temps. Je regarde les gens vivre, bouger, hésiter, avoir peur, être pris entre deux choses sans pouvoir se décider. C'est tout ce que la vie m'a appris. Comme je voulais comprendre, j'ai lu ce livre et c'était beaucoup plus simple que ce que me disait mon copain. Lui n'avait que des idées et le livre disait la vérité. J'ai pensé qu'un jour, quand j'aurai assez d'argent, je prendrai un avion pour Bombay et j'irai voir ce vieil homme s'il est encore vivant. Il reçoit les gens chez lui chaque matin, tout le monde peut y aller...

Liouba remplit les verres, elle alluma une autre cigarette. L'Adorateur ne la quittait pas des yeux. Elle avait l'impression d'être nimbée d'une douceur chocolatée.

– J'ai son adresse, peut-être qu'au printemps prochain j'aurai assez d'argent pour y aller. Je ne veux pas rester longtemps, juste une semaine. Je pose ma question, j'ai une réponse et je reviens. La seule chose qui me tourmente est que j'ai peur qu'il meure, il est très vieux, et que personne d'autre ne puisse me répondre.

Liouba resta silencieuse et pensive. L'Adorateur sentait comme sa vie était suspendue à cette question. Rien de mental dans sa démarche. C'était une question de tout l'être, la seule question sans doute, et l'Adorateur savait que chaque être n'a qu'une interrogation fondamentale qui prend divers masques.

– Je ne me souviens pas de la phrase exacte mais il dit

que nous n'avons aucun choix dans la vie et que tout vient de la source qui est harmonie.

Après un silence intense, elle souligna :

– Tout est harmonie cosmique.

Son corps était tendu par l'affirmation, des larmes se mirent à couler traçant des sillons que la lueur de la bougie transformait en rivières mercurielles. Ses grands yeux bleus questionnaient l'univers.

La bougie s'éteignit au moment où le jour nimba la pièce. Ils étaient demeurés silencieux, face à face, le temps suspendu. Les larmes avaient séché mais Liouba vivait encore son interrogation, bandée comme un arc prêt à décocher une flèche. D'une voix forte elle dit :

– Et s'il n'y avait que le chaos cosmique, qu'est-ce que ça changerait ?

Son interrogation sonnait comme la note culminante d'une œuvre musicale, avec toute sa puissance, son timbre, sa plénitude. Liouba se laissa aller dans les bras de l'Adorateur qui la tint contre lui sans bouger jusqu'à ce qu'elle soit apaisée. Ils dormirent un peu. Liouba fit des œufs au plat, des toasts et du thé.

– Ton silence est magnifique. C'est la première fois que je rencontre un homme qui se tait sans s'en aller.

– Fais ta valise, prends l'adresse, ton passeport. Tu as des photos d'identité ?

– Oui...

Liouba obéit comme un automate émerveillé. Ils prirent un taxi pour l'ambassade de l'Inde. Un billet discrètement glissé assura la grâce d'un visa immédiat. Un avion partait le soir même, l'Adorateur fit en sorte que Liouba y embarque.

Liouba s'en alla silencieusement, une flamme brûlait tout son corps, une innocence étincelante la portait vers le vieil Indien. L'Adorateur attendit que son avion se perde dans le ciel puis il dîna au restaurant avant de rentrer à pied à l'atelier. Il fuma un cigare, il n'y avait aucun message de Séléné. En examinant ses disques, il trouva une version russe du deuxième concerto de Prokofiev, son préféré. Il écouta l'œuvre où le compositeur se laissait aller à toute sa verve sauvage, loin de l'attrait des formes classiques, il explorait la folie expressive de sa nature la plus profonde. La cadence saisissante ravit l'Adorateur.

A la fin de l'œuvre, l'Adorateur se mit à errer dans l'atelier. Il regarda quelques livres, Biely, Boulgakov et, ce qui l'étonna le plus, *Comment séduire les femmes* du futuriste italien Filippo Tommaso Marinetti. Quelques phrases avaient été soulignées. Il fit une longue pose devant le portrait d'Olga, regarda le bouquet de roses séchées suspendu au-dessus du lit et sentit soudain la nécessité de la rencontrer. Il se demanda comment trouver son adresse. L'idée d'appeler Belaïev le traversa puis en approchant du téléphone il découvrit un vieux répertoire de Séléné sur lequel Olga figurait. Il passa quelques minutes assis sur le canapé noir. Comment la poétesse accueillerait-elle sa demande ? Il conclut que la soif de savoir devait la ronger comme elle rongeait Belaïev et que tout nouvel élément permettant d'élucider une partie du mystère Séléné serait une porte d'entrée. Comment résister à l'envie de savoir ce qu'un autre corps, une autre sensibilité avait percé.

Malgré l'heure tardive, l'Adorateur ne résista pas à appeler. Olga lui répondit. Au début, elle se révolta contre l'idée de faire partie d'une sorte de club de désespérés liés à Séléné puis, devant la sincérité de l'Adorateur qui s'était totalement exposé dès les premiers mots, rendez-vous fut pris pour le lendemain soir à Moscou.

Olga Maslenikova n'avait rien perdu de sa beauté, c'était une femme majestueuse, une chevelure en chignon, des yeux sombres et scintillants, une bouche très sensuelle. Tout en elle exprimait une intensité raffinée. Elle portait une chemise rouge et un pantalon noir. Apres avoir fixé l'Adorateur quelques secondes, elle le fit entrer. Il y eut la reconnaissance immédiate de deux êtres qui font partie de la même famille. Il vit sur le visage de la poétesse que son appel avait dû raviver de nombreux souvenirs et qu'elle n'avait sans doute pas dormi de la nuit.

Les livres s'entassaient du sol au plafond dans des bibliothèques qui ployaient sous le poids de l'écrit. Il y avait un piano droit Petrov et une pile de partitions. Un bouquet de roses jaunes, une très belle photo de Séléné, des peintures et des dessins. Sur un guéridon une théière fumante. L'éclairage était doux, mielleux.

– Si Séléné nous voyait, je crois que son orgueil immense serait satisfait et qu'elle aurait un petit sourire moqueur suivi d'une moue qui lui va si bien et lui donne l'air d'une jeune fille de quinze ans.

– Elle est à Cuba en train de danser, de plonger dans la mer des Caraïbes et peut-être en train d'ourdir quelque complot pour me détruire.

– Sa peau dore très vite... Comme elle va être belle... C'est une tisane d'anis... je vous sers ?

– Avec plaisir.

– C'est un peu chaud...

– Merci de me recevoir, c'est un moment précieux.

– Je n'ai pas pu résister et je comprends que Séléné ait succombé. Vous l'aimez depuis longtemps ?

– Bientôt trois mois.

– Et vous êtes déjà au point d'exacerbation impuissante ?

– Il ne m'a fallu que quelques heures.

– J'imagine que son pouvoir doit toucher à un raffinement suprême. Elle avait déjà cette force toute petite. Elle était toujours entourée d'une cour de petites filles qu'elle faisait plonger dans le merveilleux. Elle montrait une absence totale de peur face aux adultes, elle les regardait même avec commisération, personne ne l'impressionnait car elle voyait immédiatement la faille. Vous le savez sans doute, j'avais une liaison avec son père, Dmitri Belaïev. Je l'avais rencontré en 83 à un vernissage. Séléné n'avait que huit ans et déjà ses grands yeux fixaient le monde sans ciller, en pénétrant au fond des âmes. J'ai tout de suite réalisé qu'elle était exceptionnelle. Elle avait une soif de connaissance, une intrépidité dans l'expérience que je n'ai jamais vue chez un enfant. Elle pouvait prendre part à n'importe quelle conversation et les invités de Belaïev étaient des gens brillants et audacieux. La plupart du temps, elle écoutait silencieusement, elle observait et rien ne lui échappait. A cette époque je vivais chez Belaïev et je la voyais très souvent. Elle connaissait beaucoup de mes poèmes par cœur et jamais elle ne m'a posé aucune question. Lorsqu'elle voulait savoir quelque chose, elle me regardait d'une manière particulière, son regard était dans le vague, au-delà, et ma réponse passait de cœur à cœur. Immédiatement elle souriait. Cela voulait dire que la communication était parfaite. Un contact direct, sans fards, que je n'ai eu avec aucun autre être humain. C'était une enfant très intérieure, avec de grands sursauts lyriques et déjà, ces instants de froideur et de distance mortelle qui surgissaient pour un oui ou pour un non. Vous avez vu comme on les sent venir dans ses yeux... ils se givrent... vous disparaissez... elle voit à travers vous... vous n'avez même plus la consistance d'un objet...

– C'est exactement ça... J'ai rencontré Belaïev... elle ne m'avait pas dit que c'était son père. Elle m'en avait fait un portrait monstrueux...

– Mais Belaïev est un monstre... un peintre fascinant...

– Séléné m'avait fait croire à une passion destructrice qui le liait à elle, son étudiante. Elle disait avoir posé pour lui et qu'un nu d'elle se trouvait au musée.

Olga rit, but quelques gorgées de tisane.

– Je la reconnais bien, elle se donne toujours le rôle le plus brillant. Elle aurait dû être écrivain, elle a un tel pouvoir d'imagination, c'est si précis, si logique et elle n'oublie jamais le plus petit détail. Impossible de la confondre. Et surtout, elle arrive à convaincre n'importe qui de n'importe quoi. Elle sait regarder le ciel au bon moment, avoir une larme, un silence qui précipite l'auditeur dans l'adhésion. Rien ne se contredit jamais dans son édifice flexible comme un buisson de bambous.

– Mon appel a dû raviver « des brûlures anciennes » comme vous le dites dans votre poème.

– Oui, mais aujourd'hui, elles sont plus douces, il s'y mêle beaucoup de beauté. Vous savez j'ai une vie assez passionnée et les années ne semblent pas me porter vers une sérénité ou un apaisement de la flamme qui m'habite. Je ne peux pas passer trois semaines sans m'éprendre d'un être merveilleux, homme, femme ou autre, comme j'ai lu un jour dans une traduction. Je me jette corps et âme dans un dialogue total des sens et de l'esprit. Bien sûr, comment pourrait-on rencontrer Séléné ou même rencontrer un être qui ait cette intensité ? C'est la difficulté majeure, après elle, tout semble fade, mesuré, prévisible. Heureusement, nous sommes un peuple de fous, de héros invincibles et pathétiques et les belles rencontres ne manquent pas. Il faut simplement sortir de la comparaison et du souvenir. La palette des êtres est si vaste qu'on peut découvrir d'autres couleurs et d'autres joies après avoir traversé le no man's land crépusculaire dans lequel elle abandonne ceux qui l'ont aimée. Mais vous n'en êtes pas encore là, elle n'a pas disparu.

– Je dirai même que je profite d'une pause heureuse, d'une sorte d'île dans notre passion.

– Que puis-je faire pour vous ? Puis-je être comme Virgile qui conduit Dante à travers enfer et paradis ?

– Oui, c'est bien ça, pas de purgatoire !

– Exactement, le choc constant des extrêmes. Si elle avait été papesse, elle aurait jeté le purgatoire au feu.

– Ce qui m'a frappé dans le tourment de Belaïev, c'est l'obsession de savoir, j'ai les mêmes symptômes et j'imagine qu'il en est de même pour vous ?

– A la fin, oui, car je n'ai jamais su pourquoi elle ne m'avait plus donné signe de vie. Mais d'un autre côté, j'ai passé assez longtemps auprès d'elle pour avoir assisté à la formation complexe de son système de défense et je n'ai pas de question par rapport à cela. Un jour, après une semaine idyllique, elle est partie avec un sourire étrange et j'ai su immédiatement que je ne la reverrais jamais. Quelle agonie ! Mon expérience des passions humaines ne m'a été d'aucune utilité. J'étais comme une prisonnière oubliée dans un cachot glacé. Il m'a fallu plus d'un an pour revoir la lumière.

– Elle ne vous a rien dit lorsque vous vous êtes revues ?

– Nous ne nous sommes jamais revues... Elle vous a raconté nos retrouvailles avec de merveilleux détails ?

– Oui...

Olga eut un sourire triste.

– Je crois que maintenant je pourrais la revoir.

– Pourquoi déteste-t-elle son père à ce point ?

– Chez elle, les sentiments sont toujours contradictoires. Elle est fascinée par lui, par sa peinture, mais elle ne lui a jamais pardonné d'avoir effacé son viol.

– Il pense que c'est de l'affabulation.

– Je sais mais il n'était pas là lorsque cela s'est produit. Son orgueil était tel, sa blessure si profonde, qu'il n'a jamais voulu accepter qu'un homme ait violé son enfant. Il l'a su seulement lorsqu'il a été libéré. Il était dans un état halluciné. Moi, je voyais Séléné tous les jours à l'hôpital, j'ai lu les rapports des médecins. J'ai vu son visage, son corps, les cicatrices des coups de couteau. Il n'y a aucun doute possible. Tout vient de là. Lorsqu'il a été libéré, c'était sept ans plus tard. Séléné avait complètement construit son délire. Lui était dans un état pitoyable de délabrement physique et moral, il était habité par la haine. Lorsque j'ai compris qu'il n'accepterait jamais, je l'ai quitté. Je ne pouvais pas être complice de cette monstruosité.

– Il croit que vous l'avez quitté à cause de son état.

– Il ne peut pas voir la vérité. A cette époque, je vivais déjà avec Séléné, une grande passion nous unissait. Elle était aux Beaux-Arts depuis plus d'un an. Il a fait beaucoup pour elle, il a reconnu son talent exceptionnel mais elle attendait de lui une autre reconnaissance.

– Vous n'avez jamais affronté directement son délire, son monde fictif ?

– Je l'ai fait dès que cela a commencé mais elle entrait dans des crises si violentes, des tentatives de suicide, des menaces de me quitter, que j'ai abandonné pour la garder. C'est sa tragédie, elle est obligée de se séparer de tous ceux qui voient clair en elle ou qui mettent en doute son édifice pour séduire un innocent. Elle a eu des phases très aiguës de délire qui se sont développées autour de son île. Elle y voyait une société parfaite d'êtres illuminés dont elle était la grande prêtresse, ces femmes-lumière venaient comme elle d'un continent englouti et elle présidait à leurs réunions, accomplissant de nombreux miracles. Elle voulait me préparer à aller sur son île en me purifiant par la souffrance. Quelques pêcheurs l'ont vue danser nue la nuit, parlant une langue inventée et conversant avec les elfes, les fées et autres créatures merveilleuses. Nous avons le gêne magique, c'est dans notre sang. C'était la période la plus inquiétante, elle décollait complètement de la réalité. Elle se sentait attaquée par des entités impures et faisait toutes sortes de rituels inventés pour s'en protéger. Elle fréquentait des gens crédules qui la confortaient dans son délire. Elle aurait très bien pu réussir à créer un groupe d'adorateurs. Parallèlement, je la poussais à peindre car j'avais la certitude que ce contact avec la matière pouvait la guérir. Je n'ai pas compris tout de suite qu'elle était un grand peintre, j'étais trop préoccupée par sa santé mentale. Peu à peu, le travail, la couleur, l'acte pictural ont pris la première place et son délire s'est estompé, a pris des formes plus subtiles. Ses amis d'alors ont disparu, elle a fréquenté plus d'artistes et le contact de créateurs l'a beaucoup aidée, c'était comme si sa capacité à inventer avait changé de plan et s'était ouverte sur la réalité. Ce que vous connaissez de son délire n'est que la queue de la comète.

– Au début de notre rencontre, elle avait fait allusion à ce qui se passait sur son île mais elle ne m'en a jamais reparlé.

– Elle est très fine, elle tâte le terrain, elle ausculte sa victime avec une patience d'entomologiste par d'infimes glissements de sens et elle n'attaque qu'à coup sûr, un peu comme un aigle qui plane longtemps avant de fondre sur sa proie.

– Tout cela ne la rend pas moins attachante...

– Au contraire, comment ne pas aimer des êtres aussi exceptionnels, dans la souffrance, comme dans la capacité de faire émerger les choses les plus profondes par l'intensité de l'amour.

– Elle dit que le viol lui a ouvert l'espace de la créativité.

– C'est vrai. Elle a été incroyablement rapide dans l'acceptation et le pardon. Elle n'était pas encore sortie de l'hôpital que déjà elle avait intégré l'ouverture. C'est nous qui avons payé le prix mais nous bénéficions aussi des éblouissements qu'elle peut dispenser. En fait, elle est vraiment comme une sorte de Déesse, pas dans le domaine du conte de fées qu'elle a élaboré mais dans celui de la vie dans ce qu'elle a de plus vaste et de plus profond.

– Sa cruauté est si raffinée...

– Oui, elle retourne la situation en quelque sorte. Elle a souffert l'insigne brutalité et elle détruit les êtres sensibles, mais elle les magnifie, leur fait toucher l'infini dans le même mouvement. Pour ceux qui ne périssent pas, c'est un don absolu.

– Vous n'êtes pas détruite...

– C'est vrai, mais j'ai cru l'être longtemps... Vous êtes fort, je crois que vous ferez partie des quelques êtres qui ne la maudiront pas... Vous passerez l'écueil fatal. Vous survivrez et grâce à elle vous toucherez la beauté dans ce qu'elle a de plus fécond et de plus mystérieux. Mais attendez-vous au pire, sa cruauté est sans limite.

– Je croyais en avoir vu le fond.

– Illusion ! Elle sait quand achever sa proie et quand vous serez dans l'extrême faiblesse, n'attendez aucune clémence de sa part, c'est là qu'elle vous portera le coup fatal. Elle est imprévisible, elle trouvera la faille, celle qui fait le plus souffrir, celle qui tue.

– Belaïev m'a conseillé la fuite.

– On ne peut pas la fuir sauf à se résoudre à ne pas savoir jusqu'où elle peut aller. C'est ce qui m'a liée irrémédiablement. Si elle m'avait quittée après l'une de nos scènes mémorables, j'aurais pu me reconstruire rapidement mais elle a senti mon point faible et elle a compris qu'il fallait me porter le coup de grâce en plein bonheur. Jamais je ne pourrai oublier la jouissance de son regard quand elle a décidé que c'était le moment : la jouissance d'une destructrice absolue.

– Vous ne pensez pas qu'elle en a souffert aussi ?

– Je me suis souvent posé la question mais j'avais remarqué qu'elle pouvait évoquer la souffrance qu'elle inflige aux autres sans l'ombre d'un sentiment. Elle est complètement dissociée dans ces moments.

– C'est vrai, elle parle des cœurs qu'elle a brisés comme s'il s'agissait d'objets.

– Regardez comme nous sommes fascinés par elle. Elle jouirait de nous entendre. Je vous conseille de ne pas lui parler de notre rencontre, la vengeance serait terrible.

– Je n'ai rien dit pour Belaïev.

– Ne laissez pas de traces, le plus petit indice lui suffit et elle adore fouiner. Sa sensibilité l'avertit, ensuite elle cherche et trouve. Une hésitation, une absence, le seul fait que le souvenir de l'événement traverse votre esprit en sa présence et vous êtes fait. Vous avez remarqué son aversion pour le mensonge, le non-dit ?

– Bien sûr. C'est là que je me suis mis à douter de ses scénarios.

– Elle va vous isoler peu à peu, attendre votre solitude absolue pour vous achever.

L'Adorateur sourit, cette conversation lui avait fait du bien et même s'il ignorait encore ce qui allait lui arriver, le fait d'en parler si librement avec Olga l'avait apaisé. L'amour qu'ils portaient à Séléné avait permis une communication profonde et directe.

– J'ai eu beaucoup de plaisir à cet échange.

– Moi aussi, vraiment. Vous êtes une victime de choix et je suis heureux que Séléné ne s'attaque pas aux proies faciles. Vous avez même éveillé ma curiosité... je me demande ce qu'elle va imaginer...

– Je vous le raconterai peut-être un jour.

– Si vous survivez... Mais si vous avez besoin de voir un être humain qui puisse comprendre sans mots, n'hésitez pas, je suis là. Peut-être qu'un jour je passerai même à Paris, j'adore cette ville et il y a si longtemps que je n'y suis pas allée.

– Je vous donne ma carte.

– Vous voulez voir quelque chose d'extraordinaire ?

– Oui...

– Venez, je suis obligée de vous emmener dans ma chambre...

Là, face au lit, encadré, un fascinant portrait en pied de Belaïev. Un corps décharné, une expression de folie hagarde. Un regard vide ouvert sur le néant.

– Elle l'a fait au fusain, après avoir revu son père pour la première fois, ça s'appelle tout simplement *Mon père*. C'est l'œuvre la plus forte de ses jeunes années. Une réponse à Angékamon.

– Pourquoi dit-elle que son vrai père c'est Angékamon ?

– Parce qu'elle voudrait tous nous voir dans cet état de désespoir. C'est la contemplation de ce fusain qui m'a ramenée à la vie. C'est à travers sa cruauté que j'ai trouvé la force de ne pas mourir d'amour, c'est pourquoi je le garde ici.

L'Adorateur reprit son souffle. Il passa la nuit dans un hôtel près de l'aéroport et ses rêves furent habités de la sombre présence de Belaïev qui s'approchait de lui, mais soudain le visage du peintre devint flou et c'est le sien qui le remplaça. Il était devenu ce spectre errant dans un vacarme assourdissant fait de chuintements, de cris, de hurlements d'animaux surgis des abysses.

De retour à l'atelier, l'Adorateur ne fut pas étonné de voir qu'il y avait des messages sur le répondeur. Il se fit un thé vert, prit un bain et s'installa dans le fauteuil pour les écouter :

– « *Ah ! Mon amour, c'est le milieu de la nuit et tu n'es pas là... Bien sûr la ville est belle la nuit et tu peux marcher jusqu'à l'aube.* »

L'Adorateur ne put faire autrement que de penser aux prédictions d'Olga avant d'écouter le deuxième message qui découlait directement du premier. D'abord il y avait quelques bruits difficiles à identifier puis l'Adorateur reconnut la voix de Sarah et celle de Séléné. Elles riaient, excitées. Elles dialoguaient à mi-voix mais leurs propos étaient inintelligibles, enregistrés de loin, comme si le récepteur avait été décroché subrepticement puis laissé en fonction. L'Adorateur imagina sans peine le projet de Séléné et il comprit immédiatement ce qui allait suivre. Les sons se firent plus langoureux, plus sensuels et plus abstraits. L'Adorateur alluma un cigare et tira quelques bouffées. Il observait ce qui se jouait en lui : les organes ne se contractaient pas, aucune révolte, il écoutait comme on écoute de la musique. Sa respiration demeurait paisible. Il entendit Sarah gémir plus fort. Il assista à la lente montée du plaisir, elle gémit puis se mit à rire. Il y eut une période plus calme puis il reconnut les soupirs de Séléné qui montait en spirale vers la jouissance. Ce fut plus long, plus intense.

L'Adorateur n'avait pas d'images, il se concentrait sur le son qu'il décryptait en connaisseur. L'intensité monta crescendo, il reconnut le soupir significatif de ce qu'elle appelait « ses petits orgasmes », un gémissement étonné et joueur qui préluda à un crescendo puissant où son cri devint intense, né du plus profond des entrailles, un cri semblable à nul autre, bouleversant. Puis ce fut le grand silence. Il imagina son visage radieux et abandonné.

L'Adorateur réalisa que son souffle avait suivi celui de Séléné, qu'il l'avait accompagnée dans son ascension finale. Peu à peu il retrouva le calme. Son cigare s'était éteint. Il le ralluma. Il eut l'impression de sentir les palpitations du corps chaud et ouvert de Séléné contre le sien. Il n'avait pas souffert. Il les entendit murmurer et rire comme deux adolescentes. L'Adorateur comprit que ce n'était qu'un prélude, que la partie dangereuse viendrait après. Il attendait. Son cigare retrouva une combustion lente et harmonieuse.

– On va danser ? dit Sarah.

– Oui ! Oui ! Je ne sais pas si tu es comme moi mais ces petits préludes m'ont mise en feu. Je me sens assez volcanique cette nuit. On pourrait se ramener deux jolis Cubains qu'on aura excités pendant des heures !

– Salsa ! Qu'est-ce que tu mets ?

– Ma robe blanche avec les fermetures Éclair, quand j'ai chaud je peux ouvrir et laisser voir quelques fragments...

– Moi, je mets ma rouge.

– Tu chausses du combien ?

– 39...

– Comme moi, tu veux bien me prêter tes petits talons, j'aime mieux pour danser. On prend une douche ?

– Pas moi, je préfère qu'ils sentent mon odeur après que j'ai joui, ça les mettra en délire. Je te donne un truc « russe » : les filles avant de sortir en boîte prennent un peu de leur jouissance et s'en parfument le cou et les épaules, là où les hommes vont poser leur tête, on appelle ça « le parfum de Vénus » et ça marche à tous les coups.

– OK, je me douche d'abord et j'essaie après.

– Pourquoi êtes-vous tellement *clean* les Américains ? Ce n'est pas écologique, dit Séléné en riant.

L'Adorateur entendit le bruit de la douche. Séléné profita de l'absence de Sarah pour raccrocher. Une légère tristesse envahit l'Adorateur. Quelque chose de nostalgique et doux. Il pouvait sentir quelques petites crispations de jalousie mais rien de très intense, rien qui puisse satisfaire Séléné si elle pouvait le voir. Même la perspective de la nuit qu'elles allaient certainement passer avec deux Cubains ne faisait monter nulle colère en lui. Son amour avait une autre forme, il pouvait être heureux de tout ce qui pouvait ravir Séléné et jamais ne lui serait venue l'idée de tenter de limiter son approche de la vie, l'intensité de sa soif qui semblait primordiale pour une artiste. Il ne pouvait que lui offrir tout l'espace dont elle avait besoin, sans la moindre restriction. Bien sûr, elle aurait pu lui chuchoter quelques mots à la fin du message mais il savait qu'elle aimait finir les conversations téléphoniques de manière abrupte, juste pour créer un peu de tension, d'attente, de frustration pour qu'on la rappelle au plus vite. L'Adorateur se demanda s'il existait un amour fulgurant mais paisible, un amour où l'espace rencontrait simplement l'espace.

Les jours suivants passèrent en douceur. L'Adorateur était heureux de penser que Liouba était à Bombay, qu'elle avait peut-être déjà rencontré le vieil Indien et qu'elle avait reçu une réponse à sa question. Il avait aimé l'intensité et la brièveté de leur rencontre et c'est plein de cette grâce spontanée qu'il passa sa dernière nuit d'attente.

Il alla chercher Séléné qui arriva tôt le matin. Elle voulut aller prendre le petit déjeuner au Métropole. Elle était plus belle que jamais, scintillante, dorée, d'une humeur légère et joyeuse, tendre, attentive, amoureuse.

A son habitude, elle commanda trop de nourriture mais elle aimait voir la table s'emplir, elle aimait goûter à tout, faire fondre le beurre sur les toasts chauds, étaler la marmelade d'oranges amères, percer les jaunes d'œufs avec son couteau sous l'œil scrutateur des serveurs prêts à répondre à ses moindres envies.

– Tu sais, j'ai vu des dauphins, j'ai joué avec eux, c'était aussi délicieux que de faire l'amour avec les Cubains. Ils sont très doux, très lents, très fous au bon moment. Et j'adorais marcher dans les rues au petit matin.

Elle ouvrit son sac, sortit une boîte de cigares.

– Tiens, mon amour, j'ai eu de la peine à les avoir. Ils voulaient m'en donner d'autres.

L'Adorateur lui raconta ses extases dans l'atelier, ses errances mais pas ses rencontres.

– Tu as fouillé dans mes affaires ?

– Non, bien sûr, j'ai regardé tes livres et tes toiles, c'est tout.

Elle eut un petit sourire énigmatique, se leva, l'embrassa fougueusement. Une heure plus tard, ils faisaient l'amour avec une immense tendresse.

– Tu sais, je crois que ça a libéré quelque chose dans mon corps et dans mon âme de faire l'amour de manière aussi insouciante, juste pour le plaisir physique. C'est nouveau pour moi. C'était si naturel, si animal, sans la moindre inhibition. J'ai même fait ce que je rêvais de faire depuis longtemps, l'amour avec deux hommes. C'était magnifique, Sarah nous regardait et elle pleurait... J'ai appris des choses passionnantes sur toi, sur vous, sur vos rapports étranges.

– Pourquoi étranges ?

– Parce que vous êtes tous les deux dans une sorte de relation amoureuse mais que vous n'avez jamais osé passer à l'acte. C'est un peu pervers. Alors il y a plein de non-dit qui finissent par faire des parasites.

– Comme quoi, par exemple ?

– Vous n'avez pas un rapport sain et franc. Il y a beaucoup de mensonges entre vous. Chacun croit savoir ce que l'autre pense mais en fait, vous ne savez rien.

– Vraiment ?

– Dans la musique, c'est flagrant.

Séléné faisait attendre l'Adorateur, elle le scrutait, chaque mot avait son impact, elle ne pouvait cacher son excitation.

– Tu crois qu'elle t'admire, qu'elle pense que tu es le plus grand producteur, en fait, elle admire la manière que tu as de faire donner aux artistes le meilleur d'eux-mêmes, mais elle n'aime pas tes prises de son. Elle les trouve démodées. Elle dit que tu ne rends pas justice aux artistes, que tu amoindris leur performance. Elle pense qu'il y a un peu de rancœur en toi, la rancœur d'un musicien raté. Elle te trouve terne. C'est peut-être une question de génération. Nous n'entendons pas la musique comme vous.

L'Adorateur comprit enfin à quoi le prélude cubain était destiné. Il sentit une profonde amertume, l'impulsion de se lever, de partir à tout jamais. Il resta silencieux, avalant les vagues successives de dégoût, de fureur, de tristesse. Il se sentait pris dans une hésitation monumentale. La vague perfide l'envahissait. Sarah s'était fait dévorer par la guerrière des steppes. Il sentit la glace dans ses muscles, ses tendons, son cœur. Séléné reprit d'une voix très douce.

– Tu vois sur un point aussi essentiel, la musique, il y a un gouffre.

– Pourquoi ne fait-elle pas cavalier seul, elle est assez connue dans le métier.

– Pour l'argent. Elle en gagne beaucoup avec toi. Elle a peur que les maisons de disques ne lui fassent pas confiance si elle se met à son compte. Mais elle trouve aussi que tu es un bon découvreur de talents. Elle apprécie les artistes avec lesquels vous travaillez.

Séléné entrecoupait ses révélations de baisers tendres mais toute sa sensibilité cherchait à diagnostiquer l'étendue des dégâts. L'Adorateur essayait de rester en lui-même, de sentir l'impact de chaque mot. Il voyait un flot amer s'emparer de lui. Des années de travail en commun se trouvaient souillées, comme annihilées. Une pseudo-complicité était mise à terre. Le processus d'isolation, comme disait Olga, avait commencé.

– Tu devrais te méfier d'elle, elle peut nuire à ta réputation.

– Je croyais que tu l'aimais bien...

– Pour une semaine, oui, pour danser, flirter un peu, boire des mojitos et marcher sur la plage ça va, mais elle est si superficielle et fausse, elle se dérobe chaque fois qu'il y a danger de profondeur. Mais tout ça vient du fait qu'elle fait semblant de jouir. Même là, elle est dans la représentation. On peut toujours faire croire à un homme qu'on jouit mais on ne peut pas tromper une femme. Pas moi en tout cas. Elle n'a pas d'orgasme profond, elle ne connaît pas le grand frémissement du sexe qui jouit et ça la rend perfide. J'étais choquée que son amour pour toi soit si conditionné, si fragile. Tu sais, on ne peut rien me cacher. Mais je dois reconnaître une chose, tu ne m'as pas menti, vous avez flirté un peu mais c'est tout.

L'Adorateur réussit à provoquer en lui l'étincelle cynique au sens philosophique. Il trouva un espace où la relativité des amitiés humaines pouvait exister. La blessure avait été vive mais de courte durée.

– Tu sembles soulagé d'apprendre tout ça ?

– C'est vrai, je pense que j'avais muselé mon intuition.

– Ça ne va pas te poser de problème de trouver quelqu'un qui travaille aussi bien ?

– Peter est excellent, il veut apprendre.

– J'ai une mauvaise nouvelle, il a le projet de partir avec Sarah et de créer un business avec elle. Ses parents ont de l'argent.

– Alors je prendrai l'un de mes meilleurs étudiants et je patienterai quelques années pour avoir un partenaire. Je peux aussi travailler tout seul, comme au début. C'est même assez excitant.

– Tu crois qu'il y a une part de vérité dans ce qu'elle pense de ton « son » ?

– C'est une question de philosophie et de mode. La mode est au clinquant pas à la vérité. Mais cela change. Il y a des amateurs et des connaisseurs qui ne sont pas impressionnés par le clinquant. C'est avec eux que je travaille.

– Elle m'a suppliée de ne rien te dire...

– Je ne me sens aucune obligation par rapport à ça.

– Essaie d'être discret, je ne voudrais pas qu'elle m'en veuille.

– Ça t'empêcherait de dormir ?

– Non, et toi ?

– Quand je n'ai plus confiance je me détache en une seconde.

– Excuse-moi de t'avoir dit tout ça. Je le fais par amour, je veux que tu sois entouré de gens qui t'admirent vraiment.

L'Adorateur mit fin à la conversation en allant goûter au nectar suave de Séléné qui avait cette nuit-là un parfum tropical. Ils firent l'amour avec rage.

Le lendemain, il prit l'avion pour Londres et, lorsque l'appareil émergea au-dessus de la couche de nuages, il se sentit libéré, presque heureux.

L'enregistrement se passa comme prévu. Quelques difficultés initiales qui s'arrangèrent très vite. Il n'avait rien perdu de son pouvoir de concentration. Parfois Sarah lui jetait un regard scrutateur, il la sentait un peu anxieuse, elle était moins naturelle. Lorsque les musiciens furent repartis, l'Adorateur l'invita à dîner. Il commanda du champagne. Elle était nerveuse.

– Sarah, nous avons passé huit ans ensemble, nous avons fait de belles choses sur le plan musical et sur le plan humain mais je crois qu'il est temps que tu voles de tes propres ailes.

Sarah explosa en sanglots. Elle comprit immédiatement. L'Adorateur la regardait avec une certaine tendresse. Sarah explosa :

– Elle m'a poussée ! J'ai été trop loin ! Plus loin que ma pensée. Laisse-moi travailler encore un ou deux ans avec toi... Regarde, on vient de faire un disque magnifique, comme avant.

– Ce ne sera jamais plus comme avant. Tu aurais dû me parler. On peut toujours discuter d'une prise de son.

– Pas avec toi, tu es un dictateur.

– C'est vrai, pour moi le micro ne peut être qu'à une seule place et ma passion c'est de trouver ce lieu. Je ne peux écouter personne à ce propos.

– C'est trop abrupt comme fin !

– Je n'ai plus la confiance nécessaire à l'harmonie du travail, au service de la musique. Il faut toujours se souvenir d'une chose dans notre travail, Dieu, c'est le compositeur, lui seul, les interprètes et nous-mêmes ne sommes que les serviteurs. Je crois que je t'ai appris tout ce que je pouvais sur notre merveilleux métier.

– Tu n'es pas triste que cela se passe comme ça ?

– Oui, bien sûr, mais je l'ai accepté. Cela n'enlève rien à mon estime pour toi. Je pense que tu es excellente, je dirais même l'une des meilleures de ta génération. Tu auras assez vite du succès.

– Mais comment vas-tu travailler ?

– Comme au début, seul, et je vais faire moins de choses, juste l'essentiel. Retrouver le plaisir de l'artisanat solitaire.

– Si tu veux je peux continuer à monter quelques enregistrements.

– Peut-être, on verra, celui que nous venons de terminer en tout cas.

– Tu m'en veux ?

L'Adorateur lui prit la main affectueusement.

– Non. C'est le cycle de la vie, les saisons se succèdent.

– C'est l'hiver entre nous ?

– C'est un moment... Voilà ce que je vais faire... Comme tu le sais, je n'accepte pas tout ce qu'on me propose, loin de là, je vais suggérer aux producteurs de te faire confiance.

– Tu es adorable... Je suis désolée... Si tu savais comme je suis désolée... J'ai passé les plus belles années de ma vie musicale avec toi... Jamais je n'oublierai tout ce que tu m'as appris...

– Alors résiste à faire trop clinquant, ça me fera plaisir...

– C'est promis... Je pourrai t'appeler de temps en temps, te demander conseil ? Te faire écouter des choses ?

– Bien sûr, Sarah.

– Comment te remercier ?

– En produisant de la beauté.

Ils s'étreignirent longtemps.

L'Adorateur ne se sentait pas d'humeur à se coucher. Il arpenta la ville, s'arrêta dans un bar, but un Jack Daniels et déambula à un rythme lent sans que rien vienne contrarier la tendresse qu'il avait pour Sarah.

Le lendemain matin, il prit le petit déjeuner avec Peter. Cela se passa plus facilement. Sarah avait dû lui parler la veille.

De retour à Paris, l'Adorateur retrouva son appartement avec joie. Il se sentait comme un adolescent qui quitte sa famille pour la première fois, un mélange d'exubérance teinté d'une légère appréhension de la solitude.

Les jours suivants, l'Adorateur goûta le silence. Il avait perdu pour l'instant le désir d'entendre de la musique. La distance qui s'était établie entre Sarah et lui s'intégrait doucement. Il la trouvait créative et il sentait une certaine jubilation monter en lui à l'idée de retravailler seul, de retrouver cette atmosphère de recueillement et d'intensité que rien ne viendrait distendre.

Séléné n'avait pas appelé à Londres. Elle attendait sans doute que s'accomplisse ce qu'elle avait provoqué et sentait que pour l'instant, il fallait jouer en douceur. Elle se faisait légère et discrète, mais le soir même, l'Adorateur ne fut pas étonné de trouver un mail charmeur et enjoué, innocent comme seule Séléné savait paraître.

L'été était traditionnellement une période plus calme dans la production. La plupart des artistes étaient occupés par les concerts des festivals, les orchestres étaient en vacances, les studios peu actifs. L'Adorateur regarda son planning et réalisa qu'il n'avait rien de prévu avant fin octobre. Cela lui laissait tout le temps de s'organiser. Il avait fait revenir son matériel de Londres, les mallettes capitonnées étaient dans le dressing.

Séléné s'était remise à peindre. Elle avait reçu la visite d'Altman qui voulait préparer une importante exposition de ses huiles à Zurich et le marchand s'était enthousiasmé pour sa production récente. Séléné s'était lancée dans une « suite cubaine » où les sensations de cette semaine intense jaillissaient sur les toiles à un rythme rapide. Elle voulait absolument que l'Adorateur les voie mais quelque chose le retenait de faire le voyage. Il avait besoin de jours blancs.

Le soir, il se fit livrer des sushis qu'il dégusta sur la terrasse en sirotant du saké chaud. Il écoutait les merles fous qui chantaient à toute heure du jour et de la nuit dans le jardin des religieuses. L'Adorateur aimait Paris l'été. Les terrasses, l'air, les parcs. Il lui arrivait de s'installer dans le Jardin du Luxembourg et d'y rester toute la journée. De temps en temps, il conversait à la terrasse d'un café pendant des heures, après quoi il rentrait à pied, satisfait de sa journée, il écoutait un disque et se couchait, pris par une vibration légère de toutes les cellules.

Ce dont il jouissait le plus, c'était d'avoir du temps, de n'être limité par aucune obligation. Chaque chose devenait un plaisir rituel. La marche, un cigare, un verre de vin, un coup de fil à un ami. Il réalisa soudain comme il les avait négligés depuis qu'il avait rencontré Séléné. L'Adorateur essaya d'imaginer un futur à l'amour qui le liait à elle mais il ne trouva qu'un espace peuplé d'éclats et de splendeurs, de séparations et de réconciliations. Il réalisa qu'il n'avait plus vécu ce type de relation depuis ses années romaines.

Sélénée-Lydia formaient une seule entité. Les femmes qu'il avait aimées par la suite avaient été passionnées mais équilibrées, créatives et généreuses. Faciles à vivre... Il sourit en pensant que cette définition ne pouvait s'appliquer à Séléné bien que par moments elle puisse donner cette impression, mais ces instants étaient fugitifs et fragiles, un rien pouvait les faire disparaître. Il se demanda si un jour elle trouverait la paix, si elle serait capable de résister à la nécessite viscérale de détruire ceux qu'elle aimait. L'Adorateur voyait que la capacité de Séléné à diagnostiquer les brûlures les plus profondes des êtres la condamnait à toujours exploiter cette fragilité. Il se souvint des mots terribles d'Olga : « Elle voudrait tous nous voir dans cet état de désespoir. » Olga avait refusé de mourir d'amour et en se remémorant cette phrase, l'Adorateur réalisa qu'il y avait chez lui une sorte d'aspiration, de fascination à l'idée de mourir d'amour. Il avait cette tendance à vingt ans, il l'avait toujours aujourd'hui. C'est ce qui le liait si irrémédiablement à Séléné. Elle avait ce pouvoir, elle le savait. Il avait avec elle ce lien hypnotique qui reliait la passion la plus intense à la disparition, à l'anéantissement mental et physique. Il voyait cette ombre comme l'aboutissement le plus créatif de la vie, comme la promesse d'une intensité qui ne pouvait se mesurer à rien d'autre, comme l'ivresse absolue qui écarte le dernier voile qui sépare du mystère. Ni la musique, ni l'art n'étaient porteurs de cette extase à la transparence diamantine de la dissolution en l'autre. Et pour celui qui aspirait à s'engloutir, quels abysses avaient le parfum d'insondabilité du corps et de l'âme de Séléné !

L'Adorateur réalisa que dès les premières minutes, il avait accepté de disparaître en elle, d'entrer dans l'utérus souple et crépusculaire de la passion. Séléné absorbait du vivant, c'était la nourriture de sa créativité. Ce qu'on voyait sur ses toiles était le résultat d'une série d'immolations. Elle était une cannibale mystique sous l'apparence de l'innocence même. Tous se faisaient prendre à son jeu. Les hommes, les femmes et les autres, comme disait Olga.

Au-delà des êtres, l'Adorateur avait parfois l'impression que les éléments eux-mêmes se laissaient aller à cette dissolution en Séléné. L'éther, l'eau, la terre et le feu semblaient participer à cette folie. Elle était la séduction absolue, la promesse sans cesse renouvelée de toucher l'infini et cela personne ne l'incarnait à ce point. Pour glisser dans cet espace, il fallait se défaire des particules lourdes et elle vous y aidait sans limite. On mourrait à force de légèreté.

L'Adorateur se demanda ce qu'il attendait encore de la vie. Il avait goûté à toutes les formes de beauté, à toutes les émotions, à tous les élans, à toutes les passions. Il avait goûté à la joie, à la sérénité, à l'extase, à l'unité avec le monde. Il avait réalisé ce à quoi rêvent la plupart des êtres humains et l'unique chose qu'il lui restait à connaître était cette sorte d'immolation à l'absolue beauté incarnée par un être inaccessible. C'était cet anéantissement extatique auquel il aspirait, cette parousie qu'avaient connue les grands cyniques.

Il se leva, prit un volume dans la bibliothèque. Il recensait la totalité de leurs écrits. Un volume usé, taché, désarticulé qui l'avait accompagné vers les rives du Gange, les déserts, l'Océan et le corps des femmes. Il l'ouvrit au hasard et lut quelques passages. En refermant le volume, il eut l'impression que tous les philosophes de sa famille d'esprit lui souriaient, il les sentait dans la nuit étoilée. D'un grand cri ils validaient sa fascination de l'anéantissement, sa passion de la philosophie la plus extrême que l'homme ait conçue. Ils avaient trop vécu pour avoir beaucoup écrit. Tout chez eux se trouvait sous forme quintessencielle. Leurs enseignements coulaient sous la forme de torrents de sang. Ils osaient la beauté obscure. L'Adorateur réalisa que ses choix esthétiques l'avaient toujours porté vers les chantres de l'ombre plutôt que vers ceux de la lumière et que pour lui ce n'était qu'après avoir longtemps sillonné l'obscur que l'éclat adamantin se manifestait. « L'ombre au fond du fleuve », comme l'écrivait Empédocle d'Agrigente. Les cyniques jetaient des éclats d'obsidienne au visage de la lumière dans un défi constant. Ils se moquaient des idéalistes et l'un d'eux alla même jusqu'a demander à Platon : « A quoi sert un philosophe qui ne dérange personne ? »

La séduction suprême de Séléné était qu'elle apparaissait comme lumière alors que tout son être tirait sa victime vers l'ombre duveteuse et germinative de l'obscurité absolue. Le corps de l'Adorateur se mit à frémir. Il eut la certitude qu'en cet instant, il se connaissait enfin, qu'il avait touché le nœud secret autour duquel s'enroule chaque vie, et il sut instantanément que Séléné avait été son guide et son initiatrice. Immobile dans l'obscurité, l'Adorateur entra dans une extase sans faille qui lui fit verser des larmes de joie. Il touchait la nuit de tout son corps, elle avait le goût du sexe de Séléné.

Vers quatre heures du matin, le téléphone sonna.

– Mon amour, tu me manques si terriblement...

– Je suis avec toi depuis des heures.

– Je le sais, je l'ai senti. J'ai peint toute la nuit. Il y avait comme un cordon ombilical entre toi et moi, je crois que j'ai peint ce que tu as vécu, je me laissais guider dans une sorte de transe sombre et folle. La toile a trois mètres sur deux, des noirs sur lesquels je viens de mettre une touche de lave qui coule comme le sperme d'un volcan. Je vais l'appeler « Le feu de ma vie » et le feu de ma vie, c'est toi. Je ne peux plus continuer à peindre seule, je suis dans un état de folie, j'ai peur, je suis nue, couverte de peinture et en cette seconde, à quatre pattes devant mon tableau, je voudrais que tu entres lentement en moi, dans mon orifice sans fond, celui qui communique avec la vibration la plus sombre de mon être et je voudrais que tu me baises sauvagement jusqu'à ce que de la lave sorte de ma bouche, de mes yeux, de mes mains. Il y aurait une immense toile noire et de tout ton corps tu m'imprimerais, tu me ferais glisser, mes seins, mon sexe, se mettraient à peindre ! Ah ! Viens, je t'en supplie, traverse l'espace en cette seconde et pénètre-moi ! Je veux que nous laissions la trace de notre passion sur une toile comme les premiers hommes qui imprimaient leur main sur la paroi d'une grotte ! J'arrive à Paris, j'ai besoin de te sentir en moi. Tu vas commander dix grandes toiles, très grandes, plutôt carrées, toutes au même format et des pots de noir, de bleus sombres, tous les bleus, et des rouges, des jaunes, du blanc. De l'huile de lin que la peinture soit grasse et luisante, un peu de térébenthine. J'arrive avec le vol du soir, ne viens pas me chercher, je ne veux pas de situation banale. Au cœur de l'intensité, directement. Je veux que tout soit prêt sur une grande bâche de plastique, je veux cinquante bougies allumées, des roses rouges, du cognac, de la musique sombre, très sombre, le téléphone débranché et dix jours de totale solitude avec toi. Nous dormirons le jour, je peindrai la nuit. Remplis le frigo, des framboises, de la crème, de la viande crue, des œufs de saumon, des blinis, du vin très bon et très sombre, puissant. Je t'adore, tu es ma vie, ma passion, chaque battement de mon cœur, je te promets, je ne te ferai plus jamais souffrir ! Tu vas connaître la douceur de la fille d'Angékamon !

L'Adorateur dormit quelques heures puis il se lança dès l'ouverture des magasins dans une course folle, comme s'il préparait in extremis l'enregistrement d'une symphonie funèbre et triomphale.

L'Adorateur avait poussé les meubles, étendu et fixé le plastique au sol. Dans l'après-midi les toiles et les couleurs furent livrées. La grande pièce avait l'air d'un atelier. Les disques choisis s'empilaient sur le lecteur, la symphonie funèbre et triomphale de Berlioz se partageait la vedette avec Chostakovitch, Crumb et Mahler, Part et Góreki, Bruckner et Glass. Quelques groupes de rock iconoclastes trouvaient leur place dans cet hymne à l'obscur, Marilyn Manson et Slipknot, le tout entrecoupé de quelques requiem, Britten, Mozart, Brahms et Verdi pour le rouge du volcan.

Mettre en place les éléments de ce rituel donnait à l'Adorateur l'impression de préparer les matières brutes, les cornues, les feux, les alambics avant l'arrivée de l'alchimiste. Il allait y avoir transmutation, glissements, épiphanie.

Le réfrigérateur regorgeait de mirabelles, framboises, groseilles, cassis, melon, raisin noir, quartier de viande rouge, fromages, pains divers, olives et carcioffi, San Daniele, spaghetti et encre de seiche, volailles et veau, tomates et herbes aromatiques, ail et piments, chocolats sombres et vins capiteux du sud. L'Adorateur avait même trouvé un bain moussant noir qui portait le doux nom de « silence incolore ».

A sept heures tout était prêt. L'Adorateur prit un bain, il enfila sa robe de chambre de soie bleu nuit puis il s'installa dans le hamac qu'il venait d'installer sur la terrasse. Il pensait à la voix déterminée, impérieuse de Séléné, à cette musique si douce teintée d'un léger accent russe qui la faisait ralentir sur certains mots comme pour mieux en exprimer la sève. Son langage était une sorte de mobile tournant au gré des émotions.

L'Adorateur se souvint d'avoir entendu Calder raconter qu'une riche Américaine lui avait commandé un mobile en or massif. Il s'était exécuté, mais au dernier moment, il n'avait pas résisté à l'envie de le peindre en noir au grand dépit de la commanditaire.

Il jouissait de cette attente. Le jardin paisible somnolait encore dans la chaleur de l'été. L'Adorateur réalisa comme l'espace illimité du son l'avait, au cours des années, tiré vers une présence toujours plus forte de l'infinie réalité des choses. Il ne se passait pas une semaine sans que sa capacité à jouir de chaque instant ne s'étende. Son attachement, sa fascination pour le son l'avaient rendu extrêmement sensible au silence et lui avait donné cette perception musicale de la vague sonore en lien permanent avec l'air qui s'ouvrait à la vibration d'une voix, d'une corde, à l'impact d'une percussion. Dans le frémissement de l'attente, tout son corps s'exposait et chaque éclosion sonore venait le chercher au cœur de la nudité.

En ce moment même, à première oreille, il n'y avait pas

de bruit mais en se laissant aller à l'espace, la sensibilité entrait en contact avec l'infime, avec la vie secrète des choses et des êtres. L'Adorateur entendit un oiseau marcher sur une branche sèche, plus sonore que celles gorgées de sève. Il entendit le cri étouffé d'une religieuse que la fenêtre ouverte sur la fraîcheur du jardin avait laissé échapper. Il entendit le lointain miaulement d'un chat, saccadé par les mouvements rapides et convulsifs des mâchoires à la vue d'un oiseau tout proche. Il entendit le bruissement du jet d'eau minuscule qui coulait au centre du cloître.

Séléné entra, jeta son sac sur le sol et étreignit l'Adorateur avec passion. Elle se déshabilla, ils échangèrent un long baiser silencieux, elle grimpa dans le hamac, offrant son corps, prêt à laisser jaillir toutes les couleurs de la création. L'Adorateur eut la vision de Séléné qui laissait sourdre de ses orifices les teintes les plus surprenantes. Elle donnait naissance à la couleur, aux arcs-en-ciel, au fond nocturne qui les magnifiait. Elle commença à laisser filer un chant extatique, l'Adorateur la caressait, son visage, ses sourcils si bien dessinés, la forme cotonneuse de ses seins, les sinuosités de ses lèvres, elle laissait glisser sa mélodie dans le jardin, comme une offrande aux arbres et à l'âme des religieuses en attente de Dieu.

L'Adorateur sentit avec délices la source chaude de Séléné couler sur sa cuisse, il ne put retenir un cri de bonheur. Lentement, comme une acrobate, Séléné pivota en s'appuyant sur les mailles du hamac et s'offrit aux lèvres passionnées de l'Adorateur. Il la but jusqu'à ce que les merles se mettent à chanter au milieu de la nuit. Tout n'était que couleurs et frémissements.

Séléné se leva, elle contempla ses instruments, ses pots, elle coucha la première toile sur le sol, prépara un bleu intense et commença à l'étendre sur la blancheur granuleuse.

L'Adorateur déboucha une bouteille de barolo qu'il servit dans deux grands verres. Il changea quelques bougies qui s'étaient éteintes, écouta les mouvements picturaux de Séléné, glissements d'éponge, coups de brosse, ample respiration qui accompagnait un geste à son terme. Expire soudain qui marquait un mouvement bref et précis. Elle ondulait, elle glissait dans la nuit, happée de plus en plus profondément par le processus créatif. D'un mouvement souple, elle attrapa le verre, but quelques gorgées, le temps de laisser monter le prochain geste, toute son attention jetée sur la toile. Elle posa une immense coulée d'un bleu de lapis-lazuli sur un fond obscur qui lui tira un râle de jouissance et par quelques coups d'éponge, elle le fit glisser comme un fleuve qui cherche l'océan.

L'Adorateur sentit le moment précis où la musique devait faire son entrée. A la première note, elle lui jeta un regard rapide, comme celui de deux musiciens qui attaquent une phrase simultanément.

L'odeur de l'huile de lin envahissait la pièce. L'Adorateur se coulait en chaque geste avec l'intensité qu'il mettait à écouter des musiciens. La peinture de Séléné touchait intimement au monde sonore, au sans-forme qui émerge et joue à se fixer mais même achevées, ses toiles exprimaient le mouvement perpétuel des émotions.

Plus tard dans la nuit, il la vit frémir, ouverte, désirante, passionnée. Il la lécha longtemps avant de glisser dans son ouverture sans fond, pris par un rythme lent et primitif qui passait de la plus grande douceur à l'abandon rythmique d'une musique de jungle.

Au moment de la jouissance, Séléné laissa son corps glisser sur la toile dans un grand cri alors que l'Adorateur sentait les convulsions puissantes de son corps spatial.

A l'aube, silencieux, ils soupèrent sur la terrasse, unis corps et âme. Tacitement, ils avaient laissé le silence s'établir. L'Adorateur avait l'impression que les masses d'air, qui empêchent souvent deux êtres de n'en faire qu'un, se vidaient avec les heures qui coulaient. Il sentait son cerveau ouvert, grenade exposant ses pépites granuleuses. Chaude et silencieuse, la matière cérébrale elle-même s'abandonnait.

Ils dormirent le jour après avoir enlevé le maximum de peinture de leurs corps mais ils continuaient à porter des traces de bleus et de rouges dans leurs rêves. Le bleu jailli du corps obscur de Séléné naviguait dans les entrailles, les nerfs et le sang de l'Adorateur.

Ils ne voyaient pas le jour. Tout s'enchaînait parfaitement. Chaque nuit Séléné peignait une toile. Elle l'entreposait près de la baie vitrée ouverte pour qu'elle sèche plus vite. Chaque nuit, ils voyageaient de plus en plus profondément dans l'intensité des sentiments, vers le cœur de leur obscurité dans un langage de cris, de murmures, de rires et de pleurs.

Au huitième jour, la nourriture vint à manquer. L'Adorateur s'habilla sans bruit. Il se regarda dans la glace et vit son visage halluciné. Le regard ne pouvait se fixer sur un point, il traversait l'apparence même de son corps. Les traces de bleu ajoutaient à cette sorte de déconstruction presque cubiste. Ses épaules, son buste, ses cuisses et ses pieds n'avaient plus cette sorte d'uniformité qui permet de décider qu'il y a bien un corps, une identité spatialement isolée du reste du monde. Il ne voyait que fluidité absolue.

Avant de s'habiller, il entra dans la chambre et à la lumière légère qui filtrait entre les lames du store, il vit le corps presque enfantin de Séléné qui respirait doucement, une main posée sur le cœur, l'autre sur le pubis. Son visage paisible était entouré d'une sorte de halo doré. Quelque chose vibrait au-delà de sa peau. L'Adorateur caressa cette lumière fraîche et aérienne. Le ventre de Séléné se soulevait à chaque inspire, la bouche semblait légèrement boudeuse, les belles mains bleues ouvertes et déployées reconnaissaient le miracle de la peau agitée de mille petits frémissements extatiques.

L'Adorateur s'habilla. Il descendit dans la rue. Le concierge le regarda comme s'il voyait un spectre. Il n'eut même pas le réflexe de le saluer courtoisement comme il le faisait d'habitude. Dès qu'il fut sous la double allée de marronniers du boulevard, l'Adorateur se demanda qui marchait et la question le fit rire par son absurdité.

Il avait bien conscience des mouvements de son corps mais plus d'unité centralisatrice de la sensation qui s'éparpillait au vent. Il se sentait comme traversé par une action qu'il ne pouvait plus revendiquer comme sienne.

Lorsqu'il s'arrêta face à l'étal du boucher, il contempla la viande découpée et rangée, indifférent à l'accueil du commerçant, son regard effectua un panoramique sur la rue et les passants, tout était comme animé par une fiction individuelle, personne ne voyait qu'il n'y avait nulle bordure à l'être. Soudain l'Adorateur réalisa qu'il n'entendait aucun son. C'était un film muet. Le monde était totalement silencieux. Il n'y avait plus que le mouvement, la danse.

Il fallut quelques heures à l'Adorateur pour commencer à choisir et à dire. Il n'était pas certain de s'entendre mais les commerçants le servaient. Tout était lent, dépourvu de réalité. Le moindre geste exprimait l'infini, il n'y avait plus de caractéristiques. Une main qui saisissait un œuf touchait la terre tout entière avec ses monts, ses fleuves, ses océans et ses forêts.

Lorsqu'il rentra, le concierge fermait sa loge.

– Monsieur, l'encadreur est passé livrer un dessin. Je l'ai déposé chez vous, j'ai pensé que vous auriez du plaisir à le voir ce soir.

L'Adorateur n'entendait rien. Il monta, entra, il fit quelques pas, déposa son panier et tout son corps entra dans une folle irruption. Le portrait de Séléné par Bélaïev était fracassé sur le sol parmi les éclats de verre, le cadre d'acajou explosé. Tout était silencieux et vide. Il parcourut les pièces, hagard, laissant échapper une plainte rauque. Il n'y avait plus de trace de Séléné. Du bleu. Seulement du bleu.

Alors l'Adorateur ressortit et se mit à marcher à la recherche du son.

Les premiers jours, il marcha la nuit et se reposa le jour, dormant à même le sol, dans un bois, sur les mousses. Son corps fendait la nuit, il avançait en Séléné, l'esprit oblitéré. Il en était réduit à une sorte de fonctionnement primitif, marcher pour rester en vie, boire, dormir. Aucune question n'affleurait, aucune mémoire, aucune tristesse, il était comme une bande magnétique vierge et uniforme.

Le quatrième jour, il commença de marcher à la lumière du couchant et pour la première fois s'aventura dans un village. Il entra dans une boulangerie, acheta un pain qu'il désigna d'un geste, incapable encore de parler. Il se vit dans un miroir et cela n'attira pas plus son attention que s'il se fût agi de quelqu'un d'autre.

Il suivit routes et chemins sans savoir où il allait, ne faisant qu'obéir à la nécessité de se déplacer.

Après une semaine, il regagna un peu de conscience, la souffrance affleura, mais il ne pouvait y demeurer plus de quelques secondes. Des images fulgurantes de Séléné le traversaient puis le laissaient dans le silence retrouvé.

Peu à peu, il se nourrit plus régulièrement et commença à pouvoir parler. Il acheta un couteau, un sac à dos, une couverture car les nuits étaient fraîches et une lotion anti-moustiques. Deux jours plus tard, il pensa au savon pour faire disparaître les traces de bleu et à une chemise neuve qui remplaça la sienne, tachée et déchirée.

Il marchait sept ou huit heures par jour, s'arrêtait parfois à la terrasse d'un café pour manger quelque chose ou remplir d'eau sa bouteille. Il recouvrait peu à peu ses sens et la souffrance s'infiltrait en lui à chaque perception, profitant du flux mais très vite tout se perdait dans le ciel. Lorsqu'une idée parvenait à se faufiler, il n'avait pas le temps d'en faire quoi que ce soit, il ne la trouvait plus. La mémoire, même à court terme, était extrêmement épisodique. Une étoile filante qui disparaissait dans la nuit cérébrale.

Il eut de brèves conversations dont l'une obligée avec une patrouille de police qui le réveilla en pleine nuit pour vérifier son identité. La vue des cartes de crédit les apaisa. Ils crurent avoir affaire à un randonneur excentrique. Un jour il acheta une bouteille de vin et un fromage et il en jouit adossé à une meule de paille. Plus il retrouvait le monde, plus la souffrance s'insinuait en lui. Seule la marche le calmait et lui permettait de revenir au silence.

Les champs venaient d'être moissonnés, une lumière dorée et chaude frémissait dans l'atmosphère. L'odeur des chaumes sous le soleil l'emplissait totalement. Il était à la frange de l'angoisse qui semblait jouer avec lui.

Après trois semaines de pérégrinations il réalisa qu'il avait abandonné les courses dans l'entrée, devant le portrait fracassé de Séléné. A partir de là, il connut des épisodes de souffrance intense. Il recouvra la possibilité de juxtaposer quelques images de Séléné qui le brûlaient au plus profond. Il réalisa qu'elle avait disparu à jamais. Il put s'émouvoir de la profonde beauté, de l'harmonie qu'ils avaient touchées et de sa perte irrémédiable mais ces sursauts avaient encore un aspect fugitif et tout disparaissait dès qu'il se remettait en mouvement.

Son corps se faisait au rythme. Il avait acheté quelques paires de chaussettes, s'était rasé, les muscles accoutumés répondaient mieux à l'effort et peu à peu il augmenta la durée de ses marches. Il atteignit bientôt douze heures quotidiennes.

Il commençait à reconnaître des panneaux indicateurs et réalisa qu'il descendait vers le sud. A un moment, il obliqua vers les montagnes et goûta à une solitude plus fraîche. Il avait fait quelques provisions et s'abreuvait aux sources abondantes. Il observa des biches, un sanglier, une multitude d'oiseaux. Le son revenait. Il dormait bien emmitouflé dans sa couverture, le corps fatigué, respirait, se soumettait à l'effort, s'abandonnait.

Il se remit à rêver. Séléné faisait de fugaces apparitions. La douleur devenait chaque jour plus intense mais il réalisa que son cerveau ne pouvait soutenir plus de quelques secondes d'attention. Son système déconnectait comme à la suite d'une surcharge. Il se retrouvait dans une sorte de no man's land où les circuits cérébraux avaient été coupés.

En redescendant vers la vallée, l'Adorateur réalisa qu'il était en Italie. Cela lui fit du bien d'entendre la qualité musicale de la langue et il fut touché de voir qu'un contact plus profond s'établissait avec ceux qu'il rencontrait.

Il prit plaisir à se laver dans une rivière. Il acheta un récipient pour se faire du thé et cela devint un luxe quotidien. Il aimait les bruits nocturnes des animaux, les ululements des chouettes. Pour la première fois de sa vie, il se trouvait sans projet, sans obligation, sans attente. Il était simplement vivant. Personne ne savait où le joindre. Il fut étonné de sentir à la fois une immense tristesse d'avoir perdu Séléné et une sorte de félicité animale, si simple, si dépourvue d'interférences. Parfois, il avait du mal à prendre une décision, par exemple, aller vers un village qu'il apercevait ou l'éviter. Décider s'il avait besoin d'acheter quelque chose ou non, ce qui l'amenait à sauter un ou deux repas. Il restait tranquille en buvant du thé, regardant son feu devenir braises puis s'éteindre. Chaque soir il passait quelques heures à contempler les lents effondrements des branchages rougeoyants, les échappées de gaz bleuté. Une nuit, à proximité d'un tas de bois, il fit un grand feu qui dura jusqu'à l'aube et pas une seconde il ne le quitta des yeux.

L'Adorateur tentait de recouvrer l'usage d'une partie de son cerveau en faisant de petits exercices d'attention mais il avait la sensation extrêmement désagréable que le cerveau se grippait, se refusait à tout usage. D'étranges phénomènes électriques agitaient son cuir chevelu qu'il n'arrêtait pas de masser pour stopper ce ressenti douloureux.

Chaque jour, il reconstruisait son passé récent, il tentait de voir un événement sous divers angles et dès que la capacité de dessiner l'événement le quittait, il s'attachait à la simple observation d'une fleur, d'un cours d'eau, d'une plume ramassée sur le sol. Il lui était plus facile de se concentrer sur un objet simple que de se livrer à une opération mentale complexe faisant intervenir souvenirs et émotions. Il fit donc de cette contemplation un travail régulier qui finit par lui donner la capacité de penser plus d'une minute ou deux. C'est alors qu'il se mit à pleurer abondamment et sans trêve. Toutes les larmes retenues pendant une vie jaillissaient en un flot continu.

Lorsqu'il pensait à Séléné, il ne lui venait que des faits, des moments, des éclats de beauté, sans qu'il puisse la juger. Même lorsqu'il se rappelait les mots d'Olga à son sujet, il ne pouvait les accoler à son image.

Après dix jours d'exercices de concentration, il se mit à se poser des questions sur sa santé mentale. Etait-il devenu fou ? Il se vit un instant dans la cour d'un asile psychiatrique en train de regarder les étamines aériennes d'une fleur de pissenlit se dissoudre dans le vent. Il se demanda s'il pourrait retravailler un jour, si la musique avait encore un sens, un attrait. Si quoi que ce soit de social pouvait encore le toucher. Il en était réduit à la vie cellulaire d'un corps qui ne semblait plus appartenir à personne.

Parfois une phrase musicale lui revenait avant de s'effilocher dans le sans-forme. Lorsque la voix de Séléné lui fut présente, cela faisait six semaines qu'il n'avait pas dormi sous un toit. La douceur de la voix s'associa au regard et il sentit une sorte de scalpel lui découper le cœur, le hacher. Il passa des jours à sangloter sur le sol, le visage contre la terre.

Lorsqu'il parvint au village suivant, un chat tigré vint se frotter contre lui en miaulant et l'Adorateur connut un grand réconfort. Enfin un contact avec du vivant. Il passa plus d'une heure à jouer avec le chat qui tout à coup s'en alla. L'Adorateur demeura sur place quelques heures, avec l'espoir de le voir revenir, puis il reprit sa marche.

L'épisode lui fournit un sujet de réflexion sur lequel il parvint à se concentrer. Il en tira la conclusion qu'il avait besoin d'une présence humaine. Qui ? Il réalisa sa solitude. Un nom lui vint, Liouba, mais elle était quelque part en Inde face à un homme qui avait compris le mystère de la vie. L'Adorateur se demanda à haute voix : « Qu'ai-je compris de la vie ? » La question le fit rire et il cria, de plus en plus fort :

– Rien ! Rien ! Rien !

Et cela lui fit du bien de revenir au point zéro de la compréhension.

– Aucune compréhension de la vie n'est possible, il n'y a que le mouvement !

Plus tard, voyant une rivière :

– Qui comprend la rivière ?

Et il donna la réponse.

– Personne !

Et tout à coup, joyeux :

– Qui joue bien Mozart ?

– Personne !

Et il s'arrêta là. Il avait atteint le faîte de ses capacités. Alors il se remit en marche, son corps porté par le vent et la lumière. Il n'était plus séparé du paysage. Le soir venu il se demanda même s'il marchait.

En s'éveillant, il sentit la présence de Sergio et de Yppa. C'était vers eux qu'il devait aller. Il prit sa décision, rejoignit une bourgade et commanda un taxi qui arriva rapidement.

– Y a-t-il un aéroport près d'ici ?

– Nous sommes à quatre-vingts kilomètres de celui de Turin.

– C'est parfait, allons-y.

Tout à coup, l'Adorateur réalisa qu'il n'avait que sa carte d'identité. Il se fit conduire dans un hôtel près de l'aéroport et téléphona au concierge de son immeuble en lui indiquant où trouver son passeport.

– Je suis monté chez vous, j'ai rangé pour votre retour et donné le linge à la teinturerie. Il y avait des sacs en plastique pleins de nourriture avariée.

– J'ai dû partir précipitamment.

– C'est ce que j'ai pensé.

– Vous m'envoyez le passeport par Fédéral Express. Je vous donne l'adresse.

L'Adorateur prit un bain chaud, le premier depuis sa fuite. Il lava son linge et le mit à sécher dans la salle de bains. Il n'avait pas envie de voir du monde et se fit monter les repas dans la chambre. La nuit, il pouvait voir et entendre les avions décoller et c'est dans cette succession de silence et de vacarme assourdissant filtré par le double-vitrage, qu'il attendit son passeport.

Il fut fasciné par l'œil de libellule de la télévision éteinte qui semblait suivre ses mouvements dans la pièce. Une sorte d'observateur gris, neutre et sans passion. L'Adorateur soutint ce regard quelques heures puis il dit à la télévision :

– Tu ne connais pas l'amour !

La télévision ne répondit pas, l'Adorateur lui jeta l'une de ses chaussures, la débrancha et la confina dans le placard.

Ces deux jours d'attente furent complètement aseptisés en comparaison des semaines qu'il venait de vivre, mais c'était une sorte de sas entre sa solitude et le monde. L'odeur de la forêt et de la paille lui manquait. Le fantôme de Séléné vint le visiter à plusieurs reprises. Le matin, il fut content de commander son petit déjeuner et de boire du café. Il passait des heures à la fenêtre à regarder les avions décoller dans une extase un peu grise.

Peu après dix heures du matin, la réceptionniste lui signala que son pli venait d'arriver. Il s'habilla, se fit conduire à l'aéroport et embarqua sur le vol de 12 h 50 à destination de Los Angeles.

En retrouvant le ciel, il retrouva Séléné et se mit à boire du bourbon en se nourrissant de cacahuètes grillées au miel. Une sensation typiquement américaine l'envahit. Il réalisa qu'il n'avait même pas téléphoné à Sergio pour l'avertir de sa venue.

L'Adorateur loua une voiture et prit la route de la côte à Santa Monica. Il se laissait glisser sur les longs lacets qui bordaient l'Océan. Il avait toujours aimé conduire sur les routes américaines, dans la détente que permet la vitesse modérée. Les grands espaces, le peu de trafic, les motels qui sentaient le désinfectant.

Il s'arrêta dans un café et resta une bonne demi-heure devant sa tasse, le regard perdu sur la ligne d'horizon. Chaque année lorsqu'il revenait en Californie pour enseigner, il retrouvait avec plaisir ce mode de vie, la végétation, les étudiants. Il avait parfois l'impression de percevoir la strate de la culture amérindienne ou native, comme il était de bon ton de dire. Il la sentait n'importe où, en dépit de l'*American way of life* et cela lui permettait de contacter des sentiments qui ne naissent pas dans un milieu aseptisé. Il aimait le silence américain, celui qui le prenait physiquement dès qu'il sortait d'une zone habitée. Un jour il avait remonté la côte jusqu'à Seattle dans un état de joie solitaire et continu. Dès que des souvenirs ou des images apparaissaient dans son esprit, il notait cette sorte de dysfonctionnement électrique qui refusait de laisser circuler l'information. Cela lui donnait la sensation désagréable que les couches sous-jacentes de son cuir chevelu se figeaient dans une sorte de paralysie qui s'étendait rapidement à toute la tête. Il avait le cerveau gelé. A partir de ce point, les fonctions les plus élémentaires lui devenaient extrêmement pénibles.

Il dut s'arrêter plusieurs fois pour se reposer. Il se promena dans une forêt de pins odorants, acheta une bouteille d'eau. Il se souvint de sa nourrice qui mettait dans le bain des capsules effervescentes à l'essence de pin dont il adorait à la fois l'odeur et le léger picotement que la capsule produisait en se consumant et qui remontait le long de ses fesses et de la colonne vertébrale. Il ferma les yeux un instant. Il se sentit glisser sur le corps aimant de sa nourrice qui très tôt, il devait avoir deux ou trois ans, lui avait donné le sens de la vie. Immense, cette incarnation de la douceur l'avait fait naviguer sur ses monts et merveilles, dans l'odeur enivrante de ses cavités secrètes et du savon parfumé au bois de santal lors du rituel quotidien du bain. Jeune et joueuse, elle avait dix-huit ans, elle l'avait intoxiqué à la fluidité d'un amour qui se dit par les gestes, un amour viscéral, un amour simple qui ne se dérobait jamais. Lui, souple et malléable, goûtait aux secrets vaporeux d'un être qui se donnait. Elle le tirait par un bras, un pied, le faisant naviguer en tous sens. Son rire se fondait au sien. L'Adorateur se laissa secouer par cette émotion si puissante, celle de la peau qui ne marque plus la fin d'un monde mais devient matrice de l'espace.

Le visage ou le corps de Séléné apparaissaient dans des flashes rapides et immédiatement son cerveau disjonctait, refusant de faire circuler l'image pour la transformer en émotion. L'Adorateur avait le sentiment de ne pouvoir quitter ce stade animal du fonctionnement humain. Seuls les services de base étaient assurés. Son cerveau lui offrait une sorte de paix mécanique. Les fonctions subtiles étaient hors service. Il n'avait droit qu'au mouvement, à la nourriture, au sommeil, il était anesthésié ou peut-être sauvé par ses fonctions qui déclaraient forfait.

Il arriva au portail de la propriété à la tombée de la nuit. Il sourit comme d'habitude à la lecture de l'avertissement de Sergio qui menaçait tout intrus de transformation marmoréenne. La voiture soulevait un nuage de poussière en s'engageant sur le chemin. Il s'arrêta devant l'atelier, c'était toujours le premier endroit qu'il visitait. En général, un bruit de marteau ou de ponceuse le guidait. Il nota que le van de Sergio n'était pas là. Yppa et lui étaient peut-être partis faire des courses.

L'Adorateur passa la grande porte et il fut surpris de voir Yppa assise au milieu des blocs de marbre et de pierre rouge du désert. Elle avait les jambes relevées contre la poitrine mais se tenait droite, le regard ouvert. Elle eut un sourire triste.

– Tu as mis longtemps à venir...

– Tu m'as appelé ?

– Par le ciel...

Yppa le regarda, préoccupée. L'Adorateur commençait à réaliser qu'il s'était passé quelque chose. Yppa glissa la main sous sa tunique, elle en sortit une feuille pliée qu'elle lui tendit. Il lut, s'arrêtant à chaque mot pour mieux comprendre.

Mon ami de toujours, tu sais que les cyniques tenaient le suicide en grande estime. La question a toujours été pour moi de savoir quand faire usage de cette liberté fondamentale. J'ai enfin compris : le vrai cynique se suicide à la pointe spatiale du bonheur. Le suicide par désespoir est indigne. Je me suis envolé au sommet de ma vie dans l'exaltation philosophique la plus complète. Yppa ne veut rien. Je te laisse donc ma maison et mes sculptures. Fais-en ce que tu veux. Tu pourrais les jeter dans l'Océan par exemple. Imagine les plongeurs qui les découvriraient dans mille ans ! Je dois te dire encore que ton amitié a été la chose la plus précieuse de ma vie et que je te souhaite de boucler la boucle en beauté. Prends ton temps ! Putain de belle vie que j'ai eue ! Quelle liberté ! Merci !

SERGIO.

L'Adorateur replia la lettre d'un geste lent et la tendit à Yppa qui la remit contre son cœur. Ils restèrent silencieux plus d'une heure, dans une communion totale. L'Adorateur sentit l'émotion tracer un sillon dans sa chair, des larmes coulèrent sans qu'il se soucie de savoir si c'était de tristesse ou de joie.

Yppa sortit, elle alla préparer le dîner et lorsque l'Adorateur la rejoignit sur la terrasse, face à l'Océan, il fut surpris de voir que la table était dressée pour trois. A la place de Sergio, il y avait sa chemise noire encore chargée de poussière de marbre. Son vin préféré était dans la glace. Yppa le servit le premier.

– Je fais ça tous les jours...

– Quand est-ce arrivé ?

– Il y a vingt-quatre jours.

– Comment ?

– Il m'a dit qu'il partait chercher la plus grande pierre de sa vie mais qu'il ne pourrait pas la ramener. Il m'a donné le billet que tu as lu. Dans les jours qui précédaient son départ, il m'a expliqué et j'ai compris. C'est une idée que nous avons aussi qu'il faut mourir au sommet de la beauté. Ce n'est pas une idée pour les civilisés. Mais Sergio, toi et moi, nous sommes des anciens.

– Tu es sûre qu'il est mort ?

– Oui. Le lendemain, le shérif est venu. J'ai dû reconnaître le corps. Il est monté dans un avion qui largue les parachutistes pour le saut libre, le pilote est un de ses vieux amis. Ils ont beaucoup pratiqué ensemble. Au-dessus du désert du Nevada, il a sauté sans parachute sur l'un de ces immenses pitons sacrés qui dominent le désert rouge. Il a visé juste. Ils ont dû aller le chercher en hélicoptère.

– C'est magnifique !

– C'est lui !

– Tu vas rester ici ?

– Oui, jusqu'à ce qu'il ne vienne plus dîner. Et toi ?

– Je crois qu'il aimerait bien que nous vidions quelques bouteilles de chardonnay.

– Je le crois aussi.

– Moi, je ne sais pas... mon cerveau ne fonctionne plus. Je suis venu pour que tu m'aides.

– J'ai vu qu'il était absent de ta tête. Tu as du temps ?

– Tout mon temps...

– Alors reste ici, je vais te guérir.

Yppa posa une main douce sur le front de l'Adorateur. Il sentit une merveilleuse chaleur l'envahir. Ils burent deux bouteilles et passèrent la nuit sur la terrasse en écoutant le rire puissant de Sergio.

Les jours glissaient, l'ombre et la lumière se succédaient. Un soir Yppa vint dîner en portant la chemise de Sergio.

– Il est parti... Demain je retourne dans le désert.

– Je vais rester ici.

– Je viendrai te voir de temps en temps.

– S'il te plaît...

– Ton ciel et ta terre sont unis. Tu es libre comme un aigle. Parfois je viendrai sous la forme d'un oiseau, parfois sous la forme d'un nuage. Tu pourras regarder la lune sans souffrir. Tu vas jeter les sculptures dans l'océan ?

– Non, je vais les mettre dans le désert et les musées.

– Alors je les verrai.

Yppa prépara son petit sac de toile dans lequel elle mettait les herbes médicinales et repartit comme elle était venue, sans laisser de trace.

L'Adorateur continua de dîner seul sur la terrasse. Certains soirs il mettait trois couverts et jouissait de la compagnie de ses amis. Une nuit, enfin, il ajouta un quatrième couvert pour Séléné et put contempler la lune sans souffrir.

Les oiseaux, les nuages, les grillons et les iguanes s'habituèrent à lui. Parfois, une forme gracieuse traversait l'atelier ou la terrasse et l'Adorateur la suivait du regard jusqu'à ce qu'elle se dissolve dans l'espace, les sept secondes de l'arc-en-ciel.

APPENDICE

Texte de Ruzbehan lu par la comtesse :

« Sache, ô mon frère – que Dieu te guide sur la voie des Fidèles d'amour – que la source originelle de l'amour est une quadruple chose, et c'est en vertu de la composition de ces quatre choses que prennent leur rang l'amour humain et les êtres spirituels. Lorsque la nature de l'âme s'est différenciée de la nature humaine, et que la beauté de l'âme, sous l'effet de l'opération de sa nature innée, a revêtu une sacralité qui la distingue de la beauté de la forme extérieure – laquelle appartient encore au monde des éléments : Air, Terre, Feu et Eau, – de la même façon qu'en ce monde l'or natif, au terme d'un traitement approprié, revêt la qualité authentique et fondamentale de l'or, alors dans cette substance (qui est l'âme), raffinement et subtilité du mode d'être atteignent à la limite où "resplendissant par soi-même en soi-même", un des quatre éléments (arkân, « Piliers ») constitutifs de l'amour a maintenant fait son apparition.

« Lorsque l'âme a assumé ce mode d'être, elle possède l'aptitude à se conjoindre avec les pures créatures spirituelles. En un second moment, la lumière des pures créatures du Malakût – lumière qui est la source archétypique de la beauté – se conjoint à l'âme par l'organe de sa vision et perception intérieures, parce que le voile a été levé devant l'âme humaine. Lorsque la lumière de l'âme s'est unie avec la lumière de la source, deux éléments constitutifs de la substance de l'amour sont alors réalisés. (En un troisième moment) les qualités de la beauté de l'âme admirante (mostahsin) deviennent homochromes (ham-rang) aux qualités de la Beauté qui l'émerveille. Les deux tiers de cette Lune qui est l'amour sont maintenant sortis de l'éclipse. [Car l'ornement de l'action, qui est le fondement de l'aptitude à recevoir la sainteté, et par quoi il est dérivé la beauté foncière, correspond à l'aptitude de l'amoureux.]

« Enfin (en un quatrième moment), lorsque, émergeant de la bruine, la lumière de la Beauté incréée se lève sur la beauté d'une belle créature, la beauté-archétype s'offre enfin face à face au regard de l'amant.

« Ces deux lumières, en formant quant à l'apparence extérieure deux réalités distinctes, bien qu'en leur vraie réalité elles forment un Tout indissociable, subissent une division qui les distingue. Lorsque la réalité idéale (de l'amant) symbolise avec la réalité idéale (de l'aimée), lorsque la beauté (de l'aimée) symbolise avec l'aptitude (de l'amant), alors l'affinité se trouve conjointe à l'affinité, la sympathie naturelle est en synchronisme avec la beauté de la forme extérieure, la nature du cœur de l'amant devient co-naturelle à la nature du cœur de l'aimée. La lumière des yeux de l'esprit ne fait plus qu'une même lumière avec la lumière des yeux du corps ; le fond intime de l'amant fusionne avec le fond intime de l'aimée. Les qualifications de l'aimée, grâce à l'imagination active de l'amant, se manifestent par le moyen de sa beauté. Intérieurement et extérieurement il y a synchronisme parfait.

« Lorsque ces attributs de l'aimée ont pénétré dans l'intime de l'amant, le roi Amour étend sa puissance et capture toutes les places de l'âme, du cœur, de l'intelligence, de la conscience subliminale, de la forme extérieure et de l'attribut moral. Le principe et fondement de l'amour, tel qu'il résulte des quatre éléments (précédemment décrits), prend consistance dans les qualifications de l'amant et de l'aimé. La forme extérieure et les attributs humains de par leur faiblesse sont assujettis (maqhûr) au roi Amour ; l'angoisse fait son apparition dans le cœur. Sous l'effet de l'embrasement par le feu d'Amour, la passion d'ardent désir s'éveille dans l'âme ; la souffrance s'installe à demeure. La fascination de l'amphibolie inhérente à l'amour qu'éveille (la beauté) d'un visage humain, saisit l'intelligence. Quant à l'esprit, éclôt en lui l'ambition de voir l'Aimé dans son âme et dans la beauté de l'âme qui est l'attribut de l'Aimé. Mais cela, ce sont les extases de l'Amour primordial ; dans les débuts, l'âme de l'amant passe par l'amour humain.

« Lorsque l'amalgame s'est produit, ceux dont les vœux appellent l'Aimé émigrent du monde de l'intelligence au monde de l'âme, et par les fenêtres que sont les cinq sens en guettent l'apparition. Tout ce qui précède décrit comment se forme l'origine de la substance de l'amour. Désormais l'amour s'élèvera de station en station, jusqu'à ce que se manifeste sa perfection.

« Une fois rassemblés les quatre éléments constitutifs, le début de l'amour est perfection du compagnonnage ; le compagnonnage, c'est être frères d'existence, c'est la consécration du cœur avec le cœur, la communication de l'amour avec le cœur, de l'âme avec l'âme ; c'est le repos de l'âme, comme l'a chanté l'un d'entre eux :

Deux compagnons sont comme les deux rameaux déployés par l'arbre de l'affection

Leurs deux esprits sont un même esprit, leurs deux cœurs sont un même cœur

Les fait mourir de désir la distance du lieu saint, quand leur pays est au loin, l'approche leur redonne la vie.

« Lorsque le compagnonnage a grandi de la sorte, l'âme de l'un s'est familiarisée avec l'âme de l'autre, la familiarité consistant à se voir et à s'entretenir parce que de là naît la quiétude. Après cela il y a affection intime (wodd), et cet état affectif naît sous l'influence de la conjonction et du maximum d'affinité. Et c'est le maximum de la part (qui puisse échoir) au cœur de l'amant (...).

« Lorsque grandit la vérité de la lumière d'Éros ('Ishq), on l'appelle Amour. Lorsque le roi Amour a brisé l'armée de l'intellect et dans l'âme de l'amant a pris place sur le trône royal, l'amour au sens vrai se dégage de l'amour au sens figuré. L'intimité d'amour éclôt au moment où les réalités spirituelles de l'amour s'entremêlent avec les fibres de l'âme et où apparaissent des attributs (qui qualifient le fait) de ne former qu'un seul être.

Deux intimes sont leurs âmes,
un seul esprit est leur esprit,
jamais ne seront séparés de toute l'éternité,
quand une fois ils ont été réunis.

Lorsque l'angoisse du cœur augmente et que le scintillement de l'âme, du haut du toit de l'intellect, projette un rayon sur le monde où elle opère, le voile extérieur du cœur apparaît. C'est alors un état d'obsession intense, le tourment d'une passion totale ; sous l'influence de l'amour éclôt dans le cœur un sentiment d'obligation totale à l'égard de l'Aimé. Bientôt l'amour atteint le voile intérieur du cœur, tandis qu'il embrase le voile extérieur. Lorsque la combustion est parfaite, la présence du témoin apparaît, et c'est l'emprise absolue de l'amour de l'Aimé, emprise qui provoque chez l'amant un tel délire d'amour qu'il lui arrivera de trahir en bavardages inconsidérés les secrets de l'Aimé. Il advient alors délire sur délire ; puis la nostalgie impatiente, et cette préoccupation exclusive qui fait oublier l'intellect sous le coup de l'intense tristesse de l'âme. Passion divagante. Agitation véhémente. Et cette altération que l'on appelle soif ardente. Finalement cet ardent désir (shawq) qui est le sommet de l'agitation et de l'affection ardente.

« Lorsque ces différentes stations intérieures ont fait leur apparition chez l'homme, les ruisseaux (qui sont les) causes de l'amour ont fini par former dans l'âme de l'amant la mer de l'amour. L'amour se propage à l'extérieur et à l'intérieur (de la personne de l'amant). Pas un souffle de sa respiration n'est émis sans délectation d'amour. À ce moment il éprouve dans cet amour simultanément présence et absence, état d'ivresse inconsciente et sobriété lucide. Alors on donne en propre le nom d'Éros à cet amour qui conjoint ces propriétés opposées. Le sommet de l'amour humain, c'est d'atteindre à ce portique, parce que l'âme contemple alors des œuvres de l'Artiste divin ; cependant elle ne discerne pas encore l'amour de l'Artiste de l'amour pour son œuvre, parce qu'elle est encore une débutante en amour.

« Lorsque l'Artiste éternel fait se lever le voile de l'amour humain devant l'amour divin, son amour devient amour d'initié. Si l'adepte est purifié de toute faiblesse sensuelle dans l'amour humain, il sera ferme en amour divin. Mais s'il reste sur la robe de l'âme quelque souillure d'appétit charnel, alors dans le monde de l'amour divin, l'adepte sera précipité à bas de la monture qui porte la réalité mystique (haqîqat) de l'amour. À quelque degré de l'être que se manifeste l'Éros, que ce soit l'amour des choses sensibles ou des réalités spirituelles, l'amour en soi-même ne mérite que louange, car l'amour physique est la voie qui mène à l'amour spirituel, et l'amour spirituel est la Voie qui mène à l'amour divin. Les fardeaux de l'amour divin ne peuvent être entraînés que par cette monture, et le breuvage de pureté (lui est la Beauté archétype à l'état pur), ne peut être goûté qu'à cette coupe d'allégresse. Ces trois substances (amours humain, spirituel, divin) sont en perpétuel mouvement vers la Source primordiale.

« Ô appas des oiseaux au jardin du monde terrestre ! Ô Soleil de l'Orient ! Ô mon cher être de beauté ! S'il arrive que celui qui t'aime joue avec ta chevelure, ou bien si pour sentir ton contact, s'étant assimilé à la poussière de ton chemin, il meurt à tes pieds, prends garde, ne dis pas : Quelle est cette aberration ? Non, il n'y a pas d'aberration dans l'amour initié qui est le penchant de la nature spirituelle. En un mot, il convient de ne pas tenir compte du faux pas de l'amant. Tu diras, hélas : « Où est-il celui qui est digne d'une telle munificence ? » Ne fais pas entrer en ligne de compte cette indisposition passagère de l'âme...

« Bien qu'au regard de l'essentiel, l'amour physique soit une étape inférieure, il reste que l'amour est l'influence du Soufre rouge de la Magnificence divine qui a été projeté dans la lumière des yeux de l'âme. Ainsi depuis la prééternité l'opération alchimique a caché une âme dans l'âme de l'âme. C'est pour cette raison que dans les deux personnes de l'amant et de l'aimée, l'amour est en fait, par la teinture de la fusion unitive, une seule et même tincturale (yak-rang, monochromie parfaite). La réalité mystique immanente à l'amour fait entendre une certaine note, si tu sais prêter l'oreille. Tant que tu n'auras pas goûté de ce breuvage, grand Dieu ! Grand Dieu ! non, tu ne comprendras rien à notre cas. Jette un regard dans le jardin de notre amour, afin d'entendre les oiseaux chanteurs modulant le « Gloire à moi » (de Bastâmi), le « Je suis Dieu » (de Hallâj). Prête l'oreille à ces mélodies, écoute comment les joue le ménestrel du chant d'amour. Dans les six cases du Kâf de l'infidélité et du Fâ de l'annihilation mystique je suis le pauvre captif du temps qui est le tien ; jette un double six-cinq sur la table des dés de l'amour à l'image de notre réunion, car pour la quête de l'âme sur la voie d'amour, mon âme ne peut plus progresser, et pour le chœur des beautés de ce temps, nous n'avons plus un instant.

Donne-moi un baiser de tes lèvres et ravis mon âme
Si ta chevelure est infidèle, ravis par elle ma foi
Si à cause du chagrin que tu causes mon cœur a commis une faute
Tu peux le racheter en cueillant mon dernier souffle sur mes lèvres[1].

1. *Les Fidèles d'Amour*, traduction de Henry Corbin, Verdier, 2003.

DU MÊME AUTEUR

Romans

L'ILLUSIONNISTE, Le Seuil, 1972, rééd. J.-C. Lattès, 1997, Pocket, 2002

LA VOIE SAUVAGE, Le Seuil, 1974

SPLENDOR SOLIS, Stock, 1976.

LE MILIEU DU MONDE, Robert Laffont, 1979

PETIT DÉJEUNER SUR UN TAPIS ROUGE, Fayard, 1982

GIOCONDA, Fayard, 1984

BAISER CANNIBALE, Fayard / Mazarine, 1987

LE CLAVECIN, Fayard, 1992

Essais

ESSAIS SUR LES MYSTIQUES OCCIDENTALES, avec Marc de Smedt, Albin Michel, 1984

TANTRA, L'INITIATION D'UN OCCIDENTAL À L'AMOUR ABSOLU, J.-C. Lattès, 1996 ; Pocket, 1998, 2002

TANTRA YOGA, LE TANTRA DE LA CONNAISSANCE SUPRÊME, Albin Michel, 1998

LALLA, CHANTS MYSTIQUES DU TANTRISME CACHEMIRIEN, Points / Seuil, 1999

LE GRAND SOMMEIL DES ÉVEILLÉS, éditions du Relié, 2000

DÉSIRS, PASSIONS ET SPIRITUALITÉ : L'UNITÉ DE L'ÊTRE, Lattès, 1999 ; Pocket, 2002

TANTRA, SPONTANÉITÉ DE L'EXTASE, Actes Sud, 2000

L'INCENDIE DU CŒUR, LE CHANT DU FRÉMISSEMENT, éditions du Relié, 2004

Composition IGS
Impression : Imprimerie Floch, avril 2006
Éditions Albin Michel
22, rue Huyghens, 75014 Paris
www.albin-michel.fr

ISBN : 2-226-17240-8
N° d'édition : 24285. – N° d'impression : 65611
Dépôt légal : mai 2006
Imprimé en France